Veröffentlicht im Rowohlt Taschenbuch Verlag,
Hamburg, November 2019

Covergestaltung any.way, Hamburg,
nach einem Entwurf von Anzinger und Rasp, München
Coverabbildung plainpicture/Christian Plochacki
Satz aus der Haarlemmer
bei Pinkuin Satz und Datentechnik, Berlin
Druck und Bindung CPI books GmbH, Leck, Germany
ISBN 978-3-499-00147-5

rororo

André Kubiczek, 1969 geboren, lebt in Berlin. 2002 erschien sein hochgelobter Roman «Junge Talente», 2003 «Die Guten und die Bösen». Es folgten «Oben leuchten die Sterne», «Kopf unter Wasser» und «Der Genosse, die Prinzessin und ihr lieber Herr Sohn». 2007 wurde André Kubiczek mit dem Candide-Preis ausgezeichnet. Zuletzt erschienen «Das fabelhafte Jahr der Anarchie» und «Skizze eines Sommers», das auf der Shortlist des Deutschen Buchpreises stand.

«André Kubiczek ist ein begnadeter Sprachjongleur.» *FAZ*

«Dem ‹fabelhaften Jahr der Anarchie› setzt André Kubiczek ein so köstliches wie melancholisches Denkmal. Kubiczek ist ein Meister des Dialogs, der schnodderige Esprit seiner halben Helden wunderschön.» *Süddeutsche Zeitung*

«Kubiczek verfügt über Humor, Ironiefähigkeit und ein großes Gespür für Dialoge. Die weltgeschichtliche Erschütterung packt er bewusst in ein großes Federkissen.» *Der Tagesspiegel*

André Kubiczek

DAS FABELHAFTE JAHR DER ANARCHIE

Roman

Rowohlt Taschenbuch Verlag

But you won't fool the children of the revolution
No you won't fool the children of the revolution
No you won't fool the children of the revolution
No you won't fool the children of the revolution
No way

T. Rex

NULL

«Es war im Februar 88, als wir mit unserer Kompanie in die Braunkohle gefahren sind, vor etwas mehr als zwei Jahren.

Vielleicht kannst du dich erinnern: Im Juli 87 hatte es diese große Amnestie gegeben, die Todesstrafe war offiziell abgeschafft worden und alles. Zwanzigtausend Mann hatten sie aus den Gefängnissen entlassen. Und im Februar, oh Wunder, waren dann plötzlich nicht mehr genug Arbeitskräfte vorhanden. So kam es, dass ausgerechnet wir Dachse die Drecksarbeit der freigekommenen Sträflinge erledigen mussten.

Wir waren in der Dübener Heide stationiert, Unteroffiziersschule, was ein paar Stunden Fahrt auf der Pritsche von 'nem W50 bedeutete. Du kennst das selber aus deiner Zeit: Der Wind pfeift, und durch die Ritzen zieht's wie Hechtsuppe. Die Plane knattert, und man wird fast taub, um erst gar nicht von der Kälte anzufangen, die im Februar nun mal so herrscht.

Hundert Kilometer, immer Richtung Osten, und unser Ziel hieß –», an dieser Stelle machte Arnd eine kurze, dramatische Pause, «Schwarze Pumpe. Da befand sich das Quartier. Unsere Kompanie war also in die Produktion abkommandiert worden: einen ganzen Monat lang Einsatz in der Braunkohle, statt sinnlos in der Kaserne rumzuhängen. Die meisten von uns hat es gefreut.

Wir waren in einer kleinen Barackensiedlung untergebracht, die früher vielleicht mal ein Ferienlager gewesen war, als es da noch Wiesen gegeben hatte, Felder, Wald, was weiß ich, Natur eben. Achtmannzimmer, die Wände aus Sperrholz, abgelatschtes Linoleum auf dem Boden. In jedem Barackenflur ein Feuerlöscher, ein Feldtelefon und neben der Barackentür eine Sirene mit Handkurbel. Nur damit du dir das vorstellen kannst. An den Decken hingen die gleichen Neonlampen, wie sie überall hängen, wie bei uns auf der Penne damals oder in der Poliklinik oder im VPKA.»

«Mit dieser Lamellenverkleidung aus Aluminium.»

«Genau, die, die so laut surren und flackern, wenn der Zünder nicht richtig funktioniert.

Frühstück und Abendbrot gab's im Erdgeschoss eines ehemaligen Gutshauses, ein freistehendes Gebäude, zehn Fußminuten von den Baracken entfernt, mit einer breiten Eingangstreppe, bröckelndem Steingeländer und so weiter. Verfallende Noblesse, aber extrem. Das Erdgeschoss war entkernt worden, und statt Wänden trugen rostrote Stahlsäulen die morsche Decke, aus der schon überall die Strohdämmung herausquoll. Und dadrunter standen dann tatsächlich die Kantinentische, als wäre das völlig normal. Salz und Pfefferstreuer drauf und ein Senftöpfchen, schön bunt und aus Plaste. Menagerie oder wie das heißt.

Aber am seltsamsten war der Garten auf der Rückseite des Gutshauses: verstümmelte Hecken, ausgefranste Baumstümpfe, aufgeworfene Wurzeln, als ob da eine Bombe eingeschlagen wäre. Wenn man da nach dem Abendbrot eine Zigarette geraucht hat, konnte man in der Ferne die verschwimmenden Lichter des Tagebaus sehen, und man hörte das leise Dröhnen der Maschinen. Das war unglaublich. Und soll ich dir sagen, warum? – Weil es ziemlich schön war, trotz der Mondlandschaft.»

«Alter Romantiker!»

«Ich weiß nicht, was da bei mir ausgehakt ist, wenn ich diese Lichter gesehen hab.

Die Tagebaukantine war so ein moderner Zweckbau, eigentlich wie 'ne große Kaufhalle. Das war der zentrale Treffpunkt, ein warmer Platz inmitten der totalen Ödnis. Da gab's das zweite Frühstück und das Mittagessen. Abends haben wir dort auf den W50 gewartet, der uns zu den Baracken zurückbrachte.

Ich hab gefroren wie ein Schneider auf der Rückbank des Geländewagens, der mich noch im Dunkeln früh zu meiner Arbeit gebracht hat. Die Schapka ins Gesicht gezogen, Ohrenklappen verschnürt, Schal bis unter die Nase. Nichts half. Die Piste war um diese Zeit noch gefroren, und sie zog sich in Serpentinen von Normalhöhe bis runter auf den Grund des Tagebaus, wo das Wasser stand.

Am ersten Tag kam mir die Fahrt vor wie eine Expedition. Diese ganze verheerte Landschaft, ohne Pflanzen und von jedem Leben befreit. Dazu die Maschinen, die Schaufelradbagger, die im Morgennebel wirkten wie Urzeittiere. Alles war irgendwie überdimensioniert, die Förderbänder, die Ausleger, die Stahltrossen, die Verstrebungen. Und die Dumper natürlich mit ihren mannshohen Reifen: Radspuren wie gemeißelt. Die haben die gefrorenen Versorgungspisten im Lauf des Tages zu Schlamm gefahren, sodass immer wieder Planierraupen ausrücken mussten, um den Boden zu verdichten.

Schon das blanke Ausmaß der Technik ließ die Arbeiter wie Ameisen wirken.»

«Mensch, du schwärmst ja fast ein bisschen.»

«Schwärmen ist nicht unbedingt das richtige Wort», sagte Arnd. «Ich war damals wirklich beeindruckt. Allerdings nur zwei Tage lang, dann hatte ich mich an die Dimensionen gewöhnt. An diese *Un*-Landschaft, an die Maschinen und an meine Arbeit auf einem dieser Monster.»

«Sobald man weiß, was die Aufgabe einer Maschine ist, verliert sie ihr Geheimnis, oder?»

«Kann sein», sagte Arnd. «Die Gleisrückmaschine, musst du dir vorstellen, war wie eine Mischung aus Amphibienfahrzeug und Diesellok. Sie besaß gleichzeitig Eisenbahnräder und das Kettenfahrwerk eines Panzers. Ihre einzige Aufgabe war es, das Gleis, auf dem sich die Förderbrücke seitwärtsbewegte, nach vorne zu verschieben. In Richtung der leergezogenen Dörfer, der abgetragenen Häuser und untergepflügten Friedhöfe. Bei jeder Durchfahrt verrückte sie die Schienen um einen halben Meter.

Wenn wir auf die Brücke trafen, die ja im selben Gleis unterwegs war, wechselte der Meister aufs Kettenfahrwerk und manövrierte unser Fahrzeug aus den Schienen. Wir ließen das Monstrum passieren und begaben uns anschließend krachend und im Schneckentempo in die Spur zurück.

Eigentlich hatte ich nicht viel zu tun. Der Führerstand war beheizt, ich rauchte Zigaretten, der Meister erzählte Geschichten aus seinem Leben und spendierte mir Kaffee aus der Thermoskanne. Manchmal musste ich raus, um Steine oder größere Erdbrocken von der Strecke zu räumen, ansonsten fuhren wir den lieben langen Tag in einem großen Bogen vor und zurück, vor und zurück und das immer wieder.

Am dritten Tag habe ich mir ein Buch eingesteckt gegen die Langeweile. Dem Meister war's recht.»

«Lässig.»

«Aber das Beste war, wenn du in die Kantine gekommen bist nach der Schicht. Müde und noch durchgefroren von der Fahrt im Jeep. Die belegten Brötchen, die es dort gab, dieser komische rote, salzige Lachs mit Eierscheiben. Leberkäse und Hackepeter mit Zwiebeln. Saure Gurken. Oder einfach 'ne Bockwurst und eine Tasse Kaffee dazu.

Jeden Tag haben wir uns zwei Flaschen Cola gekauft, das war wie ein Ritual, und die Cola haben wir dann abends in der Baracke aufgefüllt mit Wodka aus der Kantine. Der durfte zwar nur an die zivilen Arbeiter verkauft werden, aber den Kassiererinnen war's egal. Die hatten selber alle Männer, die bei der Asche gewesen waren. Die wussten ganz genau, was man da brauchte.

Wir blieben bis zum Frühlingsanfang in Schwarze Pumpe. Im toten Garten hinter dem ehemaligen Gutshaus sprossen schon Krokusse und Maiglöckchen zwischen den Trümmern, als wir wieder abfuhren.»

«Klingt poetisch.»

«Du hättest die Kompanie nach dieser Zeit mal sehen sollen: die ganzen Abiturienten, diese Hemden und Weichlinge, hatten plötzlich Muskeln bekommen und raue, gebräunte Gesichter, vom Wind, von der Kälte und von der Sonne.

Und außerdem: So gut wie jeder von denen konnte jetzt ein Wasserglas voll Schnaps auf ex trinken.»

«Dann hat euch der Einsatz in der Produktion ja zu richtigen Männern gemacht», sagte ich, bemüht, keinerlei Ironie durchklingen zu lassen, wie so oft, wenn ich mich mit Arnd unterhielt und unser anfängliches Gespräch drohte, in einem seiner Monologe aufzugehen. Eine Art zu sprechen, wie ich fand, die einem Einundzwanzigjährigen wie ihm noch nicht zustand. Natürlich las er viel, Klassiker und auch die literarische Moderne, alles, was man eben bekommen konnte, aber das war noch lange kein Grund, zu reden fast wie gedruckt.

Arnd horchte dennoch auf: «Warum noch mal hab ich dir das alles erzählt?»

«Um mich zu warnen», sagte ich.

«Ach ja, genau: Denn zwanzig Kilometer von Schwarze Pumpe entfernt liegt Neu Buckow. Und genau dazwischen: Welzow-Süd, der Tagebau, wo wir damals waren. Du kannst dir vorstellen, wie es in dieser Gegend aussieht. Und eines ist sicher: Die sind noch lange nicht fertig mit ihrer scheiß Braunkohle, auch wenn man neuerdings dauernd was anderes hört, von wegen Umweltschutz und die ganze Sülze.»

Statt uns beim Packen zu beeilen, saßen wir jetzt schon eine ganze Weile vor dem fünfstöckigen Neubaublock, in dem Arnd und seine Schwester aufgewachsen waren, in einem kleinen Wohngebiet am östlichen Rand von Potsdam, jeder eine Flasche Limonade neben sich auf dem kühlen Bordstein und eine Schachtel Zigaretten. Es war wenig los auf der Straße, denn es war kurz nach zwölf am Sonntag.

Sonntag, um genau zu sein, der 1. April. Kein Scherz. Vor genau zwei Wochen hatten wir mit Anlauf die Wahlen verloren. Das heißt: Arnd, ich und unsere Freunde aus dem Café Heider hatten sie verloren. Und die Besetzer der barocken Hausruinen aus der Dortu- und der Gutenbergstraße im Zentrum. Und alle Leute aus dem sogenannten Haus der Demokratie in der Innenstadt.

Die Mauern und Wände waren noch mit den Wahlkampfplakaten der eben verlorenen Schlacht beklebt, auf jedem freien Meter: abgerissene Plakate, überklebt mit anderen, wieder abgerissen und wieder überklebt, ein Palimpsest aus rasend schnell nutzlos gewordenen Parolen.

Erst im Februar war Arnd aus der Armee entlassen worden. In einem baufälligen Gründerzeithaus an einer stillen Sackgasse nahe den Parkanlagen von Sanssouci hatte er sofort eine Zweizimmerwohnung im Hochparterre besetzt und mich gefragt, ob ich nicht mit ihm zusammenwohnen wolle. Eigentlich wollte ich nicht. Ich hatte selbst eine winzige Wohnung im Prenzlauer Berg, in Berlin, wo ich seit einem Jahr studierte, um irgendwann einmal Lehrer zu werden für Deutsch und Geschichte. Aber was hieß schon *irgendwann*? Die Zukunft und ihre Pläne waren in diesen Tagen weiter entfernt als das Pleistozän. Zum ersten Mal war die Gegenwart wichtiger.

Nur wegen der Semesterferien war ich überhaupt nach Potsdam zurückgekommen, in die Stadt meiner Kindheit und Jugend. In diesem Winter nämlich hatte die FDJ erstmals keine Ferien-Arbeitseinsätze für die Studenten organisiert, in der Produktion oder in der Landwirtschaft, und so fehlte mir nun fast ein wenig das, worum ich mich früher immer zu drücken versucht hatte. Ich verfügte über mehr freie Zeit, als ich gebrauchen konnte, und um nicht weiter auf der Klappcouch meiner Eltern zu kampieren, deren Wohnung sich im selben Neubaugebiet befand, gab ich Arnds Drängen nach, eines der Zimmer seiner besetzten Wohnung am Park zu beziehen.

Vor den Fenstern dort standen die schwarzen Gerippe der winterlichen Kastanien, als ich meinen Jägerrucksack mit nicht viel mehr darin als Waschzeug, ein paar Büchern und Wechselklamotten auf der Matratze abwarf, die Arnd für mich vom Sperrmüll besorgt hatte. Die Matratze sah aus wie neu. Sie stammte aus volkseigener Produktion, was ihr wohl zum Verhängnis geworden war, genau wie dem Toaster und der Kaffeemaschine, die wenig später auf die gleiche Weise in unseren provisorischen Haushalt wanderten.

Arnd hatte viel Zeit. Erst im Oktober stand an der Humboldt-Universität jener Studienplatz bereit, wegen dem er drei Jahre Wehrdienst auf sich genommen hatte. Zweieinhalb davon hatte er abgerissen. Trotzdem hatte er nicht vor, das Philosophiestudium anzutreten, für das er eine Zulassung besaß. Stattdessen wollte er sich an verschiedenen Schauspielschulen bewerben, in Leipzig, in Berlin-Weißensee und in Babelsberg, nur ein paar O-Bus-Stationen von der elterlichen Wohnung entfernt.

Bis es so weit war, gab es eigentlich keinen Grund für Arnd, arbeiten zu gehen. Sein Konto musste gut gefüllt sein mit dem Unteroffizierssold aus zweieinhalb Jahren. So war es wenigstens bei mir gewesen. Doch weil seine Eltern darauf bestanden hatten, dass es keine Beschäftigungslücke in seinem Lebenslauf geben dürfe, besorgte er sich Mitte Februar dennoch eine Halbtagsstelle als Zusteller bei der Post. Natürlich nicht weil er um seine künftige Rente fürchtete, wie die Eltern das an seiner Stelle taten, sondern um des Familienfriedens willen. Der war fragil genug, seit die sogenannte Wende die Anstellungen seiner Eltern hatten unsicher werden lassen. Diese Nervosität – oder war es schon Angst – teilten sie im Übrigen mit meinen Eltern, die an derselben staatstragenden Akademie arbeiteten. Arnd und ich waren deshalb in den frühen achtziger Jahren zweimal gemeinsam im Betriebsferienlager gewesen, ohne dabei größere Notiz voneinander genommen zu haben.

Die Schrottkolonnen aus Westautos der späten siebziger und frühen achtziger Jahre dröhnten durch unsere Stadt, in Senfgelb, in Orange und in der Farbe von Brokkolicremesuppe. Zwischen den Alleebäumen funkelten blaumetallisch und silbern die Wimpelketten der Gebrauchtwagenhändler, die sich in den Brachen der Stadt eingenistet hatten, und Arnd und ich wohnten seit kurzem also zusammen in der Nähe von Sanssouci. Wir ließen einen Monat lang, von Mitte Februar bis Mitte März, in einer Weise die Zeit verstreichen, als wären wir Touristen. Daran änderte selbst Arnds Postbotendasein am Vormittag nichts. Nach Jahren der Apathie, nach einer EOS-Zeit in Beton, hatte unsere Heimatstadt zum ersten Mal wieder so etwas wie einen Pulsschlag. Außerdem stand der Frühling vor der Tür: gute Voraussetzungen für einen freundlichen Ausnahmezustand. Wir ließen uns, ohne zu zögern, in ihn fallen, denn wir ahnten, dass er nicht für immer dauern würde. Wir sahen ja täglich die dreisten Einflüsterer von außen und ihre Lakaien im Inneren des Landes. Wir sahen ja die Geschmeidigkeit, mit der die Opportunisten an die Spitze der sogenannten Opposition krochen und sie so zuerst entwerteten, um sie später zu vernichten. Aber wir hofften trotzdem, dass es noch nicht zu spät sei, die Dinge ins Gute zu wenden: dem Fortschritt zu. Wir glaubten immer noch an ein Glück für alle. Oder wenigstens: an ein angenehmes Leben für so viele wie möglich. Wir suchten uns dafür andere Worte, aber ich denke, wir meinten – in etwa – genau das.

Doch statt sich um die Gegenwart zu kümmern, ließen die Menschen sich von Sondersendungen des rebellisch gewordenen Staatsfernsehens einlullen. Stundenlang liefen Reportagen, in denen die Interieurs der Politbüro-Bungalows in Wandlitz abgefilmt wurden: Vorratsregale mit Obstkonserven, überdachte Planschbecken, die man empört zu Schwimmhallen großredete, vergoldete Badezimmerarmaturen, die als Gipfel der Dekadenz galten und nicht etwa als Ausdruck eines armseligen Geschmacks.

Am frühen Nachmittag gegen eins, halb zwei, nachdem Arnd Briefe und Zeitungen zugestellt hatte, trafen wir uns mit den Freunden im Café Heider, wo wir schon als Abiturienten täglich gesessen hatten. Der Kaffee-und-Kuchen-Atmosphäre des Lokals hatte der Umbruch bisher nichts anhaben können. Hier gab es weiterhin Spitzendeckchen und Blümchentapete. Wir tranken Martinis und Weißwein und rauchten Zigaretten, während eine Rentner-Combo im Frack leise Schlagermelodien intonierte. Der Besen des Schlagzeugers wischte stets nur leicht über die Snare-Drum, ein sanft knirschender Rhythmus, der bis kurz vor sechs unter unseren Gesprächen lag. Dann zogen wir weiter ins ehemalige Untersuchungsgefängnis der Staatssicherheit, das seit kurzem Haus der Demokratie hieß. Dort unterm Dach hatte ein neues Café aufgemacht, wo bei Flaschenbier und Wein aus dem Karton die jungen Punks mit den alten Hippies beisammensaßen und über den wahren Kommunismus diskutierten, über die Graswurzelrevolution und die Möglichkeit einer neuen deutschen Räterepublik. Zwischen den Tischen schwankten die ersten heimischen Kiffer, soeben von einem Holland-Trip zurückgekehrt, und teilten grinsend ihre Joints mit den diskutierenden Gästen.

Fast mechanisch bestellten Arnd und ich ein Glas Wein nach dem anderen, unsere Körper wurden im Laufe der Nacht so schwer, wie es unsere Zungen schon eine geraume Weile waren, und erst wenn das frühe Morgenlicht durch die Fenster hereinbrach, wechselten wir zum schwarzen Kaffee, um wenig später ins schneidende Licht des Tagesanbruchs hinauszutreten.

Blinzelnd gingen wir durch die stillen Straßen der zweiten barocken Stadterweiterung, Arnd zur Arbeit, ich nach Hause in unsere Wohnung.

Der Wahltermin kam rasend schnell näher, und immer finsterer wurden die Prognosen, was das Glück für alle betraf. Die Fußgängerzone unserer Heimatstadt war mittlerweile zu einem abstrusen Markt der Schwarzhändler verkommen. Die Polizei sah weg, und im Grunde lebten wir in einem anarchistischen Interregnum. Weder die Regierung noch eines ihrer ausführenden Organe verfügte mehr über irgendeine Art von Autorität. Wir waren frei für den Moment, und auch deshalb konnten sich Anfang März vor den Ladengeschäften unserer Fußgängerzone die Tapeziertische der fliegenden Verkäufer aus dem Westen aneinanderreihen. Sie waren bestückt mit dem größtmöglichen Plunder aus den Billigwaren-Depots der BRD: Gerümpel, bunter Schrott, blinkender, funkelnder Unsinn aus Plastik und Blech. In der schnurgeraden preußischen Straße, die vom Brandenburger Tor bis zur Pforte der St.-Peter-und-Paul-Kirche führte, breitete sich dieser Basar der Absonderlichkeiten aus wie eine hochinfektiöse Krankheit. Nur die Pornomagazine, deren Titelblätter sich den unvorbereiteten Passanten schamlos und am laufenden Meter darboten, besaßen dabei vielleicht so etwas wie einen funktionalen Sinn.

In Sicht- und Rufweite zu den Marktständen, ebenfalls auf Tapeziertischen, stapelten sich die Flugblätter der neuen Politaktivisten. Sie riefen zur direkten Demokratie auf oder forderten Denkmalschutz oder Pazifismus. Es wurde nach keinen Experimenten verlangt und dem einigen Vaterland, während man sich gegenüber für Freibier einsetzte statt für Sozialismus. Die letzte Phase des Wahlkampfes hatte begonnen.

Auch Arnd, ich und ein paar Freunde bauten einen kleinen Stand am westlichen Ende der Fußgängerzone auf, in Sichtweite eines Cafés, in das wir uns abwechselnd für eine Stunde absetzten. Wir hatten ein schwarz-rotes Tuch über die Tischplatte gebreitet, auf dem in schiefen, mit Steinen beschwerten Stapeln bedruckte Zettel bereitlagen. Unsere Flugblätter sahen noch hässlicher aus als die der Konkurrenz. Lediglich das Logo der basisdemokratischen Vereinigung, der Arnd und ich beigetreten waren, um das besagte machtfreie Interregnum bis in alle Ewigkeiten zu verlängern, stach aus dem typographischen Brei heraus: ein Kreis, der ein großes V umschloss sowie ein etwas kleineres L und einen fünfzackigen Stern.

Auf unserem aufwändigsten Wahlplakat, einem zweifarbigen Offsetdruck, stand: *Der Kopf ist rund, damit das Denken die Richtung wechseln kann*, ein Zitat des französischen Dadaisten Francis Picabia. Ich hatte meine Zweifel, ob damit etwas zu gewinnen wäre, aber Arnd gefiel der Spruch. Kunst und Politik, Poesie und Parolen, das sei es doch, worum es im Leben gehe, behauptete er.

Unsere Flugblätter handelten von Arbeiterräten und syndikalistischen Gewerkschaften, sie ließen Bakunin hochleben und Leo Trotzki. Wenn die Dämmerung einsetzte, packten wir unsere Revolutionsbude zusammen und verstauten sie im Parteibüro, das im Erdgeschoss des Hauses der Demokratie lag. Dann gingen wir hoch ins Café, wo wir abermals bis zum Morgen blieben.

Manchmal zogen wir jetzt nachts durch die Straßen, ausgestattet mit Tapetenkleister, mit Bürsten und Plakatrollen, um die Parolen der anderen Parteien mit den eigenen zu überkleben. Wir waren jung, und wir sahen gefährlich aus. Wir trugen schwarze Lederjacken und martialische Arbeitsschuhe. Die älteren Herren von der Allianz für Deutschland ergriffen sofort die Flucht, wenn sie uns von weitem kommen sahen. Wir riefen ihnen Textzeilen aus Slime-Songs hinterher, bevor wir deren noch kleisterfeuchte Plakate wieder abrissen, zu unförmigen Ballen knüllten und in den Rinnstein kickten.

Den jugendlichen Schnöseln vom Bund Freier Demokraten drohten wir Prügel an, als sie versuchten, über unser mangelndes Verständnis von Demokratie zu diskutieren: Wir lachten darüber, denn es war klar, dass die hohlen Worte nur von ihrer Angst ablenken sollten und ihrem feigen Abgang eine gewisse Würde verschaffen. Denn: Wir trugen Lederjacken, wie gesagt, und sie blaue Marine-Jacketts mit goldenen Knöpfen.

Die Pazifisten, die Umweltschützer und die Feministinnen ließen wir in Ruhe, wenn wir sie nachts auf der Klebetour trafen. Es waren ehemalige Klassenkameraden oder die jüngeren Geschwister unserer Freunde.

Dann kam der 18. März, Tag der ersten freien Volkskammer-Wahlen. Wir bekamen ein ganzes Prozent der Stimmen. Eines!

Die Feier danach geriet zum großen Besäufnis, Anarchisten, Umweltschützer, Pazifisten: Alle gaben sich die Kante, denn jeder wusste, dass es keine zweite Chance geben würde für eine bessere Welt oder für eine weniger schlechte.

Mit schwerem Kopf beschloss ich am nächsten Morgen, die Politik sein zu lassen. Es kam mir seltsam vor, dass ich gestern noch eine Räterepublik für möglich gehalten hatte.

Als ich Arnd am Dienstag nach der Wahl mitteilte, dass ich die Wohnung verlassen würde, um das Angebot seiner Schwester anzunehmen, nannte er mich einen kleinbürgerlichen Eskapisten. Ich versuchte, die Beleidigung wegzulachen, aber sie traf mich trotzdem.

Seither vermieden wir es, über Politik zu sprechen. Seither war ich nie wieder im Haus der Demokratie gewesen.

«Ey, ihr Faulpelze, bloß keine Müdigkeit vorschützen!»

Fast synchron wendeten Arnd und ich uns dem Neubaublock zu.

«Ich hab's genau gesehn: Ihr sitzt schon 'ne halbe Stunde da unten rum, ohne was zu tun, außer zu rauchen. – Mensch, Arnd, wenn du schon selber nix machst, dann halt nicht noch Andreas von der Arbeit ab. Du mit deinen ewigen Geschichten. Die Kartons hüpfen nicht von selbst auf den LKW.»

«Das ist kein LKW, das ist ein Ello», schrie Arnd grinsend zurück, und er zeigte auf den olivgrünen ausrangierten NVA-Laster vom Typ Robur LO, der mit heruntergelassener Ladeklappe auf dem Parkplatz vor der Wäschetrockenwiese stand. Arnd hatte bei der Armee auch gelernt, dass das LO für luftgekühlter Ottomotor stehe, und es uns erzählt, ohne dass wir es wissen wollten.

«Mir schnuppe, wie die Dinger heißen. Hopp, hopp, ihr Hasen!»

«Ay, ay, Captain!» Arnd schoss in die Höhe wie ein Springteufel und schnippte in hohem Bogen die Zigarettenkippe von sich. Dann schlug er die Hacken zusammen und salutierte.

«Blödmann!» Es war Ulrike, Arnds drei Jahre ältere Schwester, die ihren Kopf aus dem Fenster in der zweiten Etage gesteckt hatte und jetzt trotz der mahnenden Worte zu uns herunterlachte. Wie anstelle der Sonne, die sich an diesem bedeutenden Tag nicht zeigen mochte, dachte ich, und zwar ohne mich dafür zu schämen, und der Grund dafür lautete: Ich war verliebt.

Nur wegen Ulrike saß ich überhaupt hier mit dem redseligen Arnd auf dem Bordstein und machte eine Zigarettenpause vom Kistenschleppen.

Schon bei unserer ersten Verabredung war Ulrike auf den Hof in der Lausitz zu sprechen gekommen, den sie und ihr Bruder vom verstorbenen Opa geerbt hatten, dem Vater ihres Vaters. Häufig hatte sie sich ausgemalt, wie es wäre, dort zu leben, nahe der Natur, mit Tieren im Stall, die versorgt werden mussten.

«Ich würd ja so gerne!», hatte sie anfangs immer gesagt, aber im Laufe des März diesen Wunsch um einen Halbsatz ergänzt: «Aber nur wenn du mitkommst.»

«Nach der Wahl vielleicht», wiegelte ich dann meist ab, «vorher kann ich das nicht entscheiden. Vielleicht werde wir ja gebraucht von unseren Leuten.»

«Keiner will euch», sagte sie am Tag nach der Wahl, «also braucht auch dich keiner. Wie sieht's also aus mit dem Landleben, mein Freund?»

«Na gut, zur Probe», sagte ich, und war mit einem Mal wie beglückt gewesen von dieser bequemen Möglichkeit, die Stadt zu verlassen, auch wenn ich es Ulrike gegenüber so nicht zugegeben hätte. Vielleicht sprach daraus schon die Angst, dass Potsdam schnell in die alte Lethargie zurückfallen könnte, zehrend allein von seinen Schloss- und Wasserkulissen, von dem zweifelhaften Ruhm als preußische Garnisonsstadt. Dann wäre es einmal mehr nichts weiter als ein Paradies für reaktionäre Touristen.

Bücherkisten hauptsächlich hatten wir bisher auf die Ladefläche des Ello gewuchtet, dazu ein bisschen Hausrat. In Zeitungspapier gewickelten Nippes, Steppdecken, Federkissen, zwei Matratzen. Das Übliche eben. Ein wenig Bettwäsche, Handtücher, Reinigungsutensilien und ein paar Grünpflanzen, der Gemütlichkeit wegen. Es war die Basisausstattung für den eigenen Hausstand.

Nur wegen Ulrike also schleppte ich seit einer Stunde Kartons den Neubauaufgang hinunter. Ulrike, mit der ich kaum noch Zeit verbracht hatte in den letzten Wochen, weil es mir wichtiger gewesen war, dadaistische Plakate in die Stadt zu kleben.

Was für eine Zeitverschwendung, dachte ich und schnippte meine Zigarettenkippe der von Arnd hinterher, und dann dachte ich noch: Ulrike, jetzt hauen wir ab!

Macht's gut, ihr Trottel!

DAS FABELHAFTE JAHR DER ANARCHIE

to the happy few

1

«Isses nicht herrlich, Ändie?», sagte Ulrike, ohne den Blick von den weiten Feldern zu nehmen, die sich rechts der Allee bis an den Horizont dehnten.

Sie hatte ihre Stirn an das Seitenfenster des Ello gelehnt, als müsse sie gekühlt werden. Es waren die ersten Worte, die sie sprach, seit wir südlich von Cottbus von der Autobahn abgefahren waren, um auf einer der ruhigen, wenn auch holprigen Landstraßen Neu Buckow zu erreichen. Für einen Sonntagnachmittag herrschte mäßiger Verkehr. Die Leute, die unterwegs waren, schien es, fuhren alle ihre neuen alten Westautos spazieren.

Ulrike hatte recht, dachte ich, es war wirklich herrlich hier draußen. Die saftig grünen Getreidetriebe, die dicht beieinanderstanden, ließen die Äcker aussehen wie einen endlosen englischen Rasen. Hin und wieder standen ein paar dekorative Rehe darauf herum, und in der Luft kreisten majestätische Greifvögel, die ich als Kind der Stadt leider nicht näher bezeichnen konnte. Waren es Milane? Oder Falken?

«Was sind denn das für Vögel da oben?»

«Weiß ich nicht, Ändie», sagte Ulrike. «Adler, würd ick mal tippen.»

«*Adler!* Na klar!», kam es höhnisch vom Fahrersitz.

«Mensch, Arnd, das war doch nicht ernst gemeint», sagte ich.

«War es wohl», maulte Ulrike. Dann zog sie einen Schmollmund, aber nur für ein paar wenige Sekunden, bevor sie fortfuhr: «Haste denn 'ne bessere Idee, Bruder?» Jetzt grinste sie schon wieder.

«Geier, liebe Schwester», sagte Arnd, «das waren bestimmt Geier», und Ulrike sagte: «Idiot», und wandte sich wieder dem Seitenfenster zu, an dem die Landschaft vorbeizog, als sei die Niederlausitz ein einziger Golfplatz.

Gleich nachdem wir das Ortsschild von Potsdam hinter uns gelassen hatten, war völlig unerwartet die Sonne hervorgebrochen. Sie schien plötzlich schräg von vorn in die Ello-Fahrerkabine herein, wo Ulrike und ich zusammengezwängt auf dem Beifahrersitz saßen. Für einen Moment kniffen wir die Augen zu, um uns an das viele Licht zu gewöhnen. Arnd, als hätte er den Wetterumschwung geahnt, zog eine Sonnenbrille aus der Innentasche seiner Lederjacke. Ich probierte, durch die Lider zu blinzeln, Ulrike dagegen behielt ihre Augen einfach zu, so als genieße sie die Wärme auf dem Gesicht. Es sah lange aus, als schliefe sie.

Ich weiß nicht, ob es an dem jähen Lichtschlag lag oder der kurzen Blindheit, die auf ihn folgte, doch noch ehe ich wieder mehr erkennen konnte als ein paar Schemen, dachte ich, dass es gelingen könne, jene Sorgen zurückzulassen, mit denen die Menschen hinterm Ortsschild sich plagten. Ich konnte jetzt, die flache Hand über den Augen als Sonnenschutz, nicht mal mehr sagen, welcher Art diese Sorgen waren, dabei hatte ich sie doch bis eben mit den anderen geteilt. Ich wusste nur, dass ich die Sorgen, wie auch immer sie beschaffen waren, ob wichtig oder banal, ob berechtigt oder eingebildet, nicht mitnehmen wollte.

Die Stadt ist ein Hort der Sorgen, dachte ich, während ich noch immer nicht scharf sah, und mir fiel natürlich selbst auf, wie schal diese Überlegung war. Aber sofort fiel mir als Nächstes auch ein, dass die Furcht, nicht originell zu sein oder schlagfertig oder ausreichend ironisch, im Grunde nur eine weitere der Sorgen war, die besser jenseits des Ortsschildes blieben, und deshalb wiederholte ich, um das Thema erst einmal abzuschließen, den schalen Einfall gleich noch ein zweites Mal: Die Stadt ist ein Hort der Sorgen, und wir gehen aufs Land.

Die Sonne war also rausgekommen, und sie hatte die Autobahn zu einem leuchtenden grauen Band gemacht, dem wir nur zu folgen brauchten. Und als wir die schöne Lausitzer Allee entlangfuhren, schien sie immer noch, hing jetzt nur ein wenig tiefer am Himmel, doch die ganze Zeit ließ sie Ulrikes honigblonde Haare funkeln, die heute zu zwei Schnecken aus akkurat geflochtenen Zöpfen gedreht waren.

Schon an der erweiterten Oberschule war Ulrike berühmt gewesen für ihre Haare. Oder besser gesagt: berüchtigt. Die lässigen Mädchen trugen damals, vor fünf, sechs Jahren, toupierte Haare, Nacken und Seiten ausrasiert. Die mehr als lässigen färbten sich die Haare schwarz und ließen sie zu einem Bob schneiden, die Mädchen der Jungen Gemeinde hatten zentimeterlange Igel, die perfekt zu ihren Nickelbrillen passten und zu den Friedensliedern ihrer Wanderklampfen. Nur Ulrike mit ihren strengen Zopffrisuren wirkte an unserer Schule wie aus der Zeit gefallen. Große teutonische Ingenieurskunst stecke hinter diesen perfekten Zöpfen, spottete Arnd damals, und manchmal redete er seine Schwester mit *mein deutsches Mädel* an, wobei er seine Stimme durch die Nase schnarren ließ. Dabei sah er meist selber aus wie ein frischgeschorener Pimpf, nur fiel ihm der Scheitel bis zum Kinn.

Die beiden Geschwister muteten schon ein bisschen seltsam an, wenn sie gemeinsam durchs Wohngebiet liefen. Ulrike in ihren dezent gemusterten, irgendwie ländlich wirkenden wadenlangen Kleidern, den etwas größeren Arnd an ihrer Seite, in schwarzer Hose, weißem, bis zum obersten Knopf geschlossenem Hemd, mit schwarzen Hosenträgern und Lederjacke. Dazu ihre Frisuren und die blonden Haare, die in der schwärzesten Nacht noch leuchteten. Kein Wunder, dass die Leute über ihre Wertvorstellungen spekulierten und darüber, ob nicht womöglich eine extrem reaktionäre Ideologie hinter dem Aussehen stünde.

Ulrike wies solcherlei Unterstellungen mit großer Verve von sich, Arnd dagegen verneinte stets auf eine Art, die offenließ, ob nicht auch das Gegenteil richtig sein könne. Das hielt ihn im Gespräch, und allein darum ging es ihm.

Während Arnd in der Schule zu einem guten Freund wurde, blieb Ulrike blass. Ich hielt sie für schüchtern und in sich gekehrt und verdächtigte sie, klassische Konzerte zu besuchen. In ihrem Mädchenzimmer schrieb sie vermutlich Tagebuch und las ganze Gebirge von Büchern weg. Arnd und ich lasen zwar auch, doch bei uns waren die Bücher anfangs eher Accessoires gewesen, die man ins Café mitnahm, um sich mit ihnen zu zeigen. Und selbst als später unser Interesse aufrichtig wurde, verloren sie diesen Status nie wieder ganz. Ulrike dagegen las wahrscheinlich still in ihrem Kämmerlein Romane über die Liebe, denn sie war eben nur die ältere Schwester meines Freundes, die antiquierte Frisuren auftrug.

So dachte ich noch immer, als ich sie wiedersah im Oktober 89 an der Humboldt-Universität. Sie stand in der Kassenschlange der Mensa, und ich erkannte sie sofort: die blonden Haare, den dicken, akkurat geflochtenen Zopf, das Kleid unter dem Mantel. Sie hatte sich nicht verändert in den drei Jahren, die ich beim Wehrdienst gewesen war. Ich stellte mein Tablett mit Essen voll, und als ich das nächste Mal zur Kasse sah, war Ulrike verschwunden. Schicksal, dachte ich. Ich war weder traurig noch froh darüber. Eine halbe Stunde später rammte mir jemand im Gedränge der Geschirrrückgabe ein Tablett in den Rücken, während ich gerade die Reste in den Schweinekübel kratzte.

Ich drehte mich um.

«Andreas! Was machst du denn hier?», rief Ulrike, und es hörte sich an, als ob sie sich freue, mich zu sehen.

«Ich studiere jetzt auch», sagte ich.

So nah wie in diesem Moment war ich ihr noch nie gewesen. Ich sah jetzt nur ihr Gesicht, nicht den Zopf, nicht das Kleid, und was ich sah, gefiel mir gut. Ich musste sofort an Arnd denken und was der davon halten würde, und ich sagte: «Schön, dich zu sehen, Ulrike, wirklich.»

«Und *was* studierst du?», fragte sie. Die Umstehenden fingen schon an zu murren, weil wir den Verkehr aufhielten.

«Deutsch und Geschichte», sagte ich und stellte meinen Teller ab.

Wir gingen ins Operncafé auf der anderen Straßenseite und bestellten Eisbecher und Kaffee, ein Glas Sekt und einen Weinbrand. Ulrike erzählte, dass sie Slawistik studiere, auf Diplom, und sie erzählte von ihrer Wohnung in der Stargarder Straße. Aus dem Fenster könne sie die Gethsemane-Kirche sehen und so habe sie alles mitbekommen, was sich dort in den letzten Wochen abgespielt hatte.

Ich berichtete von meinem eigenen kleinen Zimmer in der

Choriner Straße. Wie ich eines Sonntagnachmittags einfach losgezogen war, um eine leerstehende Bude zu finden, mit einem Schraubenzieher in der Tasche und einer Kombizange. Es waren ja Tausende in den Westen gegangen im Sommer, da mussten doch auch Tausende Wohnungen leerstehen. Ich erzählte ihr, wie ich das Glück hatte, gar nicht einbrechen zu müssen. Nicht mal ein Werkzeug hatte ich gebraucht, denn die Wohnungstür war nur halb ins Schloss gezogen. Im Küchenwaschbecken stand noch das dreckige Geschirr des Vormieters, aber das Ungewöhnlichste war ein großes Hochbett aus Kiefernbalken, das im einzigen, fast trapezförmigen Zimmer stand und zu dem eine hölzerne Treppe hinaufführte. Aus dem Fenster konnte man das Stadtbad in der Oderberger Straße sehen.

Wir bestellten noch eine Runde Sekt und Weinbrand und beschlossen, heute auf Vorlesungen und Seminare zu pfeifen. Wenn es so etwas gab, nach all den Jahren, in denen wir uns ignoriert hatten, war es Liebe auf den ersten Blick. Jedenfalls was mich betraf.

Eines aber war neu an Ulrike: Sie hatte sich eine große Klappe zugelegt. Ein loses Mundwerk, das sarkastisch sein konnte oder kokett, auch ein bisschen ordinär oder sehr gewählt. Ob das an der Großstadt lag, in der sei seit mehr als zwei Jahren lebte, oder dem Linguistikstudium, konnte ich nicht sagen, Ulrike redete jetzt jedenfalls gerne und laut, und das stand ihr ausgesprochen gut, denn es machte sie unglaublich …

«Träumste etwa, Ändie?»

«Ich musste dran denken, wie wir uns kennengelernt haben.»

«Ooch, das ist süß von dir.»

«So ist er nun mal!», sagte Arnd und zeigte seiner Schwester einen Kussmund.

«War schön damals, oder?», sagte Ulrike. «Liebe, Freiheit. – Und so weiter.» Das klang, als spreche sie von längst vergangenen Tagen.

«Und so weiter?», fragte Arnd.

«Und so weiter!», bestätigte Ulrike. «Wann sind wir da?»

«Halbe Stunde, zirka.»

«Hast du gehört, Ändie, 'ne halbe Stunde noch, und dann beginnt ein neues Leben.»

«Mann, Ulrike, kannst du Andreas nicht mit seinem richtigen Namen ansprechen. Ändie hier, Ändie da, mir bluten schon die Ohren.»

«Andreas gefällt's, stimmt's, Ändie?»

«Sie sagt das doch so schön. Das ist ja schon fast ein Gurren. Wie kann man das denn nicht mögen?»

«Merci!»

«Du redest sie ja auch nicht mit einem kindischen Kosenamen an», sagte Arnd.

«Aber nur dann nicht, wenn du dabei bist», sagte Ulrike und zwinkerte mir zu.

«Wirklich?», fragte Arnd und sah mich an, als hätte ich nicht alle Tassen im Schrank.

«Ab und zu.»

«Und wie genau?», fragte Arnd.

«Rate!», sagte Ulrike.

«Hinz?»

«Blödmann!»

«Kunz?»

«Jetzt mal richtig, du Scherzkeks!»

«Na, dann tippe ich mal auf ... lass mich überlegen, was passen könnte ... Uschi!»

Mit flinken Fingern ergriff Ulrike die leere Zigarettenschachtel, die auf dem Armaturenbrett lag, knüllte sie zusammen und warf sie Arnd an den Kopf. Der Ello machte einen heftigen Schlenker nach links, rüber auf die Gegenfahrbahn, die aber leer und friedlich unter den Schattenspielen der Alleebäume döste. Ulrike stieß einen kurzen Schrei aus, hinten auf der Ladefläche klirrte das Porzellan, und Arnd sagte, nachdem er den Ello wieder in der Spur hatte: «Aua!»

Dann schwiegen wir alle eine Weile, um den Schreck zu verdauen, und ein wenig später sagte Arnd: «Aber passen würde es: Uschi!»

«Ulli», sagte ich, um die Situation zu entschärfen, «ab und zu nenn ich sie Ulli.»

«Das könnte auch ein Kerl vom Bau sein», sagte Arnd, «oder ein Fußballtrainer.»

«Isses aber nicht, du Schlaumeier», sagte Ulrike, «es ist deine liebe Schwester», und dann rieb sie ihre Wange an meinem Hals. Ganz leicht nur, kaum spürbar, wie ein Hauch.

Unter unsinnigem Geplauder wie diesem verflog die halbe Stunde, die Arnd angekündigt hatte, in null Komma nichts. Die Straßen wurden schmaler, die Bäume am Rand verschwanden, und das Grün der sprießenden Äcker wich lockeren Kiefernwäldern, die aus hellem Sand wuchsen. Dazwischen niedriges Kraut und dürres Gebüsch. Als es so stark anfing zu ruckeln, dass wir alle drei auf unseren Sitzen hoch und nieder hüpften und der Hausrat auf der Ladefläche zu klappern begann wie ein anrollender Sturm, drückte Ulrike meine Hand.

Am Rand der holprigen Katzenkopfsteinpiste tauchte das Ortsschild auf:

Neu Buckow
Kreis Senftenberg
Bezirk Cottbus

«Jetzt sind wir endlich da, Ändie!», flüsterte Ulrike nah an meinem Ohr.

2

«Ach Ändie, was machen wir denn jetzt bloß?», jammerte Ulrike. Sie hockte neben dem Ello und war nichts als ein Häufchen Elend. «Das bringt doch Unglück und zwar ab sofort. Und das Schlimmste ist, man weiß nicht, für wie lange. Man weiß nur, dass es mindestens sieben Jahre dauert, dieses Unglück.»

«*Höchstens* sieben Jahre», sagte ich.

«Nein, mindestens!», beharrte Ulrike und betrachtete die neun großen Scherben, in die ihr großer Kinderzimmerspiegel zersprungen war. Sie hatte ihn von ihrer Großmutter mütterlicherseits geerbt, und obwohl sie wusste, dass es im Haus ihres Großvaters väterlicherseits, in das wir gerade zogen, mehr als nur einen Spiegel gab, hatte sie darauf bestanden, ihn mitzunehmen. Ausgerechnet als Glücksbringer.

«Der Spiegel war das erste Geschenk für Oma», jammerte Ulrike, «Opa hatte richtig darauf gespart, der war ein einfacher Arbeiter. Vierzig Jahre hält der Spiegel, und dann geht er hier kaputt.»

Ich wollte etwas Spöttisches sagen, über Aberglaube oder die Ersetzbarkeit von profanen Dingen wie Spiegeln, aber als ich sah, wie Ulrike die Tränen in die Augen zu steigen drohten, weil sie in diesem Moment vielleicht an ihre Großeltern dachte, die allesamt nicht mehr lebten, hockte ich mich neben sie, und während ich mit meinem Zeigefinger ihre rechte Haarschnecke entlangfuhr, sagte ich: «Ulli, guck doch mal: Nirgends ist ein Unglück im Anmarsch. Wir ...»

«Ha, von wegen!», platzte Arnd dazwischen. «Nirgends ein Unglück? Und was ist mit dem großen Ausverkauf? Und was mit den ganzen Arbeitslosen, die wir demnächst haben werden? Und die Spekulanten, die ...»

«Du redest schon wie unsre Eltern», unterbrach ihn Ulrike und wischte sich trotzig mit dem Handrücken über die Augen, obwohl noch gar keine Träne geflossen war.

«Ich *meine* aber was anderes als unsere Eltern», sagte Arnd und guckte böse. «Ich will nicht das Alte zurückhaben wie sie, sondern was Neues. Und was ich auch nicht will, ist das abgetragene Alte aus dem Westen, das sich die ganzen Idioten hier als was total Neues verkaufen lassen.»

«Kann ja alles sein», sagte ich, «aber das war ja jetzt gar nicht das Thema, Arnd.»

«Genau, immer geht es nur um dich und um deinen Kram. – Mensch, wegen dir ist das doch erst passiert mit dem Spiegel. Weil du das Lenkrad nicht gerade halten konntest», sagte Ulrike.

«Wer hat mir denn die Zigarettenschachtel an den Kopf geworfen?», fragte Arnd.

«Na, ich nicht», sagte ich.

«Na, icke aber auch nicht», kam es wie aus der Pistole geschossen von Ulrike, und dann schwiegen wir alle, und jeder von uns blickte von einem zum anderen, eine Runde und noch eine weitere, bis Ulrike es nicht mehr aushielt und losprusten musste.

Hunderte kleine Spuckebläschen leuchteten in der roten Untergangssonne, die sich mit letzter Kraft über der Wiese hinterm Haus hielt. Und auch Arnd fing jetzt an zu grinsen und schwang sich zurück auf die Ladefläche des Ello, wo noch ein paar mehr Kisten auf uns warteten. Das kommende Unglück war erst einmal vergessen.

Es war schon dunkel, als wir fertig wurden. Die Hälfte der Kisten hatten wir in die Scheune gestellt, den Rest in die Küche des Hauses, wo Ulrike versuchte, sie nach einem improvisierten System in verschiedene Stapel zu sortieren.

«Ich könnte ein ganzes Schwein fressen», sagte Arnd, nachdem wir die Plane des Ello festgezurrt hatten.

«Und dazu ein Fass Bier!»

Wir hatten seit dem Mittagessen bei den Eltern der Geschwister nichts mehr gegessen. Gulasch war uns dort serviert worden, Salzkartoffeln und Rotkohl, doch die Trauerminen von Mutter und Vater, die Müdigkeit, diese allumfassende Schwermut, die sie ausstrahlten, waren zumindest mir auf den Appetit geschlagen. Jedes Wort, das die Mutter an einen von uns richtete, wurde schnell zu einem Singsang der Klage, egal, worum es ging. Es war nicht die Bedeutung der Wörter, die ihn verursachte, es war der Klang des Sprechens, und dieser Klang war neu. Vor einem Jahr noch hatte es ihn nicht gegeben.

«Einerseits», hatte Ulrikes Mutter gesagt, «sind wir ja froh, dass sich jemand um das Haus kümmert und um den Hof, aber andererseits …», und an dieser Stelle hatte ein Seufzer aus der Tiefe ihrer Seele den Satz unterbrochen, bevor sie fortgefahren war, «… andererseits passt es uns gar nicht, dass du dein Studium dafür unterbrichst, Ulrike. Man weiß doch nicht, wie das alles weitergeht. Man muss sich ein bisschen in Acht nehmen, heute, wo die Zeiten so unsicher geworden sind.»

«Ja, Mutti, wird alles gut werden», hatte Ulrike gesagt und dabei ein ganz klein wenig den Tonfall ihrer Mutter imitiert und auch ein ähnliches Trauergesicht aufgesetzt, eine Art unbewusste Mimikry, dachte ich, bevor sie mir heimlich und mit einem Grinsen im Augenwinkel zugezwinkert hatte.

«Lass uns mal gucken, was wir in die Pfanne hauen können», sagte Arnd.

Wir gingen rüber in die Küche, wo Ulrike inmitten der Unordnung reglos auf einem Holzschemel stand und etwas zu suchen schien. Ihr Kopf stieß dabei fast an die Decke. Sie wirkte wie ein Leuchtturm in einem Meer aus Karton und zerfetzten Zeitungsbögen. Die eigentliche Küche, die darunter verborgen sein musste, die Fliesen, die Dielen, die Oberflächen von Tischen und Stühlen, die Muster und Dekors, all das ließ sich nur noch so erahnen.

«Wo ist denn unser Proviant, Schwesterherz?», fragte Arnd. «Wir wollen was zum Abendbrot kochen.»

«Ihr beide könnt doch gar nicht kochen, Herzchen», sagte Ulrike nach einer kleinen Weile, in der sie nichts getan hatte, als weiter bewegungslos auf dem Hocker zu stehen.

«Das werden wir *dann* sehen.»

«Das wissen wir doch jetzt schon», sagte Ulrike, und nun kam wieder Leben in ihren Körper. Wie ein Leuchtfeuer ließ sie ihren Blick über das Chaos schweifen, das sie hier angerichtet hatte, während wir glaubten, sie sorge für Ordnung. Dabei drehte sie sich um die eigene Achse und ruderte außerdem leicht mit den Armen, um die Balance nicht zu verlieren. Es gab elegantere Bewegungsabläufe, aber mir gefiel nicht, dass Arnd etwas Ähnliches dachte. Man konnte es an seiner Miene erkennen, ein Ausdruck zwischen Spott und Verachtung.

«Und was siehst du?», fragte ich, damit Ulrike ihre steife Pirouette beendete

«Nichts!», rief sie und sprang vom Hocker direkt in meine Arme.

«Du hast wirklich unseren Proviant unter dem ganzen Schutt hier vergraben?»

«Nichts hab ich vergraben, Bruder. Ich bin doch kein Eichhörnchen. Du selber hast es verbockt.»

«Von wegen.»

«*Hast* du die Netze mitgenommen, die Mutti für uns gepackt hat? Ja oder nein?»

«Verdammt», sagte Arnd.

«Die standen in der Küche auf dem Tisch. Eins mit Getränken, das andere mit Essen. Da war ein Brot drin und eine Salami und drei Büchsen Scomber Mix …»

«Und warum hast nicht *du* die Netze mitgenommen?», unterbrach Arnd ihre Aufzählung unwirsch.

«Weil's Mutti zu *dir* gesagt hat – Wer also hat das Abendbrot verbockt, Ändie?»

«Arnd war's.»

«Okay, ich war's», sagte Arnd, «und weil ich Schuld bin, dass wir hier ohne Essen dastehen, und weil ich nicht will, dass die liebe Ulrike vom Fleisch fällt, wo sie doch grade so gut im Futter steht, lade ich euch in den Heidekrug ein.»

«Von wegen gut im Futter steht», fauchte Ulrike, «das liegt an diesem blöden Arbeitspulli.» Sie hob die Arme und zeigte ihre Fledermausärmel.

«Also: Wie sieht's aus?», fragte Arnd.

«Ja, meinetwegen», maulte Ulrike, «dann lad uns nur ein: Du hast es ja! – Aber ach …»

«Ja?»

«Heut ist Sonntag.»

«Und?»

«Da hat der Krug zu.»

«Dann nehmen wir den Ello und fahren nach Senftenberg», sagte Arnd, «oder wir fahren gleich nach Cottbus rüber, dauert nur ein bisschen länger.»

«Nicht schon wieder mit dem Ello», sagte Ulrike, «da isses eng, und es stinkt nach kaltem Rauch.»

«Es ist sowieso schon halb neun», sagte ich. «Ehe wir *irgendwo* angekommen sind, ist längst Küchenschluss. Kennt man doch.»

«Dann weiß ich auch nicht», sagte Arnd.

«Aber *ich* weiß was», rief Ulrike, «wir fragen einfach Frau Domaschke, ob sie uns was außer der Reihe verkauft.»

Wir beschlossen, dass Ulrike einen Trampelpfad durch die Küche anlegen und ein wenig den Herd frei räumen sollte, während Arnd und ich bei Frau Domaschke eine Kleinigkeit zu essen einkauften.

Unterwegs erzählte mir Arnd, wer Frau Domaschke überhaupt war. Sie arbeitete im Dorfkonsum, der im Erdgeschoss eines ganz normalen Einfamilienhauses lag und aus zwei Räumen bestand. Es gab dort Lebensmittelregale, eine Gefriertruhe und ein paar Kisten mit Getränken. Der kleine Verkaufstresen des Konsums war gleichzeitig der Postschalter, mit dem einzigen öffentlichen Telefon Neu Buckows. Praktischerweise lag Frau Domaschkes Wohnung direkt über dem Konsum, weshalb unsere Chancen nicht schlecht standen, trotz des Sonntags und der späten Uhrzeit noch bei ihr einkaufen zu können.

«Wir müssen nur behutsam vorgehen», sagte Arnd.

Es war ziemlich dunkel, während wir so über das Kopfsteinpflaster wanderten. Es gab keine Straßenlaternen, und soweit ich erkennen konnte, stand unser Haus etwas abseits der Häuseransammlung, die wohl den Dorfkern ausmachte. Über uns leuchtete der Sternenhimmel in seiner ganzen Pracht, samt fast vollem Mond, und die Hunde der Umgebung hatten einen schauerlichen Nachtgesang angestimmt.

«Hier soll's Wölfe geben», flüsterte Arnd, als habe er gerade den gleichen Gedanken gehabt.

«Quatsch.»

«Ehrlich!»

Wir kamen an der Konsumgaststätte «Zum Heidekrug» vorbei, die heute tatsächlich Ruhetag hatte. Wir passierten ein Waldstück, einen kleinen Acker und zwei dunkle Gehöfte. Das ganze Dorf schien schon zu schlafen. Auch der Konsum von Frau Domaschke war dunkel, aber in der Etage darüber drang das flimmernde Licht eines Fernsehapparates durch die Gardinen.

«Schwein gehabt.» Arnd deutete auf das Fernsehflackern.

«Warum flüsterst du denn?», flüsterte ich zurück.

«Das ist 'ne alte Frau», flüsterte Arnd etwas lauter, «alte Leute sind schreckhaft, weißt du doch.»

«Alte Leute hören eigentlich nicht besonders gut», sagte ich, jetzt auch ein bisschen lauter.

«Stimmt», sagte Arnd und dann fast in normaler Lautstärke: «Ich will bloß nicht, dass Frau Domaschke einen Herzkasper kriegt. Dann war's das nämlich mit dem Abendbrot.» Arnd reichte mir seine Zigarettenschachtel, wir rauchten und sahen zu, wie der Qualm an Frau Domaschkes Wohnzimmerfenster vorbeizog.

«Wir müssen mal irgendwas machen», sagte ich, nachdem

ich meine Kippe ausgetreten hatte, «ein Zeichen geben, dass wir da sind. Und dass wir was wollen. – Wie wär's mit klingeln?»

«Wenn du meinst», sagte Arnd.

«Was spricht denn dagegen?»

«Normalerweise nichts.»

«Aber?»

«Aber das hier ist 'ne alte Frau, Andreas. Die erschreckt sich zu Tode, wenn wir einfach so auf die Klingel drücken. Wir müssen das anders machen», sagte Arnd.

«Und wie?»

Statt mir zu antworten, begann Arnd leise Frau Domaschkes Namen zu rufen. Das ging vielleicht eine Minute so, in der absolut nichts passierte.

«Mensch, Arnd, sogar die Käuzchen rufen lauter, als du nach der Frau schreist.»

«Okay, du hast recht, ich versuch's etwas kräftiger.» Er war wieder in das alte Flüstern zurückgefallen. «Frau Domaschke, können Sie uns hören, Frau Domaschke.»

«Das ist genauso leise wie vorher», unterbrach ich Arnds Bemühungen nach einer weiteren halben Minute.

«Hast du 'ne bessere Idee?»

«Frau Domaschke», schrie ich in Richtung des Wohnzimmerfensters, so laut ich konnte, und keine zehn Sekunden später erstarb dort das Licht des Fernsehers.

«Und nun?»

«Sie wird schon nicht tot sein», sagte ich. «Dafür ist jetzt ein guter Zeitpunkt, unser Anliegen mit dem Einsatz der Klingel zu unterstreichen. Den ersten Schreck hat sie ja nun schon hinter sich.»

«Nein, nicht die Klingel, sonst war alles umsonst», flüsterte

Arnd und ging in die Hocke. Als er wieder hochkam, hatte er drei kleine Kiesel in der Hand. Er warf den ersten Kieselstein gegen das Wohnzimmerfenster, wartete ein paar Sekunden, und nichts passierte. Der zweite Kieselstein verfehlte sein Ziel und schlug knapp über dem Konsum-Schild gegen den morschen Putz der Hauswand. Ein großer Fladen davon fiel ab und hinterließ eine hässliche Lücke in der Fassade.

«Da ist der Schwamm drin», flüsterte Arnd.

Dem dritten Kieselstein verlieh Arnd so viel Kraft, dass ich kurz dachte, die Scheibe würde zerspringen, als er auf sie traf. Es klirrte laut, und das Klirren hallte noch eine Weile durch die leere Dunkelheit der Lausitzer Heide, aber am Ende blieb das Glas heil. Die Wucht tat dennoch ihre Wirkung: Hinter der Gardine tauchte ein Schemen auf.

Ich bereute auf der Stelle, dass wir nicht nach Senftenberg gefahren waren oder gleich nach Cottbus, selbst wenn es dort nicht mal mehr eine Tasse Soljanka für uns gegeben hätte, so zögerlich und voller Angst machte der gebeugte Schatten von Frau Domaschke sich an Gardine und Fenster zu schaffen.

«Jetzt hat sie uns bemerkt», sagte Arnd, und er schien zufrieden. Auch er starrte gebannt nach oben, wo sich das Geschehen in Zeitlupe fortsetzte. Es dauerte Ewigkeiten, bis Frau Domaschke die Grünpflanzen und eine kleine Gießkanne vom Fensterbrett geräumt hatte, bis sie die Stores zur Seite gezogen und das Doppelfenster geöffnet hatte.

Dann endlich schaute sie zum Fenster heraus. Im fahlen Mondlicht konnte ich ihre Dauerwelle erkennen und dass sie schon bettfein in einem Morgenmantel steckte.

«Was wollen Sie?» Eine Stimme wie Pergamentpapier, das Ewigkeiten in der Sonne gelegen hatte.

«Wir brauchen was zu essen», sagte Arnd forsch.

«Gehen Sie weg!», wisperte Frau Domaschke.

«Wären Sie vielleicht so freundlich …», versuchte es Arnd auf sanftere Weise, aber Frau Domaschke ließ ihn nicht ausreden, sondern sagte etwas fester: «Gehen Sie weg, oder ich rufe die Polizei!»

«Dazu müssten Sie ja erst mal in den Laden runterkommen zum Telefon!»

«Mensch, Arnd!», zischte ich.

«Wer sind Sie denn bloß?» Jede Sicherheit war wieder aus Frau Domaschkes Stimme verschwunden.

Arnd fummelte in seiner Jackentasche herum und zog dann die Streichholzschachtel heraus.

«Ich bin's doch nur, Frau Domaschke, Arnd», flehte Arnd jetzt schon fast. Er riss eines der Hölzer an und hielt es sich nah vors Gesicht, so lange, bis es ihm die Finger versengte und er es fluchend wegwarf.

«Um Himmels willen, so machen Sie doch das Feuer aus!», kam es von oben.

«Mensch, Sie kennen mich doch, Frau Domaschke, hier ist Arnd, vom Anton Bartke der Enkel. Wir waren doch immer in den Ferien hier, als wir kleiner waren, ich und meine Schwester. Und jetzt, wo Opa tot ist, da zieht meine Schwester in sein Haus, zusammen mit dem Andreas hier, das ist ihr Freund.» Ich versuchte eine devote Bewegung zu machen, die zu einer Mischung aus Kleine-Mädchen-Knicks und Musketier-Verbeugung geriet, während Arnd fortfuhr, an Frau Domaschkes Erinnerungsvermögen zu appellieren. «Die beiden wollen das Haus in Schuss bringen und den Hof und den Garten, damit das Ganze nicht endgültig verfällt. Der Opa ist ja nun auch schon fast ein Jahr unter der Erde, da muss mal was getan werden, oder?»

«Gehn Sie weg», sagte Frau Domaschke, «ich kenne Sie nicht», und sie klang jetzt beinahe zickig.

«Sie sind manchmal mit uns nach Senftenberg gefahren, wissen Sie nicht mehr?», beharrte Arnd. «Damals, wenn der Opa keine Zeit hatte. Ins Kino oder im Sommer an den See.»

«Hilfe», begann jetzt Frau Domaschke zu rufen, aber nur leise, so zaghaft wie Arnd vorhin ihren Namen.

Im nächsten Moment wischte ein Lichtkegel durch die Dunkelheit.

«Scheiße», sagte Arnd und ging in die Hocke. Ich tat es ihm gleich. Im Entengang bewegten wir uns in den Schatten des Gartenzauns.

«Hierher», rief Frau Domaschke aus dem ersten Stock. «Zu Hilfe!»

«Was ist denn los, Frau Domaschke?», kam es aus der Dunkelheit hinterm Lichtkegel.

«Ach, Gott sei Dank, du bist es, Kindchen.»

«Jetzt beruhigen Sie sich mal!»

«Und immer noch so schöne Haare», fiel Frau Domaschke von einer Sekunde auf die nächste in einen völlig anderen Tonfall, «wie eine Prinzessin. Und schon von weitem zu sehen!»

«Haben Sie vielleicht meinen Bruder gesehen, Frau Domaschke? Oder Andreas, meinen Freund? Die wollten bei Ihnen was einkaufen.»

«Nein», sagte Frau Domaschke bestimmt.

«Hier», sagte Arnd und erhob sich, «wir sind hier.» Auch ich stand auf. Ulrike erfasste uns mit dem Strahl ihrer Taschenlampe.

«Wo bleibt ihr denn?»

«Ach, der Arnd», sagte Frau Domaschke, «wie schön: Die beiden Bartke-Kinder zusammen.»

«Die Bartke-*Enkel*», präzisierte Ulrike.

«Es gab da ein paar Komplikationen», sagte Arnd.

«Nicht nur das, ihr Schlafmützen», sagte Ulrike und leuchtete auf einen bauchigen Weidenkorb, der in ihrer Armbeuge hing, «ihr habt überhaupt nichts zum Tragen mitgenommen.»

«Und das war noch unser kleinstes Problem», sagte ich.

«Sind Sie so gut, Frau Domaschke, und schließen uns ausnahmsweise den Laden auf? Wir kommen eben aus Potsdam und haben unseren Proviant vergessen. Ich soll Sie übrigens schön grüßen, von Vati und von Mutti natürlich auch.»

«Wie geht's denn daheim?»

«Es muss, Frau Domaschke, es muss ja!»

Fünf Minuten später standen wir in Frau Domaschkes Konsum und stapelten Lebensmittel in den Henkelkorb. Weil nicht alles dort hineinpasste, lieh uns Frau Domaschke sogar einen ihrer Dederon-Beutel.

Wir kauften sechs Flaschen Bier und drei Flaschen Rotwein der Sorte Cabernet, der hier in Massen rumstand, je drei Tüten Champignon-, Spargel- und Tomatencremesuppe, eine Thüringer Dauerwurst, ein Stück Butter, einen Würfel Marina, Salz, Pfeffer und ein Glas Senf, eine Büchse Leberwurst, dreimal Rindfleisch im eigenen Saft, dreimal Schmalzfleisch, ein Paket Eier, ein Netz Kartoffeln, ein Pfund Zwiebeln, zwei Flaschen Milch, zwei Pfund Äpfel, einen Klumpen Schmelzkäse mit Champignon- und einen weiteren mit Salami-Geschmack, ein Fläschchen Maizena-Speisewürze sowie drei Schachteln Club, für jeden von uns eine.

Frau Domaschke kam kaum mit dem Eintippen hinterher, ihre Kasse rasselte wie eine Panzerkette, Ulrike hielt das Portemonnaie gezückt.

«Aber Brot haben Sie keins?»

«Nur noch Schrippen von Freitag aus der Großbäckerei, aber wenn ihr ein bisschen Wasser drauftut und sie dann aufbackt, schmecken se wie neu.»

«Machen wir, Frau Domaschke», sagte Ulrike und packte die Brötchen in den Korb.

«Haben Sie zufällig Scomber Mix?», fragte Arnd, nachdem wir bezahlt hatten und schon fast aus der Tür waren.

«Nee, Junge, so wat gibt's nur in der Stadt», sagte Frau Domaschke und lachte sarkastisch auf.

«Na, aber dafür sind wir letzten Herbst nicht auf die Straße gegangen, wa, Frau Domaschke?», erwiderte Ulrike im gleichen Tonfall. «Dass es jetzt immer noch keinen Scomber Mix gibt hier in Neu Buckow. – Zustände sind das! Meine Herren!»

Ulrike war es tatsächlich gelungen, ein wenig Ordnung in die Wohnküche des Hauses zu bringen. Der Tisch mit hellgrau gemusterter Sprelacart-Oberfläche war schon gedeckt, in der Mitte der Tafel wartete eine Kerze darauf, angezündet zu werden. Es gab eine einfache Kochmaschine mit Backröhre aus Schamottstein und Türen aus weißer Emaille. Daneben stand ein Elektroherd mit drei Platten, den Arnd sofort angeworfen hatte, als wir wieder zu Hause waren. Während wir die Lebensmittel in den Kühlschrank und die kleine Vorratskammer räumten, setzte Arnd eine schwarze Eisenpfanne auf und begann, Zwiebeln zu schneiden. Er öffnete zwei Dosen vom Schmalzfleisch, das er in die Pfanne kratzte, als sie heiß war. Es zischte kurz, und wenig später zog ein Duft durch die Küche, der mir das Wasser im Mund zusammenlaufen ließ.

«Wie heißt das, was du kochst?», fragte ich, während ich

die Konsumbrötchen so präparierte, wie Frau Domaschke es empfohlen hatte, und sie dann in den Backofen schob.

«Hat keinen Namen», sagte Arnd und gab die Zwiebelstücke zum brutzelnden Schmalzfleisch. «Das haben wir nachts oft gekocht, auf Wache. Die Soldaten haben es Moppelkotze genannt.»

«Ihr durftet kochen, wenn ihr Wache hattet?», fragte Ulrike, die bis eben leicht verträumt drei Äpfel entkernt und dann in Achtel zerteilt und auf drei Untertassen drapiert hatte. Dabei waren ihre Augen nicht von der flackernden Kerze gewichen, in die sie hineingestarrt hatte wie in eine Glaskugel, in der man die Zukunft erkennen konnte. Ich hatte sie beobachtet. Anscheinend sah nicht schlecht aus, was da in der Kugel auf sie wartete, das heißt: auf uns. Trotz des zerbrochenen Spiegels.

«Quatsch, natürlich nicht», sagte Arnd und begann das erste von sechs Eiern in eine Schüssel aufzuschlagen, «wir gehörten schließlich zum Warschauer Vertrag. Einer von diesen gefräßigen Bauern hat irgendwann einfach eine Kochplatte eingeschmuggelt, samt Pfanne, und schon war die Tradition geboren.» Er verquirlte die Eier mit einer Gabel, gab eine Prise Pfeffer und einen viertel Teelöffel Salz dazu und goss dann die Ei-Masse in die Pfanne, wo Fleisch und Zwiebeln im schäumenden Schmalz gerade hellbraun gebraten waren.

«Bier oder Wein, Arnd?», sagte ich und ging zur Anrichte, um einen Korkenzieher zu holen.

«Erst Bier, dann Wein: So ist's fein», sagte Arnd und rührte kräftig durch die Pfanne. «Kinder, in einer Minute geht's los.»

Ich entkorkte eine Flasche Cabernet und stellte sie neben die Kerze, ich holte drei Flaschen Bier aus dem Kühlschrank und stellte sie neben der Weinflasche ab. Ulrike verteilte die Untertassen mit den Apfelstücken, dann schenkte sie den Wein

ein. Während ich die leicht verkohlten, aber knusprigen Konsumbrötchen von letztem Freitag aus dem Ofen holte, wickelte Ulrike das Butterstück aus und legte es auf einen Teller. Jetzt kam Arnd mit der dampfenden Pfanne rüber und stellte sie auf einem Topflappen ab, dann setzten wir uns hin, und ich glaube, uns war allen ein bisschen feierlich zumute, denn keiner von uns sagte etwas. Aber eines wusste ich in diesem Moment: Es würde eine der besten Mahlzeiten meines Lebens werden.

«Ist doch ein bisschen kühl hier», sagte Ulrike eine Stunde später, als die Teller längst abgeräumt waren und ich eine zweite Flasche Wein entkorkt hatte. Sie zog fröstelnd die Schultern zusammen. Die Luft in der Küche war von den Zigaretten, die wir geraucht hatten, schon ganz blau. Jetzt waren wir satt und müde vom Umzug und auch von den Gesprächen, die wir bis eben geführt hatten. Über unsere Urlaubssemester, von denen wir noch nicht wussten, ob sie genehmigt würden, über unsere Wohnungen in Berlin und was wir damit tun sollten, über unsere Eltern, um die wir uns Sorgen machten, weil sie sich wie Kaninchen verhielten vor der Zukunft, die ihnen eine Schlange zu sein schien. Und selbstverständlich hatten wir über das Glück für so viele wie möglich gesprochen, da gab es gar kein Entrinnen, wenn Arnd dabei war, und natürlich hatte er recht mit allem, was er dazu sagte: Es war die oberste Pflicht, dieses Glück durchzusetzen. Nur eben nicht heute Abend, nicht jetzt.

«Hier gibt's garantiert irgendwo einen Ölradiator», sagte ich.

«Wartet mal kurz», sagte Arnd. Er ging zur Tür, warf sich die Lederjacke über und verschwand in die Nacht.

«Isses nicht herrlich, Ändie», schnurrte Ulrike und nahm meine Hand und schloss dann die Augen. Und sie machte sie erst wieder auf, als Arnd mit einem Armvoll trockener Holzscheite hereinkam, die er vor der Kochmaschine abwarf. In dem Kasten unter der Kochmaschine lagen ein paar alte Zeitungen und ein Stückchen Kohleanzünder, und er war geschickt genug, um innerhalb von zehn Minuten ein ordentliches Feuerchen zu entfachen.

«Ach, lass doch die Tür auf, Arnd», bat Ulrike, als ihr Bruder die obere Emaille-Klappe schließen wollte.

«Dann brennt das Holz nicht so schnell durch.»

«Dafür isses ein bisschen wie an einem Kamin», sagte Ulrike und stand auf und trug ihren Stuhl vor die offene Feuerluke, in der die Scheite knisterten. Also stand ich auch auf und trug Arnds und meinen Stuhl dorthin und ging noch ein zweites Mal, um unsere Getränke zu holen, und eine Stunde später, mit warmen Füßen und schläfrigem Kopf, endete unser erster Abend auf dem Land, und ich nahm mir vor, ihn niemals zu vergessen.

3

«Komm bald wieder», sagte Ulrike am nächsten Tag gegen zwölf, und sie umarmte Arnd mit einer Innigkeit, die ich nach all den kleinen Wortscharmützeln des Vortags nicht erwartet hätte.

«Nächsten Freitagabend, wenn's recht ist», sagte Arnd und schwang sich ins Führerhaus.

«Jederzeit, Bruderherz. Hier gibt's immer einen Platz für dich.»

«Und einen Teller warmer Suppe», sagte ich.

«Ja, ich weiß, Andreas, aus der Tüte und mit Pilzgeschmack», sagte Arnd und dann: «Mal ehrlich, Schwester, ein Teil von dem Ganzen hier gehört mir doch sowieso. Ich würde mal sagen: die Hälfte. Das war zumindest Opas letzter Wille.»

«Mensch, Arnd, dass du immer alles kaputtmachen musst.»

«Gestern den Spiegel, heute die schöne Abschiedsstimmung», grinste Arnd.

Ulrike zeigte ihm die Faust.

«Keine Sorge, Arnd, ich werd deinen Teil verwalten, bis du genug hast von der Post oder später vom Studium.»

«Und dafür dank ich dir recht artig.»

«Pass auf dich auf!»

«Selber, und gib auch aufs Schwesterchen fein acht!»

Damit fuhr Arnd vom Hof, wir traten auf die Dorfstraße,

und Ulrike winkte ihm hinterher, bis der Ello beim Heidekrug um die Ecke bog und aus dem Bild schaukelte. Dann stellte sie sich vor mich hin, nahm meine Hände und sagte mit weit aufgerissenen Augen und als würde sie es wirklich ernst meinen: «Du, Ändie, wenn du mich heiratest, irgendwann, ich rede nicht von morgen oder übermorgen, dann gehört dir auch ein Teil von dem Ganzen hier. Du musst nicht denken, dass du nur für Arnd schuftest, während der sich ein schönes Leben in der Stadt macht.»

«Das mach ich gar nicht.»

«Aber willst du denn?»

«Was?»

«Na, mich heiraten?»

«Aber guck doch mal, Ulrike …»

«Du darfst mich Ulli nennen!»

«… wir sind doch noch viel zu jung, Ulli …», sagte ich, sprach aber nicht weiter, denn ich sah, wie sich Ulrikes Gesicht verschattete. Ich hatte Angst, sie verletzt zu haben, und behauptete deshalb schnell: «Ja, ich will doch!»

«Wirklich?» Mir schien, Hoffnung blitzte in Ulrikes Augen auf.

«Ja», sagte ich mit fester Stimme und sah ihr jetzt wieder direkt ins Gesicht, denn das war ja doch nur Geplauder, das man schnell wieder vergaß.

«Du Dussel, wer will denn heutzutage noch heiraten», platzte Ulrike heraus.

«Äh, ich?», sagte ich vorsichtig, weil ich nicht wusste, ob sie mich testen wolle.

«Das war doch nur ein Scherz, Ändie. – Lach mal!»

«Du willst mich also nicht heiraten?» Jetzt war ich beleidigt, und das ärgerte mich.

«Nein! Natürlich nicht!»

«Ich meine, nicht heute und nicht morgen, aber eines fernen Tages vielleicht?»

«Nein, Ändie, einfach nie!», sagte Ulrike und strahlte, als sei das die beste Nachricht des Tages.

«Aber wenn wir älter sind, so mit Ende dreißig oder vierzig?», beharrte ich.

«Jetzt sei bloß nicht sauer!»

«Ich bin nicht sauer.»

«Nicht?»

«Nein.»

«Dann ist ja alles in Butter», freute sich Ulrike und drückte mir einen Schmatzer auf die Wange. Sie hakte sich unter, und dann schlenderten wir langsam auf den Hof zurück. Der Hochnebel, der seit dem Morgen über dem Dorf gelegen hatte, begann sich aufzulösen, und die Sonne brachte langsam das Grün der Wiese hinterm Haus zum Glänzen. Es schien abermals ein schöner Tag zu werden.

«Ich frage mich, ob Zweisamkeit so eine Art Einsamkeit ist, bloß zu zweit», sagte Ulrike plötzlich und blieb stehen, noch ehe wir das Haus erreicht hatten.

«Ist das die nächste Fangfrage?»

«Nein.»

«Aber was meinst du damit, Ulli? Vermisst du etwa Arnd?»

«Quatsch, der ist doch gerade erst abgefahren. – Aber komisch isses schon: Obwohl wir nur einen Tag zusammen hier waren, wir alle drei, hatte ich mich schon daran gewöhnt. Und jetzt kommt's mir fast so vor, als würde einer fehlen.»

«Aber du hast keine Angst, mit mir alleine zu sein?»

«Nein.»

«Musst du auch gar nicht.»

«Komm, wir machen uns einen Kaffee, und dann machen wir einen Plan», sagte Ulrike.

«Das nennt man aber Planwirtschaft», sagte ich, «die wird gerade abgeschafft.»

«Wir brauchen ja keinen *Plan* zu machen, wenn dich das so sehr stört», entgegnete Ulrike, «wir schreiben einfach auf, was wir tun wollen in der nächsten Woche. Auf dem Hof und im Haus. Dazu reicht ein kleiner Zettel.»

«Das nennt man dann ...»

«O nein, wage es nicht!», rief Ulrike, die wusste, was ich gleich sagen würde, und jetzt versuchte, mir den Mund zuzuhalten.

«*Zettel*wirtschaft», sagte ich, riss mich los und rannte zur Haustür vor.

Wir kochten eine Kanne Kaffee, aber wir entwarfen keinen Plan, noch nicht mal auf einem ganz kleinen Zettel. Stattdessen versuchte ich den Kachelofen im Schlafzimmer zu heizen, wo wir in der Nacht unter den klammen Steppbetten gefroren hatten, obwohl wir bemüht gewesen waren, uns gegenseitig zu wärmen. Allerdings hatte Arnd, der im Schlafsack auf einem Matratzenbeiboot neben unserem gigantischen Doppelbettschiff aus geschnitzter Eiche geschnarcht hatte, verhindert, dass uns wirklich warm werden konnte dabei.

Ich stapelte zerknülltes Papier, Kohlenanzünder, dünne Holzscheite und ein paar der Bruchbriketts aus dem Keller und entzündete alles mit einem Fidibus aus zusammengerollter Zeitung. Innerhalb weniger Minuten stand dichter Qualm im Zimmer und breitete sich schnell in der angrenzenden Wohnstube aus.

«Du musst den Abzug öffnen!», schrie Ulrike. Sie kam aus

der Küche hereingestürmt, wo sie das Geschirr vom Vortag abwusch. Sie stürzte zu den Fenstern und riss sie weit auf.

«Hab ich», sagte ich. Ein ähnlicher Kachelofen stand in meiner Berliner Wohnung.

«Da muss der Ofensetzer ran», sagte Ulrike, «das Schlafzimmer war immer kalt, wenn wir früher in den Ferien hier waren.»

Ich löschte das Feuer mit einem Schwall Wasser aus dem Zinkeimer. Es zischte kurz, und mit einem Puffen stob eine letzte Qualmwolke ins Schlafzimmer. Ulrike öffnete auch alle anderen Fenster des Hauses, von denen sechs auf die Dorfstraße zeigten und vier auf den Hof. Nach vorn lagen Küche, Wohnstube und Schlafzimmer, nach hinten ein dritter, leerer Raum und das Bad, in dem es eine alte Emaillewanne gab und einen Badeofen, den man mit Holz befeuerte. Das war um einiges bequemer als die Schüssel in Berlin, über der ich mich gewöhnlich wusch, wenn ich nicht nach nebenan ins Stadtbad ging, um zu duschen.

Der Durchzug rüttelte durch die Wohnung und riss dabei den Qualm mit nach draußen. Türen und Fenster klapperten, obwohl Ulrike sie mit Küchenhandtüchern und improvisierten Keilen aus Pappe oder Brennholzscheiten arretiert hatte. Und auch ich fing bald an zu zittern, denn trotz der Sonne, die schien, war die Frühlingsluft ziemlich frisch, erst recht wenn sie mit so hoher Geschwindigkeit durch unsere Wohnräume schoss.

«Armer Ändie», sagte Ulrike, als sie sah, wie ich mitten im allerschlimmsten Zug stand und vergeblich versuchte, eine Zigarette anzuzünden.

Sie nahm mich an die Hand und zog mich aus der Küche fort, hinüber in die Wohnstube und von dort, ohne anzuhalten, weiter ins Schlafzimmer. Sie schloss die Tür, und dann ließ sie meine Hand kurz los, um die schweren Übergardinen vor die Fenster zu ziehen. Die Fenster selbst ließ sie offen. Im Halbdunkel sah ich, wie Ulrike auf mich zukam und dabei das Gummiband aus ihren Haaren zog, das diese heute zu einem einfachen Pferdeschwanz gehalten hatte Die Haare waren lang, und sie fielen ihr fast bis auf die Hüften, wenn sie nicht geflochten waren. Als Ulrike wieder neben mir stand, begann sie mir meine Sachen abzustreifen, weder schnell noch langsam, und komischerweise wurde mir wärmer und wärmer, je mehr Kleidung ich verlor. Als ich nichts mehr anhatte, stieß sie mich nicht eben sanft von sich. Ich landete rücklings im knarrenden Doppelbett ihres Großvaters. Dann ging alles ganz schnell, denn ihre Strickjacke war rasch fortgeworfen, und unter dem Kleid, das sie anhatte, trug Ulrike rein gar nichts, bis auf ein Paar Stricksocken, die es aber anscheinend nicht wert waren, abgestreift zu werden.

Oha, dachte ich, waren das die liederlichen Sitten des Landlebens, oder war sie auch manches Mal in Berlin so herumgelaufen, ohne alles?

Doch Ulrike beendete meine Grübelei mit einem jähen Sprung, der mich tief in die Matratze drückte, und die Bettfedern quietschten dabei und schwangen ein bisschen nach, und wir ließen sie schwingen, während am offenen Fenster ein Traktor vorbeiknatterte. Ich konnte munteres Hundekläffen hören und das Geschrei spielender Kinder. – Wo kamen die eigentlich her? Es war doch Montagmittag? – Und dicht an meinem Ohr hörte ich Ulrike fragen: «Besser?»

Viel besser, dachte ich, nickte aber nur. Ulrike zog einen Berg Decken über unsere Körper, dann machte sie die Augen zu, und während sie die Augen geschlossen hielt, sah ich ihr so lange ins Gesicht, bis ich winzige Schweißperlen an ihrer Schläfe bemerkte, dort, wo das weiche blonde Haar begann, dann schloss auch ich meine Augen, und wenig später schliefen wir ein, ein bisschen wie gefällt, was vielleicht am Kohlenmonoxid des kaputten Ofens lag, das in geringer Dosis womöglich noch immer in der Raumluft war.

Als ich aufwachte, merkte ich, dass wir an unseren Bäuchen zusammengeklebt waren. Ich konnte im Magen fühlen, wie Ulrike atmete. Das kannte ich nicht, das war schön. Ich fühlte noch ein paar Minuten ihren Atem, dann machte ich mich vorsichtig los. Es war kurz nach fünf, ich schlüpfte in meine Sachen, ging durch die Küche und trat auf den Hof.

Erst jetzt fiel mir auf, dass die Wiese hinterm Haus zum Horizont hin leicht anstieg, bis zu einer schnurgeraden Baumreihe, die sie abschloss, an ihre linke und rechte Seite grenzte jeweils ein kleines Kiefernwäldchen. Ich blinzelte in die tiefstehende Sonne, und weil ich mir mit einem Mal vorkam wie ein Gutsbesitzer, stellte ich mich breitbeinig hin und stemmte die Hände in die Hüften. Nur zur Probe, und ich dachte: Gummistiefel, wir brauchen dringend Gummistiefel, und vielleicht sollte ich mir noch eine Lederweste zulegen. Aber nur, dachte ich weiter, wenn Ulrike den lieben langen Tag eine Kittelschürze trägt. Und zwar mit nichts darunter. Außer den selbstgestrickten Wollsocken. In den neuen Gummistiefeln.

Eine Weile blieb ich so stehen und malte mir aus, wie das wäre, dann ging ich nach links über den gepflasterten Hof, aus dessen Fugen kniehoch das Unkraut spross, rüber zur Scheune mit dem Heuboden. Gleich daneben befanden sich die alten Pferdeställe und der leere Schweinekoben, und es gab außerdem einen offenen, überdachten Verschlag, in dem neben allerlei verrostetem Krempel und verwitterten Holzteilen auch ein Hackklotz herumstand, in dem ein Beil steckte. An den drei Wänden waren bis zur Decke grobe Holzscheite gestapelt, von denen ich mir jetzt einen nahm und ihn in handliche Stücke zerkleinerte. Damit begab ich mich ins Haus zurück und heizte den Boiler an. Diesmal ging dabei alles gut.

Ich setzte mich in die Küche, schälte eine Zwiebel und schnitt dicke Scheiben von der Dauerwurst herunter fürs Abendbrot. Alle fünf Minuten ging ich ins Bad, um nachzusehen, wie weit das warme Wasser schon war, und ich legte immer ein oder zwei Hände Holz nach, damit das Feuer nicht erlosch.

Gerade als ich die Wurst- und Zwiebelwürfel in die heiße Margarine gab, erschien Ulrike in der Tür. Obenrum trug sie ihre Strickjacke, ihre Beine steckten in einer alten Schlafanzughose.

«Aus Opas Schrank», sagte sie, als sie meinen Blick bemerkte.

«Hübsch», sagte ich, «altmodisch, aber hübsch. – Wobei, gar nicht mal so altmodisch: zeitlos eher. So was haben die Mädchen vor sechs, sieben Jahren in der Disko getragen. Kein Quatsch.»

«Icke aber nicht.»

«Nein, du natürlich nicht. Du warst ja stattdessen auf Gerhard-Schöne-Konzerten gewesen.»

«Aber riecht ein bisschen streng», sagte Ulrike und drohte mir mit ihrem langen Zeigefinger.

«Nach alter Mann?»

«Schlimmer: nach Tod.»

«Ach komm!»

«Doch, riech mal», sagte sie und hielt mir ihr Knie hin. Ich beugte mich runter und roch an dem Schlafanzughosenknie:

«Bisschen Weichspüler drauf und es riecht wieder nach Leben», sagte ich, «so geht das nämlich mit der Wiedergeburt.»

Ulrike setzte sich an den Küchentisch und nahm den leeren Zettel, der dort noch vom mittäglichen Pläneschmieden herumlag.

«Kaffee?», fragte ich.

«Wie spät ist es denn?»

«Viertel sieben.»

«Ist noch Wein da?»

«Gute Idee.» Ich öffnete die letzte der drei Cabernet-Flaschen und schenkte uns ein. Als ich mich zu Ulrike an den Tisch setzen wollte, merkte ich, dass aus dem Topf mit meinem Suppenansatz schwarzer Rauch aufstieg. Ich sprang auf, riss den Topf vom Herd, und weil der Griff so heiß war, verbrannte ich mir die Finger, noch bevor ich ihn in die Spüle schleudern konnte. Es zischte, und eine gefährliche Fettfontäne spritzte mir entgegen, als ich kaltes Wasser auf den angebrannten Schlamassel laufen ließ.

«Das war unser Abendbrot.»

«Was hätte es gegeben?»

«Tomatensuppe.»

«Uh», machte Ulrike.

«Verfeinert natürlich», sagte ich, «mit Salami und Zwiebeln.»

«Mach dir nix draus. – Und jetzt setz dich mal zu mir, Ändie», sagte Ulrike und hielt mir ein Glas mit Rotwein hin. «Dann gehen wir heute Abend eben schick aus.»

«Wohin denn?»

«In den Krug.»

Ulrike nahm den Bleistift, der ebenfalls noch vom Pläneschmieden auf dem Tisch lag, und malte in großen Druckbuchstaben «Plan machen!» auf den Zettel.

«Prost!»

«Prost, Ändie!», sagte Ulrike, trank mit einem Zug das halbe Glas leer und starrte dann auf den Zettel, wo sie gerade eben ihren Plan notiert hatte, einen Plan zu machen. «Aber warum eigentlich?», fragte sie nach einer Minute des Starrens und des Schweigens.

«Gibt keinen Grund», sagte ich, obwohl ich mir nicht sicher war, was genau sie mit ihrer Frage meinte.

«Nichts hat Eile, wir haben doch Zeit, oder?»

«Alle Zeit der Welt», sagte ich und dann: «Es gibt heißes Wasser.»

«Du bist ein Schatz», sagte Ulrike und trank fix den Rest des Weins aus, um so schnell wie möglich ins heiße Wasser zu tauchen.

Um halb acht standen wir beide frisch gewaschen, gestriegelt und parfümiert auf der Dorfstraße vor dem Haus und rauchten jeder die Zigarette nach dem Bad.

«Du siehst aus wie ein Kommissar der Bolschewiki», sagte Ulrike, «schwarze Hose, schwarzes Hemd, und das Hemd auch noch zugeknöpft bis zum Anschlag. Und diese Lederjacke. Grrrhh!»

«Das ist Absicht», sagte ich.

«Die Leute gucken schon komisch.»

«Dann trag ich das nächste Mal eben Stiefel, wenn wir schick ausgehen.»

«Das würde die Sache eher schlimmer machen, Herzchen, denkst du nicht?»

«Welche aus Gummi!»

«Ach so.»

Wir grüßten die Leute, die nach links an uns vorbeigingen,

und wir grüßten die Leute, die es nach rechts zog. Einige glotzten mich an, andere nicht, aber alle, die älter waren als vierzig oder fünfzig, konnten sich noch an das süße Mädchen erinnern, das Ulrike gewesen war, wenn sie in den Sommerferien zusammen mit ihrem Bruder den Opa besucht hatte, denn sie hätte schon damals diese schönen Haare gehabt und diese wunderbaren Zöpfe.

Bei jedem Kompliment, das sie abkriegte, machte Ulrike einen Knicks.

«Lass uns eine Bank hierherstellen, Ändie», sagte sie, nachdem wir fast zwanzig Minuten vor dem Haus gestanden und die Vorbeigehenden gegrüßt hatten. «Dann setzen wir uns jeden Abend um die gleiche Zeit nach draußen und plaudern mit den Menschen. So gewinnen wir Freunde, und wir brauchen wahrlich viele Freunde, wenn wir für immer hier leben wollen, richtig?»

«Ja.»

Um kurz vor acht, nachdem eine Weile niemand mehr an unserem Haus vorbeigekommen war, hakte sich Ulrike bei mir unter, und wir spazierten ohne Eile zum Heidekrug hinüber, wo nur kurz die Gespräche abbrachen, als wir durch den improvisierten Windfang aus Filz in die Gaststube traten. Einige Gäste kannten uns noch von eben.

«'n Abend», sagte Ulrike mit tieferer Stimme als sonst und klopfte mit den Knöcheln auf den hölzernen Tresen, hinter dem der Wirt gerade eine Runde Schnaps ausschenkte.

«Ah, die Ulrike», sagte der Wirt, «hab schon gehört, dass du im Dorf bist.»

«Mal nach dem Rechten sehen», sagte Ulrike.

«Gut so», sagte der Wirt.

«Das ist Andreas», sagte Ulrike.

«Wollt ihr essen?», fragte der Wirt.

Ich sagte: «Guten Abend», und Ulrike sagte: «Ja, na klar, was denkst denn du?»

Wir bestellten zwei große Biere und ein überbackenes Würzfleisch mit Worcestershire-Soße und Toastbrotscheibe, eine Soljanka mit Zitrone und saurer Sahne, eine heiße Knacker mit Senf und eine Bockwurst mit Kartoffelsalat und Mayonnaise. Ulrike bestand darauf, dass alles auf einmal gebracht werden müsse, weil sie einen Bärenhunger habe.

Ein bisschen war ich froh über Ulrikes großen Appetit, denn er zeugte von Kraft und von Lebenswillen und von Zuversicht, und nachdem wir das ganze Essen bestellt hatten und warteten, dass es kam, sagte Ulrike: «Einen Moment, Ändie, ich bin gleich wieder da.» Sie ging nach vorne zum Tresen und sprach mit dem Wirt, und der Wirt lachte, und Ulrike malte mit ausholenden Gesten unsichtbare Bilder in die stickige Kneipenluft, und als sie nach ein paar Minuten zurückkam, sagte sie: «Halt dich fest, mein Freund: Morgen um sechse abends kommt einer vorbei und macht den ollen Schlafzimmerofen wieder heile.»

«Schade», sagte ich, «dann können wir uns nie wieder so wärmen wie heute Mittag.»

«Stimmt», sagte Ulrike, «das werd ich auch vermissen», und sie guckte betrübt, aber gleich darauf hellte sich ihre Miene wieder auf, und sie jubilierte geradezu: «Weißte was? Dann heizen wir eben *nicht*.»

«Ach ja?»

«Und weißte noch was?»

«Schieß los!»

«Mir isses hundertmal lieber, einen guten Ofen nicht zu heizen als einen, der kaputt ist.»

4

«Ich will ein Huhn!», krähte Ulrike am Freitagmorgen um halb zehn, kaum dass ich die Augen aufgemacht hatte. Sie saß aufrecht im Bett, hatte die Arme angewinkelt und wackelte damit herum.

«Du wolltest, du *wärst* ein Huhn?» Ich rieb mir die Augen.

«Nee, da haste mich jetzt falsch missverstanden in deinem Dusel: Ich will nicht jeden Tag ein Ei legen müssen, sondern eins essen.»

«Und was machen wir da?» Ich richtete mich auch auf.

«Na, ganz einfach, wir kaufen eins!»

«Und wo soll es wohnen?»

«Im Stall. Und am Tage läuft es draußen herum und pickt nach Regenwürmern.»

«Hört sich traurig an: *ein* Huhn.»

«Na, dann kaufen wir eben zwei.»

«Aber alle guten Dinge sind doch …»

«Drei!», ergänzte Ulrike und sprang aus dem Bett. «Gleich nach dem Frühstück gehen wir zu Frau Domaschke und fragen, wo man Hühner kaufen kann. Frau Domaschke weiß nämlich alles. Frau Domaschke ist nicht nur der Konsum von Neu Buckow und die Post, sondern auch noch die Touristeninformation.» Ulrike reckte und streckte sich, und dann sagte sie voller Überzeugung: «Oh Ändie, ich liebe das Landleben!»

«Was kostet eigentlich so ein Huhn?», fragte Ulrike, als wir beim Frühstück saßen.

«Weiß nicht», sagte ich, «ein halber Gold-Broiler mit Pommes frites und Salat kostet sechs Mark fünfundfünfzig in der Stadt.»

«Hmm», machte Ulrike und zog die Stirn kraus, damit ich sehen konnte, wie sie angestrengt überlegte. «Lass mich mal kurz was überschlagen: Wenn wir die Pommes frites und den Salat abziehen, bleiben vielleicht fünf Mark übrig, alles mal zwei, dann haben wir einen *ganzen* gegrillten Broiler für zehn Mark. – Plus Kopf und Füße? Was meinst du?»

«Drei Mark?»

«Sagen wir vier. Federn dazu, noch mal vier Mark, macht zusammen achtzehn.»

«Achtzehn Mark für ein ganzes gegrilltes Huhn mit Federn und Füßen und Kopf?»

«Du hast recht, Ändie, da fehlt noch was: die Seele. Sagen wir: zwölf Mark für die Seele, das rechnet sich besser, dann kommen wir auf insgesamt dreißig Mark für ein Huhn. – Das ist aber ganz schön teuer, findest du nicht?»

«Tiere haben keine Seele.»

«Haben sie sehr wohl», sagte Ulrike.

«Hätten sie eine Seele, würde man sie ja nicht essen.»

«Pah», machte Ulrike, «du immer mit deinen Spitzfindigkeiten, dann dürfte man ja auch keine Bäume essen», und damit war das Thema Seele im Essen für sie beendet.

Kurz nach eins machten wir uns auf den Weg zum Dorfkonsum. Ulrike hatte neunzig Mark aus ihrem enormen *Geldbündel für alle Fälle* eingesteckt, so als gäbe es die lebendigen Hühner direkt im Konsum zu kaufen. Ich schleppte ein Netz mit leeren Bierflaschen und trug außerdem einen Einkaufszettel in der Hosentasche, auf dem eine einzige Position vermerkt war: Weichspüler. Denn Ulrike wollte unbedingt ein paar Sachen aus dem großen Wäscheschrank ihres Großvaters wiederbeleben und sie dann zu ihren eigenen machen.

Im Übrigen hatten wir die ganze Woche über weder einen Plan gemacht noch irgendetwas Praktisches im Haus erledigt oder auf dem Hof. Nur die Umzugskartons hatten wir aus der Küche und der Scheune in das leere Zimmer geschleppt, das jetzt endlich auch noch unordentlich aussah. Ulrike hatte zwar mehrmals geklagt, wie sehr ihr die vergilbten Wände aufs Gemüt schlagen würden und dass sie etwas dagegen unternehmen werde, streichen zum Beispiel, aber weil die erste Woche die Woche des Ankommens und der Eingewöhnung sei, dürften wir noch alle viere gerade sein lassen, ohne ständig mit einem schlechten Gewissen herumzulaufen. Und so hatten wir es dann auch getan.

Statt zu arbeiten, waren wir mehrmals um das ganze Dorf herumspaziert, in der Morgendämmerung und in der Abendsonne. Wir waren ziellos über Feldwege gelaufen und durch Wälder gestrichen, um zu sehen, ob es schon Pilze gab. Es gab welche, aber keine, die wir kannten. Wir hatten den Friedhof besucht, auf dem Ulrikes Großvater seit einem Jahr begraben lag, wir hatten das Unkraut entfernt und den Stein geputzt und Kerzen angezündet, und Ulrike hatte einen kleinen Strauß aus blühendem Unkraut und Feldblumen zusammengebunden und vor der Grabstelle abgelegt.

Oft begegneten wir auf unseren Gängen einer kleinen Kindergartengruppe und ihrer Erzieherin, die im Erdgeschoss des verfallenen Gutshauses ihre Tagesräume hatte. Immer wenn die Kinder uns sahen, wurden sie still, und sie sagten gesittet guten Tag, aber wenn wir direkt an ihnen vorbeigingen, senkten sie wie auf Kommando allesamt die Köpfe. Und immer wenn das passierte, sagte Ulrike: «Mensch, Ändie, zieh doch mal was Buntes an, du läufst ja rum wie der Tod und verschreckst Gott und die Welt.»

«Mensch, du weißt doch, Ulli, meine bunten Sachen sind noch in Berlin», sagte ich.

Abends setzten wir uns auf zwei Gartenstühle, die wir mangels einer Bank unter die Fensterfront unseres Hauses stellten. Dazwischen platzierten wir ein windschiefes Holztischchen, das im Verschlag gestanden hatte. Ulrike breitete eine geblümte Decke ihres Opas darüber, ich reichte eine Weinflasche aus dem Küchenfenster und Gläser, und dann tranken wir Rotwein und grüßten die Leute, die die Dorfstraße entlangkamen, oder wir führten miteinander kleine Gespräche über die Bücher, in die wir unsere Nasen steckten, wenn gerade mal nichts Interessantes auf der Straße passierte.

«Was liest du denn da, Ulli?»

«Rheinsberg.»

«Und worum geht's?»

«Zwei Verliebte machen Urlaub.»

«Und wo?»

«Na, in Rheinsberg.»

«Klingt ganz schön öde.»

«Du hast ja keinen Schimmer, Bürschchen!»

Wir saßen so lange an der Dorfstraße, bis wir zu frieren begannen oder Hunger bekamen. Dann brachten wir Stühle und Tisch wieder rein und gingen meist in den Heidekrug, wo wir uns nach dreimaligem Besuch schon so fühlten, als gehörten wir zum ewigen Inventar.

«Ach, der Arnd», sagte Frau Domaschke, als ich den Konsum betrat, und das Glöckchen über der Tür bimmelte.

«Nee, das ist der Andreas, Frau Domaschke», sagte Ulrike, «der kommt jetzt öfters, der wohnt nämlich hier.»

«Und die Ulrike! Gut, dass ihr kommt, Kinder, ich habe ein Telegramm. Heute Morgen gekommen.»

«Oje», sagte Ulrike und sah mich ängstlich an, «von wem denn?»

«Was weiß denn ich, Kindchen», sagte Frau Domaschke und reichte Ulrike einen Umschlag, die ihn mit spitzen Fingern sofort an mich weiterreichte.

Ich öffnete den Umschlag:

«Liebe Uschi, lieber Ändie, kann leider nicht kommen. Ziehe um. Nächsten Freitag aber ganz bestimmt. Kuss und Kuss. Arnd.»

«Was Schlimmes?», fragte Ulrike vorsichtig. Sie hatte die Augen zusammengekniffen, damit sie nicht versehentlich etwas vom Text des Telegramms erhaschen konnte.

«Wie man's nimmt», sagte ich, «Arnd kann nicht kommen. Er zieht um.»

«*Was?*», rief Ulrike und riss die Augen auf, und ich sah, dass sie mindestens so enttäuscht war wie ich selber. Denn eigentlich hatten wir seit Mittwoch nichts anderes mehr getan, als auf Arnds Ankunft am Freitagabend zu warten. Fast immer hatten wir uns ausgemalt, wie etwas wäre, wenn wir es zu dritt machen würden: an der Dorfstraße sitzen und Wein trinken, die Kindergartenkinder mit finsteren Blicken erschrecken oder abends im Krug Steak au four und Pommes frites essen, bis uns der Kragen abstand.

«Arnd zieht um!»

«Ich hab dich schon verstanden», sagte Ulrike, «aber wohin bloß?»

«Steht hier nicht, ist ein Telegramm und kein Brief.» Ich drückte Ulrike den Zettel in die Hand.

Sie warf einen Blick darauf und sagte: «Darf ich mal Ihr Telefon benutzen?»

«Klar, Kind, ich bin schließlich auch die Post.» Frau Domaschke schob Ulrike den Apparat rüber.

«Hallo, Mutti, hier ist Ulrike», sagte Ulrike, nachdem sie die Nummer gewählt hatte, und dann sagte sie lange Zeit nichts mehr, wahrscheinlich weil ihre Mutter die günstige Gelegenheit nutzte, ausführlich vom Neuesten aus der schlechten Welt zu berichten.

Während Ulrike zuhörte, beobachtete Frau Domaschke Ulrikes Gesicht und zwar mit stechenden Augen.

«Frau Domaschke», sagte ich, um sie von Ulrike abzulenken, «haben Sie eigentlich gar keine Angst vor Einbrechern?»

«Wie kommst du denn dadrauf?», sagte Frau Domaschke, ohne den Blick von Ulrike zu nehmen.

«Gucken Sie mal, die Tür: schließt nicht richtig. Man muss echt kein Fantomas sein, um hier reinzukommen. Und dann das Schloss, das ist ja nicht mal ein Sicherheitsschloss. Da reicht ein mickriger Dietrich, um das aufzubekommen. Ach, nicht mal: Ein verbogener Kleiderbügel reicht da schon.»

Frau Domaschke sah jetzt doch unwillig auf das Schloss, dann winkte sie ab und sagte: «Hier ist noch nie was weggekommen in all den Jahren.»

«Die Zeiten ändern sich gerade.»

«Weißt du, *wohin* Arnd zieht?», fragte Ulrike ihre Mutter. Und dann: «Ach, du weißt noch gar nicht, *dass* er umzieht?»

Und dann sagte sie: «Ich muss jetzt auflegen, Mutti, sonst verbrennt mir der Kuchen im Ofen!», und dann legte sie auf, und Frau Domaschke grinste sich eins. Sie schaute auf die große runde Postuhr, die an der Wand hing, und stellte eine Quittung aus. Ulrike kramte in ihrer Geldbörse nach ein paar Münzen, um das Ferngespräch zu bezahlen, und sagte dabei: «Haben Sie vielleicht Weichspüler, Frau Domaschke?»

«Wofalor.»

Ulrike sah mich fragend an.

«Klingt gefährlich.»

«Nehmen wir trotzdem», sagte Ulrike und legte das abgezählte Geld fürs Telefonat in Frau Domaschkes Hand.

«Und Hühner?»

«Für Suppe? Oder zum Braten?»

«Lebendige, Frau Domaschke, mit Kopf und Füßen und Haut und Haaren. Welche, die scharren und picken und Eier legen. Wissen Sie, ob wir welche kriegen, hier in Neu Buckow?»

«Denn bezahl mal dein Wofalor, Kindchen, und dann folgt ihr mir beide unauffällig», sagte Frau Domaschke. Sie schloss die Konsumtür ab, und dann führte sie uns durch die Hintertür in einen muffigen Flur, wo leere Brötchenstiegen aus Plaste gestapelt waren und Bierkisten aus Holz und zusammengefaltete Pappkartons. Frau Domaschke öffnete eine weitere Tür, und wir standen im Hof ihres Hauses, der nichts anderes war als ein riesiges Hühnergehege. Überall scharrte es, und es gackerte, und Federn stoben durch die Luft, und es staubte, wenn die Viecher ein Sandbad nahmen. Es waren Aberdutzende, eine ganze Armee.

«Das ist ja herrlich!», sagte Ulrike, ging in die Hocke und versuchte eines der Hühner zu streicheln, die jetzt in einer gewaltigen Meute auf uns zustürmten, weil sie wohl dachten,

Frau Domaschke bringe das Futter. Aber das dumme Huhn wich sofort zurück, kaum hatten Ulrikes Fingerspitzen seine Federn berührt.

«Nicht wahr?», sagte Frau Domaschke, und man konnte ihr ansehen, wie stolz sie auf ihre Hühnerzucht war.

«Was kostet denn eines?»

Frau Domaschke tat so, als müsse sie angestrengt nachdenken, und sagte nach einer gebührenden Zeit: «Fünfzehn Märker pro Stück, weil du es bist.»

Ulrike sah mich an und strahlte.

«Das ist ohne den Zuschlag für die Seele», sagte ich.

«Witzbold», sagte Ulrike, «wir nehmen drei, nein, warten Sie mal, Frau Domaschke, wir nehmen lieber gleich vier.»

«Wie du willst.»

«Was fressen die so?», fragte ich.

«Die finden schon, wat sie brauchen», sagte Frau Domaschke, «und wenn ihr ihnen noch eure Reste gebt, dann reicht das im Frühjahr und im Sommer.»

«Prima», sagte Ulrike und zählte die sechzig Mark Hühnergeld ab. Frau Domaschke verstaute die Scheine in ihrer Kittelschürze und verschwand im Haus, von wo sie mit einer Brötchenstiege und einer großen Pappe zurückkam. Ulrike sah sie erwartungsvoll an, aber Frau Domaschke sagte nur: «Husch, Kinder, ab nach Hause. Ich kann den Laden nicht so lang alleine lassen. Mein Sohn fängt die Hühner ein und bringt sie euch, so um fünfe. Ist das recht?»

«Das ist es», sagte Ulrike, «zwei weiße bitte und zwei braune.»

Frau Domaschke tauschte noch unsere leeren Bierflaschen gegen volle ein, und dann liefen wir zurück nach Hause, wo wir so lange Wäsche waschen und auf der Leine im Hof trocknen wollten, bis am späten Nachmittag unsere vier Hühner geliefert würden. Das Wetter war jedenfalls ideal dafür: Es war sonnig, und es ging ein leichter Wind, der ganz sanft die Kumuluswolken Richtung Osten trieb.

5

Fünf Tage nachdem wir sie gewaschen hatten, flatterte die Wäsche noch immer auf der Leine im Hof. Sie war jetzt dreimal getrocknet und zweimal wieder nass geworden vom Frühlingsregen, der am Sonntag und am Dienstag in leichten Tropfen niedergegangen war. Wir hatten in der Küche eine gelbe Wäscheleine gefunden und sie sechsmal quer über den Hof gespannt. Ein bisschen sah es aus wie in einer Werbung des Westfernsehens, wo Hunderte Meter Wäscheleine über die grüne Wiese gezogen und bestückt waren, um die formidable Ausdauer eines Waschpulvers zu veranschaulichen.

Nun war es Mittwoch geworden, und die Sonne schien schon wieder den ganzen Tag. Die großen bunten Blumenmuster auf Bettwäsche und Tischdecken und das synthetische Glitzern der Dederon-Hemden von Ulrikes Opa standen in einem prächtigen Kontrast zum Grün des Unkrauts, das in den letzten Tagen noch ein paar Zentimeter zugelegt hatte und nun schon bis an die aufgehängten Laken und Bettbezüge stieß.

In sattem Gelb blühte der Löwenzahn, und die Wäsche roch jetzt nicht mehr nach Tod und auch nicht mehr nach Wofalor, sondern nach Wiese und Sonne und einen Tick nach Wald, und immer, wenn eine etwas steifere Brise über den Hof wehte, fing der ganze grelle Stoff laut zu knattern an, sodass die Hühner ihre Köpfe hoben.

«Das lassen wir jetzt für immer hier hängen», sagte Ulrike, «und wenn wir was brauchen, nehmen wir's einfach von der Leine, und wenn es schmutzig ist, hängen wir's wieder hin, und den Rest erledigt die Natur für uns. – Dann kriegste nämlich auch keine Gehirnerschütterung mehr beim Schleudern, du armer Ändie.»

«Das ist überhaupt das beste Argument für einen Freiluftkleiderschrank», sagte ich, denn beim Schleudern der vielen Waschmaschinenladungen hatte ich mir tatsächlich fast die Arme ausgerenkt. Ein fieses Ding war diese Höllenmaschine, die ganz harmlos in der Waschküche herumgestanden hatte. Kaum mit Muskelkraft zu bändigen, sprang sie auf und nieder und brach auch zur Seite weg. Dabei stand sie eigens auf einem aufgepusteten Gummiring, der ihre aggressiven Schwingungen dämpfen sollte.

Jetzt, da die zweite Woche unseres Landaufenthaltes angebrochen war, packte uns beide plötzlich das schlechte Gewissen. Genauer gesagt, exakt am Montagmorgen hatte es zugeschlagen, zu einer Zeit, in der die normalen Menschen nach dem Wochenende wieder zur Arbeit marschierten.

Wir studierten nicht mehr in Berlin, aber wir brachten auch nicht Haus und Hof auf Vordermann, was unsere Entschuldigung gewesen war, mindestens dieses Semester ausfallen zu lassen. Noch nicht mal über Konsequenzen hatten wir uns ernsthafte Gedanken gemacht. Ob wir vielleicht von der Universität fliegen würden oder ob die formlosen Anträge auf ein Urlaubssemester, die wir gestellt und mit der Post verschickt hatten, der Verwaltung genügten. Oder aber bestenfalls die Verwaltung nicht einmal interessierten, weil die Verwaltung ja Wichtigeres zu tun hatte in diesen Tagen, als ihre Studenten penibel zu beaufsichtigen. So wie alle anderen im Land ja auch was Besseres zu tun hatten, als ihre angestammten Tätigkeiten fortzuführen.

Jedenfalls nahm Ulrike am Montag, gleich nach dem Frühstück, eine alte Rezept-Kladde aus dem Küchenbuffet und einen Bleistift zur Hand. Sie setzte eine wichtige Miene auf, und dann spazierten wir zwei Stunden lang durchs Haus und über den Hof. Wir besichtigten die Stallungen und die Scheune und den Dachboden, auf den man durch eine Luke klettern konnte. Wir gingen auf die Dorfstraße hinaus und begutachteten das Haus von dort. Wir versuchten, es mit den Augen der Dorfbewohner zu betrachten und stellten fest, dass unser Haus sehr grau aussah. Wenigstens aber schien der Putz noch intakt zu sein. Der Anstrich der Fenster allerdings begann abzublättern, und der Kitt, der die Scheiben in den Rahmen hielt, war spröde und fiel bröckelnd heraus, als ich mit dem Fingernagel daran herumpulte. Das Dach dagegen hatte der Großvater kurz vor seinem Tod erneuern lassen, genauso wie die Regenrinnen und Fallrohre.

All das notierte Ulrike mit pedantischer Handschrift in ihre Kladde, und am Abend, als wir in der Küche beschlossen, zuerst die Zimmer zu streichen und danach die Fenster zu reparieren, hatten wir beide das Gefühl, etwas Wichtiges getan zu haben, was sich nicht auf das Schwänzen von Seminaren reduzieren ließ.

«Weißte was, Ändie, die Hühner haben es auch nicht schön bei uns», sagte Ulrike am Dienstagabend und guckte traurig in die Kerze auf dem Küchentisch.

«Denen geht's doch prima», sagte ich und ließ eine geschälte Kartoffel in den Topf fallen, wo schon eine Handvoll anderer Kartoffeln lag. «Die toben durchs Unkraut, und über ihnen hängt ein bunter Wäschehimmel. Das ist für die wie ein Urlaub in den tropischen Wäldern der Südsee.»

Bevor Frau Domaschkes Sohn gekommen war, um unsere vier Hühner zu liefern, die platt gedrückt in der abgedeckten Brötchenstiege kauerten, zitterten und vor lauter Furcht keinen Piep sagten, hatten wir den größten Dreck aus dem alten Schweinekoben gefegt. Wir hatten den harten Steinboden mit einer dicken Schicht aus duftendem Heu ausgepolstert, von dem es in der Scheune noch ganze Berge gab.

Herr Domaschke hatte die Stiege in den Koben getragen, den Pappedeckel entfernt, uns einen kurzen Blick hineinwerfen lassen und dann die Hühner unwirsch ins Heu gekippt. So wie seine Mutter jeden Tag die angelieferten Konsumbrötchen in die Konsumbrötchen-Auslage schüttete, dachte ich. Oder wie man einen Eimer mit dreckigem Wischwasser in den Gully entleerte. Mit einem geknurrten Grußwort war er rasch wieder vom Hof verschwunden. Wir hatten noch ein paar Minuten die erschrockenen Tiere betrachtet und waren dann leise davongeschlichen.

Als wir am Abend mit kleingeschnittener Brotrinde und gekochten Nudeln wiederkamen, wackelten die Hühner schon aufgeregt durch ihr neues Heim, und sie gaben dabei kehlige Töne von sich.

Am nächsten Morgen öffneten wir den Koben, und die vier kamen vorsichtig heraus. Wir ließen sie laufen, wohin sie wollten, und sie liefen zur Wiese hinüber, wo sie zu picken begannen und gar nicht mehr damit aufhörten, und als sie doch genug davon hatten, kamen sie langsam zurück. Sie durchquerten die Einfahrt und dackelten in die entgegengesetzte Richtung, hinaus auf die Dorfstraße.

Mir schien, als blickten sie ein ums andere Mal sehnsuchtsvoll die Straße hinunter, dort, wo gleich hinter der Biegung am Heidekrug Frau Domaschkes Hühnerhof lag. Ihre alte Heimat. Aber ich erzählte Ulrike nichts davon, denn ich wollte auf keinen Fall ihr schlechtes Gewissen wecken.

«Wir müssen den Hühnchen noch Namen geben», sagte Ulrike, «oh, und Ändie, mach bloß kein Salz an die Kartoffeln, das vertragen die Kleinen nicht.»

«Man gibt Tieren keine Namen, wenn man sie später essen will», sagte ich und setzte den Kartoffeltopf auf die Herdplatte.

«Was du immer redest!»

«Irgendwann hört jedes Huhn auf, Eier zu legen. Und was ist dann?»

«Mensch, jetzt lass die armen Hühner in Ruhe, die haben ja noch nicht mal *angefangen*, Eier zu legen», sagte Ulrike.

«Frau Domaschke hat gesagt, dass nicht jedes Huhn jeden Tag ein Ei legt.»

«Dass sie's nicht jeden Tag können, seh ich ja ein, aber unsre Hühner sind jetzt fünf Tage hier, und keines von denen hat auch nur ein einziges Ei gelegt.»

«Vielleicht hast du die Eier nur nicht gefunden.»

«Das sind Hühner, Herrgott, keine Osterhasen!»

«Oder sie sind wirklich schon zu alt und gehören längst in den Topf.»

«Fang nicht schon wieder an, Freundchen», drohte Ulrike, «die sind höchstens zu jung und unerfahren.»

«Mal ehrlich, Ulli, was willst du denn anfangen mit einem alten Huhn, das zu nichts mehr taugt. Willst du's an die Leine nehmen und Gassi gehen?»

«Icke mach schon gleich gar nichts damit», sagte Ulrike, «das regeln die Tiere ganz alleine.»

«Und bitte wie?»

«Die wandern nach Bremen aus. Und unterwegs machen sie Musike im Wald.»

«Stimmt», sagte ich, «das geht ja jetzt wieder.»

Wir öffneten uns ein Bier und rauchten eine Zigarette, und als die Kartoffeln weich gekocht waren, nahmen wir acht von ihnen ab, für jeden von uns vier, taten sie in tiefe Suppenteller und bestreuten sie mit Salz und Pfeffer und ließen dann kleine Butterstückchen auf ihnen schmelzen, bevor wir sie mit Löffeln zerkleinerten und zusammen mit etwas Petersilie, die wild im Garten wuchs, verspeisten.

Als wir das Essen beendet hatten, stampfte ich den Rest der Kartoffeln zu Brei, und Ulrike rührte noch einen halben zerschredderten Salatkopf unter.

«Wegen der Vitamine.»

«Wir könnten auch ein paar Vitamine vertragen», sagte ich.

«Vitamine braucht man erst im Alter», entgegnete Ulrike, «oder wenn man ein hilfloses Tier ist, das schreckliche Legehemmungen hat. Bei uns, Ändie, reicht noch die Liebe. Das hoffe ich jedenfalls für dich.»

Ulrike warf sich die Strickjacke über und nahm die Taschenlampe, ich schnappte mir den Topf mit dem Kartoffelmatsch, und dann gingen wir rüber zum Schweinekoben, um die Hühner zu füttern. Weil die Kartoffeln noch dampften, als ich den Deckel lüftete, fing Ulrike an hineinzupusten, damit sich die armen Tiere nicht die Schnäbel verbrannten. Sie rührte mit einem Löffel durch den Brei und pustete, sie rührte und pustete, und ich wusste in diesem Moment wirklich nicht, ob sie das ernst meinte oder mich auf den Arm nahm. Aber da sie gar nicht mehr aufhören wollte mit Rühren und Pusten, sagte ich irgendwann dann doch: «Ulli, das ist lächerlich, wir füttern hier doch keine kleinen Kinder», und Ulrike zog den Löffel aus dem Brei, leckte ihn ab und sagte: «Da haste allerdings recht.»

Wir sahen den Hühnern eine Weile beim Fressen zu, dann beschlossen wir, noch eine Runde durchs Dorf zu drehen. Doch wir kamen nur bis zum Krug, vor dem der Wirt höchstselbst stand, um etwas von der frischen Nachtluft zu schnappen. Wir grüßten ihn, aber als er bemerkte, dass wir weitergehen wollten, sprang er uns in den Weg und redete wild auf uns ein, sodass wir schließlich unseren Spaziergang aufgaben und uns an den Tresen seiner Wirtschaft komplimentieren ließen.

«Ihr seht ja selbst, was hier los ist», sagte der Wirt, als wir uns gesetzt hatten, und er wies in die Gaststube, wo nur ein einziger Tisch mit drei Skatspielern besetzt war.

«Nur freitags ist hier richtig Remmidemmi, kommt doch mal am Freitag her, Kinder. – Wohlsein!» Er stellte drei Korn auf den Tresen, stürzte das eigene Glas sofort hinunter und sagte: «Ich will ja nicht jammern, aber …» Und er tat in den folgenden Minuten genau das, was er doch eigentlich nicht wollte. Er klagte über den plötzlichen Geiz der Neu Buckower, die weiterhin tranken, aber nicht mehr im Krug wie früher, sondern allein, in ihren vier Wänden. Nur zu Beginn des Wochenendes kamen sie noch in Strömen. Auch Frau Domaschke im Konsum habe mit diesem Geiz aus Vorsicht zu kämpfen, seit die Leute lieber zum frisch eröffneten Supermarkt nach Senftenberg fuhren, statt bei ihr zu kaufen. Denn keiner wisse ja genau, was komme, alle hätten sie Angst.

«Darum ist es immer so leer im Konsum», sagte ich.

«Na sdarovje», sagte der Wirt, und wir stießen wieder an. Und dann beschwerte er sich über die neue Zeit und über die alte, doch mit diversen Schnäpsen auf seine eigene Rechnung hielt er uns noch eine Weile am Tresen, so lange, bis uns schwindelig war.

Schon um einiges vor zwölf aber wünschten wir ihm eine gute Nacht und wankten ineinander verhakt nach Hause, wo wir im Schlafzimmer unverzüglich zu frieren begannen. Denn mal wieder hatte keiner von uns beiden geheizt, obwohl der Kachelofen doch längst repariert worden war.

6

Als Ulrike am Donnerstag mitbekam, dass morgen ein Freitag der 13. war, geriet sie in helle Aufregung. Arnd hatte sich also für einen Unglückstag angekündigt. Ganze drei Mal liefen wir zu Frau Domaschke in den Konsum hinüber, um zu fragen, ob ein Telegramm für uns eingetroffen sei. Aber Frau Domaschke musste jedes Mal verneinen. Auch dass Ulrike ihre Eltern nicht per Telefon erreichte, trug nicht eben zu ihrer Beruhigung bei.

«Wahrscheinlich sind sie arbeiten», sagte ich.

«Letztens war Mutti auch zu Hause, und das mitten in der Woche.»

«Das war nicht mitten in der Woche, sondern am Freitag. Kennst du nicht den alten Spruch: Freitag um eins macht jeder seins.»

«Aber doch nicht unsere Eltern an ihrer Akademie», sagte Ulrike, «das ist ein Arbeiterspruch. Und einer für Handwerker.»

«Vielleicht hat sie letzten Freitag Haushaltstag genommen.»

«Gibt's den noch?», fragte Ulrike.

Wir wussten es beide nicht.

Aber zu einer wichtigen Erkenntnis brachte uns der Besuch bei Frau Domaschke durchaus. Sie betraf unser störrisches Geflügelquartett, das sich einen weiteren Tag geweigert hatte, Eier zu legen.

«Nährstoffmangel möglicherweise?», sagte Frau Domaschke mit wenig überzeugter Stimme, als Ulrike ihr von den defekten Hühnern erzählte.

«Und am Heimweh kann's nicht liegen?», sagte Ulrike. Und statt Frau Domaschke sah sie mich dabei an, wie um mein Mundwerk zu bannen, und fuhr dann ein wenig leiser und wieder an Frau Domaschke gewandt fort: «Ick hab nämlich beobachtet – und das ist jetzt keine Spinnerei –, wie die Hühner jeden Nachmittag durchs Hoftor rausschlüpfen und dann ganz traurig die Straße entlanggucken, und zwar genau in Ihre Richtung, Frau Domaschke. Als ob die Biester genau wissen, was gespielt wird.»

«Ach i wo, Kindchen ...», sagte Frau Domaschke und lachte leise vor sich hin. Sie riet uns, auf dem Hof nach Säcken mit Kraftfutter zu suchen, die mit Sicherheit noch irgendwo dort herumstünden. Denn Ulrikes Opa selbst hätte lange Zeit Hühner gehalten, deren Eier der Konsum regelmäßig ankaufen musste, weil er nicht wusste, wohin damit.

«Wo sind denn Opas Hühner?»

«Ich hab sie aufgenommen damals», sagte Frau Domaschke, «die standen doch plötzlich alleine da, hatten doch niemanden, und deine Eltern waren froh, dass sie eine Sorge los waren bei dem ganzen Trubel.»

«Danke, Frau Domaschke», sagte Ulrike, «das war lieb von Ihnen», und sie tätschelte kurz Frau Domaschkes alte, faltige Hand, die von der vielen Arbeit ihres Lebens aussah, als sei sie aus Leder.

«Dann haben wir also vier von den Hühnern deines Großvaters zurückgekauft», sagte ich, als wir über die Dorfstraße zurück nach Hause gingen.

«Und wennschon», sagte Ulrike, und anders als ich schien

sie sich kein bisschen darüber zu ärgern. «Das macht mich alles ganz kirre, Ändie», sagte sie, als wir uns wenig später in die Küche gesetzt hatten, um einen Nachmittagskaffee zu trinken. «Keine Nachricht von Arnd, die Eltern verschwunden, Freitag der 13. steht vor der Tür, und dieser vermaledeite Spiegel hängt ja auch noch wie ein Damoklesschwert über uns.»

«Ach Ulli, jetzt hör aber auf!»

«Doch, ich meine es ernst: Ich muss hier weg, und zwar augenblicklich», sagte Ulrike und sprang so ungestüm vom Tisch auf, dass der Kaffee über die Tassenränder schwappte und sich aufs Sprelacart ergoss.

«Aber wieso denn weg?», fragte ich.

Ich musste ziemlich entgeistert ausgesehen haben, denn nach drei, vier Sekunden, in denen wir uns stumm anstarrten, ging Ulrike ein Licht auf, und sie sagte: «Ey, Ändie, ick meine doch nur: Mal raus aus dem Dorf. Für heute! Ist doch kein Grund, gleich zu gucken wie 'n Kalb auf der Streckbank. Komm, wenn wir uns beeilen, schaffen wir noch den Bus um halb nach Senftenberg.»

«Mensch, Ulrike!», sagte ich, erleichtert, dass keine größeren Entscheidungen von mir verlangt wurden, etwa ein spontaner Umzug nach Berlin, und dann: «Wir kommen frühestens halb drei mit dem Bus von hier los, und wenn wir in Senftenberg sind, ist es vielleicht halb vier. Um sechs machen die Läden dicht. Das lohnt sich nicht mehr. Lass uns lieber morgen früh ...»

«Du musst ja nicht», unterbrach mich Ulrike und blieb dabei die Liebenswürdigkeit in Person, «dann bleibste eben einfach hier. Kannst ja das Kraftfutter suchen. Und wenn du willst, fahren wir morgen früh noch mal zusammen los.»

«Und wenn ich das Kraftfutter gefunden habe», sagte ich,

dankbar für Ulrikes Nachsicht, «kümmere ich mich um die Tapete im Wohnzimmer.»

«Dann besorg ich gleich ein bisschen Farbe.»

«Und was ist mit Tapete und Kleister und Andruckrolle und Bürste und einem Tapeziertisch?»

«Keine Tapete», sagte Ulrike.

«Ich meine ja auch keine Blümchentapete oder welche mit Muster, sondern Raufaser.»

«Wer macht sich denn schon Raufasertapete an die Wände?»

«Meine Eltern zum Beispiel.»

«Fällt dir was auf, Schätzchen?»

Ich brachte Ulrike zur Haltestelle am Ortsausgang, wo kurz nach halb drei der Schlenki nach Senftenberg hielt. Ulrike küsste mich auf die Stirn, zischend ging die Bustür auf, sie bezahlte ihren Fahrschein und rannte dann nach hinten zur Rückbank durch, von der aus sie mir zuwinkte, bis ich sie nicht mehr erkennen konnte.

Als der Bus verschwunden war, wurde mir ganz schwer ums Herz. Ich bereute es augenblicklich, Ulrike nicht nach Senftenberg begleitet zu haben, und als ich vor unserem Haus ankam, wo drei unserer vier Hühner auf der Straße standen und immer wieder in jene Richtung blickten, aus der sie vor wenigen Tagen in einer Brötchenstiege angereist waren, fiel mir ein, dass wir nicht mal eine Zeit ausgemacht hatten, zu der Ulrike im Dorf zurück sein wollte. Ich nahm mir vor, sie nie, nie, wirklich nie wieder alleine gehen zu lassen.

Um auf andere Gedanken zu kommen, machte ich mir ein Bier auf und begann, in der Scheune nach dem Hühnerfutter zu suchen. Ich fand zwei volle Säcke mit getrockneten Körnern, von denen ich zur Probe ein paar Handvoll in den

Schweinekoben warf, doch ich lockte die Hühner nicht von der Straße weg, weil ich sie nicht in ihrem Heimweh stören wollte. Wir würden früh genug sehen, ob das Futter anschlug. Bis dahin genügten uns die Eier aus dem Konsum.

Stattdessen nahm ich einen Eimer mit Fitwasser und ein Handtuch und begann, die braune Tapete im Wohnzimmer anzufeuchten. Als ich später die Fetzen von der Wand kratzte, hätte ich gern etwas Musik gehört, aber wir besaßen hier weder ein Radio noch einen Rekorder. Es gab auch keinen Fernseher im Haus, und ich fragte mich, ob Ulrikes Großvater keines dieser Geräte besessen hatte oder ob nicht Frau Domaschke die Empfänger vorausschauend adoptiert hatte, um Ulrikes Eltern zu entlasten, so wie sie es schon bei den Hühnern getan hatte.

Mein eigener Plattenspieler und mein Radiorekorder standen noch in der Berliner Wohnung, und so war die einzige Musik, die mir in den letzten zwei Wochen zu Ohren gekommen war, Ulrikes Gesang, der sich derb, schief und sarkastisch anhörte, wenn sie wusste, dass ich zuhörte, und der lieblich und sanft klang, wenn ich ihm heimlich lauschte und mir ein wenig schäbig dabei vorkam.

Nur im Heidekrug lief manchmal Schlagermusik aus dem alten Röhrenradio, oder im Fernseher über der Theke kamen die aktuellen Nachrichten, über die sich die Männer am Tresen mit einer Inbrunst aufregten, als gäbe es noch etwas zu verlieren. So als wären nicht im März die Würfel gefallen. So als hätten sie die richtige Wahl getroffen damals.

«Die haben doch ganz andere Bedürfnisse als du oder ich, das sind ausgewachsene Familienväter, und ihnen läuft die Zeit weg», sagte Ulrike, nachdem ich behauptete hatte, dass man auch seines eigenen *Un*glückes Schmied sein könne. Die

Chance dazu gebe es zwar nicht oft, aber dieses Volk hier, das sogenannte unsere, habe sie ergriffen und äußerst gründlich genutzt.

«Das Hemd ist einem manchmal eben näher als die Hose», setzte Ulrike den Reigen der Sinnsprüche fort.

«Viele Unglücksschmiede verderben aber eben auch den Brei, und das manchmal für alle.»

«Du klingst schon wie Arnd.»

«Wir sind ja auch Freunde», sagte ich, und zwar sagte ich das jedes Mal, wenn Ulrike behauptete, ich klinge wie ihr Bruder, was nicht eben selten geschah.

Um sechs Uhr hatte ich zwei der vier Wohnzimmerwände freigelegt und konnte nicht mehr weiterarbeiten. Ständig sah ich auf die Uhr, und ich malte mir die schlimmsten Dinge aus, die Ulrike in der Stadt zugestoßen sein mochten, einer Stadt, die ich noch nie in meinem Leben betreten hatte. Ich beschloss, zur Haltestelle zu laufen, um nachzusehen, wann der letzte Bus aus Senftenberg in Neu Buckow ankäme.

Der Abend draußen war frisch, und es lag ein Geruch von gegrilltem Fleisch in der Luft, der mir sofort das Wasser im Mund zusammenlaufen ließ. Weil ich nichts fürs Abendbrot vorbereitet hatte, nahm ich mir vor, Ulrike nachher in den Krug einzuladen.

Die Busse fuhren einmal in der Stunde Richtung Senftenberg ab, und sie kamen einmal in der Stunde von dort wieder in Neu Buckow an, der letzte um siebzehn Minuten nach neun. Da es gerade viertel sieben war, beschloss ich die Ankunft des nächsten Busses abzuwarten und in einer Stunde wiederzukommen, falls Ulrike nicht darinsäße.

Als die Rücklichter des Ikarus-Schlenkis in der Dämmerung kleiner wurden, ging ich zurück ins Dorf. Mir schien, als sei der Grillgeruch stärker geworden, was vielleicht nur daran lag, dass mir jetzt der Magen knurrte wie ein böses Tier. Ich musste gar nicht erst überlegen hineinzugehen, meine Füße trugen mich wie von selbst in den Krug, wo ich eine Bockwurst bestellte und ein Bier.

Der Wirt fragte nach Ulrike, und ich erzählte ihm, dass sie in die Stadt gefahren sei, um Besorgungen zu machen. Ich aß die Bockwurst und trank das Bier, und weil es noch so lange hin war, bis der nächste Bus kam, trank ich noch ein Bier. Um zehn nach sieben stand ich wieder an der Haltestelle und wartete, und um zwanzig nach saß ich wieder im Krug, alleine und vor einem weiteren Bier, um mir die Zeit bis zur Ankunft des nächsten Busses zu vertreiben.

Eine Stunde später passierte das Gleiche noch einmal, und als Ulrike um kurz nach viertel zehn aus dem letzten Bus des Tages stieg, konnte ich kaum noch gerade stehen und mir nur mit großer Mühe die Tränen der Erleichterung verkneifen, die ziemlich locker in meinen Augenwinkeln saßen. Ulrike setzte ihre Taschen ab, der Bus entschwand in der Dunkelheit, und ich packte sie und drückte sie an mich und ließ erst wieder los, als sie sagte: «Junge, Junge, du hast aber ganz schön einen im Tee.»

Ich versuchte ihr zu erklären, warum ich so froh war, sie wieder bei mir zu haben, und auch warum ich so viel getrunken hatte, aber meine Zunge verhedderte sich ein ums andere Mal in den Worten der Rechtfertigung.

«Das ist wirklich sehr schön, dass du mich so gerne hast», sagte Ulrike ganz langsam. Dann nahm sie die Netze und Tüten und verschnürten Bündel auf, die sie aus den Läden Senftenbergs mitgebracht hatte, und wir gingen los. «Und weißte was, Ändie, deshalb hab ich dir auch was Kleines mitgebracht, aber das gibt's erst morgen früh, denn zu Hause gehn wir gleich ins Bett. Du weißt ja: Morgen ist Freitag der 13., und da müssen wir ausgeschlafen sein.»

7

«Da fehlt doch was», sagte Ulrike.

Wir waren zeitig aufgestanden, hatten in Ruhe gefrühstückt und waren dann mit unseren Kaffeetassen auf den Hof gegangen, um in der ersten, noch kalten Morgensonne, auf der Steinstufe des Eingangs sitzend, eine Zigarette zu rauchen.

«Ich hätte Lust zu grillen», sagte ich, «das Wetter wird immer besser, und wir könnten relativ einfach unseren Speiseplan erweitern. Das Büchsenfleisch und die Tütensuppen hängen mir langsam zum Hals raus, verfeinert oder nicht, und auf die Dauer ist der Heidekrug dann doch ein bisschen teuer.»

«Hörst du mir eigentlich zu?», fragte Ulrike, stand auf und trat einen Schritt näher an die Wäscheleine heran.

«Na klar», sagte ich, «du hast gesagt, dass wir uns heute ganz langsam und geschmeidig bewegen sollten, damit wir uns nicht die Beine brechen. Du hast gesagt, dass du nicht vorhast, dir an einem Freitag wie diesem vom Unglück in die Suppe spucken zu lassen.»

«Gut zugehört, Ändie, aber das hab ich vorhin gesagt, in der Küche.»

«Du hast gesagt, dass da was fehlt.»

«Und ob da was fehlt.»

«Wo soll denn was fehlen?», sagte ich.

«Auf der Leine fehlt was.»

«Und was hab *ich* gerade gesagt?»

«Dass du lieber grillen willst, weil du nicht kochen kannst, aber zu geizig für die Gaststätte bist.»

«Sehr komisch», sagte ich und stand auch auf. «Wenn da wirklich was fehlen würde, dann müsste es eine Lücke auf der Leine geben. Ich seh aber keine Lücke.»

«Kannst du auch nicht. Die Sachen sind umgehängt worden, die wurden in die Breite gezogen. Gucke mal, so», sagte Ulli und nahm eines von zwei nebeneinanderhängenden Dederon-Ungetümen ihres Großvaters von der Leine und drapierte das verbliebene Hemd so, dass es die entstandene Lücke fast ausfüllte. Den übrigen Freiraum kaschierte sie mit zwei grauen Arbeitssocken, die sie von einer anderen Leine holte. Dann fixierte sie wieder alles mit Wäscheklammern, stemmte anschließend die Fäuste in die Hüften, sah mich triumphierend an und sagte: «Kapierste, was ich meine?»

«Ach Ulli, du bist wahrlich eine große Magierin des Wäschehängens, aber wer um alles in der Welt sollte die ollen Klamotten von deinem Opa klauen?»

Ulrike zog die Stirn in Falten, und nach einer Weile sagte sie: «Die Kinder.»

«Was sollen denn die Kinder damit anfangen? Mit ausgeleierten Schlafanzügen und Hemden aus Plaste und Elaste.»

«Gar nix sollen die damit anfangen wollen. Verstehste denn nicht, Ändie, die rächen sich an uns, für deine bösen Blicke.»

«Und wie sollen die da rangekommen sein?»

«Mit Räuberleiter vielleicht», sagte Ulrike, «aber hier steht auch genug Krempel rum, auf den man klettern kann. Die Gartenstühle, der Hackklotz. Und 'ne gute Gelegenheit hatten sie gestern allemal. Als du dich nämlich im Krug hast volllaufen lassen …»

«… du weißt ganz genau, warum ich das getan hab, außerdem war es schon spät …», warf ich ein.

«… es aber nicht für nötig hieltest», ließ Ulrike sich nicht beirren, «vorher das Hoftor zuzumachen, sodass hier Krethi und Plethi reinmarschieren konnten. Nicht mal die Haustür war abgeschlossen.» Ulrikes Blick wanderte zu den Stallungen hinüber, und ich sah ganz genau, wie er am Schweinekoben hängenblieb, genauer gesagt an dessen Tür, die nicht nur keineswegs verriegelt war, sondern außerdem sperrangelweit offen stand.

«Oh Ändie, du verantwortungsloser Trunkenbold», fauchte Ulrike mich an. Sie warf ihre Zigarette fort und rannte zum Hühnerstall hinüber. Ich trat die glühende Kippe aus und folgte ihr langsam und mit schlechtem Gewissen, aber als ich sie erleichtert «Gott sei Dank!» rufen hörte, sprintete auch ich los, um mir das Unglück anzusehen, das ein großer Zufall gerade noch verhindert hatte.

Allerdings hatte ich mich zu früh gefreut, denn kaum stand ich hinter ihr und hatte versöhnlich meinen Arm um ihre Schulter gelegt, sagte Ulrike: «Emma fehlt!»

«Du hast den Hühnern heimlich Namen gegeben!»

«Ist das jetzt das Einzige, was du zu sagen hast?»

«Nein», rief ich, um sie nicht noch mehr zu verärgern, «lass uns nach Emma suchen!»

Das taten wir bis kurz vor neun. Wir suchten im Haus, in der Scheune, auf der Wiese. Wir riefen in den Wald hinein, und wir sahen auf der Dorfstraße nach, wir untersuchten sogar das Kopfsteinpflaster auf Blut- und Federspuren, aber wir konnten nichts finden.

«Aber eine gute Nachricht gibt es trotzdem», sagte ich, als wir irgendwie bedrückt in der Küche saßen, «die restlichen

Hühner haben das Kraftfutter gefressen. Du kannst also mit Eiern rechnen in den nächsten Tagen.»

«Großartig», sagte Ulrike, und sie klang sehr traurig dabei.

Mir fiel ein, dass ich schon gestern auf der Dorfstraße nur noch drei Hühner gesehen hatte, und ich erzählte Ulrike davon, und sie sagte: «Ja und?»

«Kann sein, dass ich mich täusche», sagte ich, «aber dort, wo die Straße den Knick macht, gleich hinterm Krug, da war so was wie ein Schatten, klein und verhuscht. Und als ich ein zweites Mal hingucke, war er verschwunden, aber die drei Hühner, weißt du, stehen noch immer da, reglos, wie hypnotisiert. Die rühren sich gar nicht mehr, starren weiter und weiter wie …», ich machte eine Pause.

«Wie was?»

«Wie zurückgelassen! Ich hab das gestern nicht ernst genommen, aber jetzt, wo …»

«Oh Emma», rief Ulrike laut aus, und man konnte förmlich sehen, wie ein großer Stein von ihrem Herzen fiel, «du mutigstes aller Hühner.» Sie gab mir einen langen Kuss, und dann sagte sie: «Komm, Ändie, wir gehen zu Frau Domaschke rüber und besuchen Emma.»

«Ich fürchte, wir werden sie nicht erkennen zwischen all den anderen Hühnern.»

«Das ist egal», sagte Ulrike, «Hauptsache, Emma erkennt uns.»

Vor dem Konsum stand eine Menschenmenge, die für ein Dorf wie Neu Buckow beachtlich war. Ich entdeckte den Wirt des Heidekrugs sowie ein paar seiner Stammgäste, des Weiteren die Kindergärtnerin samt der kleinen Kinderschar, die gestern Abend mittels Räuberleiter Wäsche von unserer Leine gestohlen, ihre Tat aber durch eine raffinierte Umhängung geschickt kaschiert hatte. Glaubte man Ulrikes detektivischem Gespür.

In der Mitte des Aufruhrs stand Frau Domaschke und sprach aufgeregt mit einem uniformierten Polizisten, der ein Funksprechgerät dabeihatte. Ein Streifenwagen vom Typ Lada parkte am Straßenrand, daran lehnte ein weiterer Polizist, rauchte eine Zigarette und sah in die andere Richtung, so als ginge ihn das alles nichts an.

Als Frau Domaschke uns bemerkte, fuhr sie ihren Zeigefinger aus und rief mit einer Inbrunst, die ich ihr in diesem Alter nicht mehr zugetraut hatte: «Da ist er ja, der Gauner!»

Sofort blieb ich stehen, alle drehten sich in unsere Richtung. Der Polizist mit dem Funkgerät drückte das Kreuz durch, dann kam er langsam auf uns zu, während sich die Menge vor ihm teilte und hinter ihm wieder schloss.

«Sie sind also Arnd Bartke», sagte der Polizist, als er vor mir stand, «darf ich mal Ihre Papiere sehen?»

«Nein», sagte ich.

Er machte einen bedrohlichen Schritt auf mich zu und sagte: «Wie war das?»

«Er ist *nicht* Arnd Bartke», sagte Ulrike.

«Und meine Papiere hab ich auch nicht dabei.»

«Dieser Verbrecher!», rief Frau Domaschke aus dem Hintergrund.

«Mensch, Frau Domaschke, was verzapfen Sie denn hier für ein Blech!», rief Ulrike zurück. «Das ist Andreas, mein Freund, Arnd Bartke ist mein Bruder, und der ist in Potsdam!»

«Was ist denn passiert?», fragte ich den Polizisten.

«Es ist eingebrochen worden. Vermutlich heute Nacht oder in den frühen Morgenstunden. Frau Domaschke hat es erst vor einer knappen Stunde bemerkt, als sie den Konsum öffnen wollte.»

«Andreas war es nicht», sagte Ulrike sehr bestimmt und in einer Lautstärke, die allen Umstehenden klarmachte, dass Frau Domaschke sich getäuscht haben musste. Sie trat einen Schritt nach vorne und dann einen nach links, sodass ich mit einem Mal hinter ihr stand.

«Er hat selbst gesagt, dass er einbrechen will», krakeelte Frau Domaschke weiter, «er hat auch ganz genau das Schloss untersucht, und er hat gesagt, dass er nur einen Dietrich braucht, um in den Laden zu kommen. Und als ich ihm gesagt hab, dass hier noch nie was passiert ist, da hat er gesagt, dass es höchste Zeit wird, dass sich das ändert.»

«Ach, Frau Domaschke, was faseln Sie denn bloß für ein Zeug zusammen», sagte Ulrike und klang jetzt ganz traurig dabei, so als erinnere sie sich gerade daran, wie Arnd und sie und Frau Domaschke früher in den Sommerferien gemeinsam in die Stadt gefahren waren, wenn ihr Großvater keine Zeit gehabt hatte, zum Bummeln oder auf ein Eis in die Milchbar.

«Wurde was gestohlen?», fragte ich.

«Lebensmittel, Zigaretten, Schnaps», sagte der Polizist, «das Geld in den beiden Kassen, sprich Post und Konsum, wurde komischerweise nicht angetastet. – Wo waren Sie denn von gestern um zehn bis, sagen wir mal, heute Morgen gegen sechs?»

«Da war er blau», sagte Ulrike, «und hat seinen Rausch ausgeschlafen. Direkt neben mir und laut wie ein Sägewerk.»

«Das kann ich bestätigen», rief der Wirt, ohne gefragt worden zu sein, «unser Kumpel hier, der Andreas, hat gestern ordentlich einen zur Brust genommen, sprich: Er hat gepichelt wie ein Weltmeister.»

Einige der Umstehenden tuschelten, die Kinder sahen mich mit weit aufgerissenen Augen an, obwohl ich versuchte, mich hinter Ulrikes Rücken zu verstecken. Sie hörten gar nicht mehr auf damit, sie verrenkten sogar ihre kurzen Hälse, um an Ulrike vorbeizugucken, deshalb sagte ich schließlich, und zwar lauter, als ich wollte: «Müsst ihr keinen Mittagsschlaf machen?»

Die Kinder zuckten zusammen.

«Ich bitte Sie, es ist halb zehn!», parierte die Kindergärtnerin.

«Prima», rief ich, «Zeit fürs zweite Frühstück!», und kurz darauf machten sich die Kinder und ihre Aufpasserin tatsächlich vom Acker. Ich nahm mir vor, heute Abend ganz genau auf die Wäschehängung unserer Leinen zu achten.

Der Polizist trat wieder neben Frau Domaschke, und er sagte gut vernehmlich zu den gaffenden Leuten: «Bitte gehen Sie weiter, es gibt hier nichts mehr zu sehen!»

«Und den da lassen Sie einfach laufen?», fragte Frau Domaschke ihn, traute sich jetzt aber nicht mehr, mir direkt ins Gesicht zu schauen.

«Wir werden die Personalien des Bürgers überprüfen. Später kommen die Kollegen, sichern Fingerabdrücke und nehmen Spuren auf.»

«Aber ich muss doch heute noch mal aufmachen», jammerte Frau Domaschke, «die Leute brauchen was fürs Wochenende.»

«Spätestens um zwölf ist alles vorbei», sagte der Polizist, «jetzt trinken Sie erst mal ein Schnäpschen zur Beruhigung.»

«Merkste was?», fragte Ulrike, nachdem die Polizisten endlich wieder aus unserer Küche verschwunden waren, wo sie zunächst einen flüchtigen Blick auf meinen Personalausweis geworfen hatten, um anschließend jeweils zwei Tassen Filterkaffee zu trinken, den Ulrike so unvorsichtig gewesen war, ihnen anzubieten. Beide hatten keinen Zweifel daran gelassen, dass ihnen nicht nur der Einbruch im Konsum vollkommen egal war und ob er je aufgeklärt würde, sondern dass sie mittlerweile ganz generell auf ihren Beruf pfiffen, weil sie nicht wussten, ob er ihnen eine Perspektive bieten würde.

Es war unangenehm, die Polizei, die uns ja eigentlich beschützen und unterdrücken sollte, am Küchentisch sitzen zu haben, rauchend und Kaffee schlürfend, und sich ihren Sermon über die unsichere Zukunft anzuhören. Auf der anderen Seite war ich natürlich froh, dass die Volkspolizei so rein gar nichts auf Frau Domaschkes krudes Gerede gegeben hatte, selbst wenn es nur aus Gleichgültigkeit und Fatalismus war.

«Nein», sagte ich zu Ulrike, «was soll ich denn gemerkt haben?»

«Dass heute eben doch ein Unglückstag ist: Erst verschwindet Emma, und dann kriegst du es wegen Frau Domaschkes Konsum mit der Polizei zu tun.»

«Den ich übrigens nie wieder in meinem Leben beehren werde.»

«Sei nicht albern, Ändie, an Frau Domaschke führt kein Weg vorbei, wenn du dich wirklich in Neu Buckow niederlassen willst. – Und das hoffe ich mal für dich», sagte Ulrike und schüttelte ihre Drohfaust, «sie meint es nicht böse, sie ist einfach nur ein bisschen …»

«Senil?»

«Ich würd's anders nennen: zeitweilig durcheinander. Aber du weißt ja: Der Klügere gibt nach, und du willst doch im Stursein nicht wirklich gegen 'ne olle Oma vom Konsum antreten? – Wir gehen nachher rüber, klären die Sache, ihr gebt euch die Hand, und bei dieser Gelegenheit gucken wir gleich mal, was unsre Emma macht.»

«Auf keinen Fall», sagte ich, «nicht heute. Aber wenn du schon in den Konsum gehst, bring ein paar Bratwürste mit, dann können wir grillen, falls ich Holzkohle finde. Und einen Grill.»

«Findest du garantiert.»

«Wie heißen eigentlich die anderen Hühner?»

«Sag ich nicht.»

Ulrike besuchte also Emma, deren Flucht zurück in Frau Domaschkes Hühnerparadies ich mittlerweile selbst für möglich hielt. Nicht etwa weil ich tatsächlich Emmas Schatten in der Straßenbiegung beim Heidekrug gesehen hatte, sondern weil ich Ulrike nur ungern anlog, nicht einmal um sie zu trösten.

Ich dagegen blieb zu Hause und forschte in Scheune, Verschlag und Keller nach Grillutensilien, konnte aber nichts finden. Immer wenn ich dabei den Hof überquerte, versuchte ich mir die Reihenfolge einzuprägen, in der die Wäsche dort auf der Leine hing. Ich wollte das nicht tun, und mein Verstand sagte mir, dass es Energieverschwendung sei. Aber es passierte fast automatisch: Ich wollte Ulrike auch dann gefallen, wenn sie davon nichts mitbekam.

Mit prallgefüllten Netzen und einem breiten Grinsen im Gesicht kam Ulrike um zwei aus dem Konsum zurück. Sie hatte Bier gekauft, Cola und Rotwein. Außerdem zwei Gläser mit Halberstädter Bockwürsten.

«Mensch, Ulli, wer soll denn das alles trinken?», fragte ich und nahm ihr die Netze ab.

«Na, icke und du und – tata – mein liebes Brüderchen», sagte Ulrike und zog aus der Tasche ihrer Strickjacke ein zerknittertes Telegramm, das sie behutsam auseinanderfaltete und mir dann vor die Augen hielt. Es bestand nur aus drei Wörtern:

«Bis nachher Arnd»

«Ich soll dich auch herzlich von Frau Domaschke grüßen, du sollst nicht mehr böse mit ihr sein. Und du bist natürlich jederzeit im Konsum willkommen.»

«Bist du dir sicher, dass sie das gesagt hat?»

«Klar, geh nur rüber und frag sie! Aber du weißt ja: Sie wird langsam vergesslich. – Und von Emma soll ich dich auch grüßen. Der geht's gut mit ihren alten Freunden, und es tut ihr wahnsinnig leid, dass sie einfach abgehauen ist, ohne Bescheid zu sagen, aber das Heimweh war stärker. Kannst du ihr noch mal verzeihen?»

«Du flunkerst doch», sagte ich.

«Nein», empörte sich Ulrike, «klar hat sie das nicht so *gesagt*, aber ihre Augen haben geguckt, als ob sie's so gemeint hätte.»

«Wer jetzt noch mal: Frau Domaschke oder Emma?»

«Mensch, ey», sagte Ulrike und gab mir einen Stoß in die Rippen, dass ich fast das Gleichgewicht verlor und die Flaschen gefährlich laut klirrten.

Wir räumten das Bier in den Kühlschrank und den Wein in die Vorratskammer, und Ulrike sagte: «Es gab keine Bratwürste, aber vielleicht gehen ja auch die hier?»

«Die gab's bei uns immer zu Weihnachten. War eine große Rarität.»

«Bei uns auch», sagte Ulrike und zwinkerte: «Die hat mir Frau Domaschke als kleine Entschuldigung für dich mitgegeben.»

«Das glaub ich jetzt aber auf gar keinen Fall, Ulli, und ich glaube auch nicht, dass man Bockwürste aus dem Glas grillen kann, was aber ganz egal ist, denn ich hab sowieso keinen Grill gefunden.»

«Dann besorgen wir nächste Woche einen in der Stadt.»

«Mit dem Bus?»

«Warum nicht?»

«Einen Sack Holzkohle brauchen wir auch.»

«Du bist doch stark, Ändie, und weißte was?»

«Nee.»

«Vielleicht hab ich mich heute Morgen auch geirrt mit der geklauten Wäsche.»

«Ach Ulli, entscheide dich doch mal», sagte ich, aber eigentlich war ich froh, dass ich so einfach die Reihenfolge der Wäschehängung wieder vergessen durfte, und das tat ich auch augenblicklich, wie auf Knopfdruck.

«Und das Beste ist: Wenn keiner was von unsrer Leine geklaut hat und wenn Emma wohlbehalten in ihrer alten Heimat ist und wenn Arnd heute Abend kommt, dann ist dieser Tag gar kein Unglückstag. – Isses nicht großartig?»

«Bis auf den Einbruch im Konsum.»

«Bis auf den Einbruch», bestätigte Ulrike, «aber damit haben wir ja nichts mehr zu schaffen.»

Den Rest des Tages räumten wir die Küche auf und die Wohnstube, wo wir für Arnd das Sofa bezogen, damit er nicht wieder am Fußende unseres Doppelbettes schlafen musste.

Ich schlug vor, die Wäsche abzunehmen, aber Ulrike wollte das hübsche Arrangement aus bunten Stoffen und wucherndem Unkraut unbedingt ihrem Bruder präsentieren, sodass schon um vier Uhr alle Hausarbeiten erledigt waren. Wir räumten unsere Stühle und das Tischchen nach draußen auf die Straße. Wir tranken Cola, lasen in unseren Büchern und grüßten die Leute, die vorbeikamen. Die meisten hatten gute Laune, denn das Wochenende stand vor der Tür, und der Wetterbericht hatte für die Niederlausitz nur die allerbesten Voraussagen in petto gehabt. Allen, die es wissen wollten und auch den anderen, erzählte Ulrike die Geschichte vom Konsum und wie ich am Mittag einmal kurz in den Verdacht geraten war, ein Verbrecher zu sein.

Dann lasen wir wieder ein paar Seiten, tranken einen Schluck Cola und sahen beide zur Straßenbiegung hinüber, durch die ein jeder kommen musste, wenn er von der Bushaltestelle zu unserem Haus wollte. Auch unsere verbliebenen Hühner kamen alle paar Minuten durchs Hoftor auf die Straße gewackelt, wo sie so taten, als würden sie picken und Unkräuter rupfen, aber in Wirklichkeit traurig in die Ferne schielten.

«Doof, dass Arnd nicht geschrieben hat, wann genau er kommt.»

«Die Busse halten hier immer siebzehn Minuten nach um», sagte ich, «wenn er bis zwei Uhr Post ausgetragen hat, kommt er vielleicht so viertel sieben oder viertel acht hier an.»

«Jetzt ist es schon sechs», sagte Ulrike und dann: «Mensch, Ändie, das hätte ich jetzt fast vergessen bei all der Aufregung.» Sie legte ihr Buch ab, sprang auf und kletterte durchs offene Küchenfenster ins Haus. Kurz darauf kam sie aus der Hofeinfahrt gerannt und hielt am ausgestreckten Arm ein kleines Päckchen, das in buntes Geschenkpapier gewickelt war. Sie überreichte es mir mit feierlichem Gesicht, und als ich es zur Probe schüttelte, klapperte es leise in seinem Inneren.

«Danke», sagte ich und gab Ulrike einen Kuss, und weil sie mich erwartungsvoll ansah, riss ich sofort das Papier auf. Es kam eine Kassette zum Vorschein, auf dem einer dieser Preissticker klebte, die seit kurzem überall dort zu finden waren, wo etwas verschleudert wurde, was für die neue Zeit nichts mehr zu taugen schien. Auf diesem orangefarbenen Sticker hier stand von nachlässiger Hand gekritzelt: 1,–M.

«Oh», sagte ich, «da hast du dich ja richtig in Unkosten gestürzt.»

«Du bist fies», sagte Ulrike und riss mir die Kassette wieder aus der Hand. Sie kratzte mit drei, vier schnellen Bewegungen ihres messerscharfen Daumennagels das Preisschild von der Hülle und sagte: «Da, nimm, du unsensibler Grobian!»

«Danke, Ulli, das ist trotzdem sehr lieb von dir.» Ich warf einen Blick auf die Kassette, und weil ich ein paar Augenblicke nichts dazu sagte, denn ich musste erst noch nach Wörtern suchen, die meine Dankbarkeit und mein Missfallen gleichzeitig ausdrückten, ohne Ulrike dabei zu verletzen, fing sie schon von selbst an, ihr Geschenk zu preisen: «Die ist frisch rausgekommen, gerade eben, hat der Verkäufer gesagt.»

«Wie soll ich sagen», sagte ich, «wir sind gerade mal ein halbes Jahr zusammen, und deshalb kennst du natürlich meinen Musikgeschmack noch nicht so gut, aber …»

«Aber ich kenne doch den von Arnd.»

«Ja, aber Arnd hört doch auch nicht», sagte ich und musste schlucken, bevor ich den Namen über die Lippen brachte: «T. Rex.»

«Nein?»

«Nein!»

«Dann schmeiß sie eben weg», sagte Ulrike beleidigt und kletterte abermals durchs Küchenfenster ins Haus.

«Außerdem haben wir gar keinen Rekorder, um sie abzuspielen», rief ich ihr hinterher.

Ulrike kam mit einer Flasche Wein und zwei Gläsern zurück, während ich die Kassette unauffällig in die Tasche meiner Lederjacke gleiten ließ. Dann tranken wir jeder ein halbes Glas und taten so, als hätte es den Senftenberger Ausverkauf der T.-Rex-Kassette aus nagelneuer Amiga-Produktion nie gegeben.

«Mir ist kalt», sagte Ulrike. Es war kurz nach acht, und eben verschwand die Sonne.

«Warte.» Ich ging ins Haus und holte ihren Mantel und einen leichten Schal. «Lass uns zur Bushaltestelle gehen, vielleicht haben wir ja Glück und er kommt mit dem nächsten.»

«Und was ist damit?» Sie zeigte auf unser Tischchen, wo die Bücher lagen und die Gläser standen und die Flasche Rotwein, die noch zu drei Vierteln voll war.

«Die Flasche nehmen wir mit, den Rest lassen wir da.»

«Nicht dass du am Ende wieder blau bist», sagte Ulrike, aber die Enttäuschung, dass Arnd noch nicht gekommen war, ließ sie eher betrübt als angriffslustig klingen.

Wir setzten uns ins Haltestellenhäuschen und tranken in kleinen Schlucken den Wein aus der Flasche. Der vorletzte Bus hielt zwanzig Minuten nach acht, aber wer nicht ausstieg, war Arnd. Es war der gleiche Film wie gestern, dachte ich, nur dass, anders als Ulrike am Vortag, ihr Bruder auch eine Stunde später nicht im Bus saß.

«Freitag der 13.», sagte Ulrike.

«Vermutlich.»

Wir gingen schweigend die Dorfstraße zurück, wir ließen die Weinflasche hin- und hergehen, die leer war, als wir zu Hause ankamen. Weil wir noch nichts gegessen hatten, stellte ich einen Topf mit Wasser auf, um die Bockwürste heiß zu machen, während Ulrike eine zweite Flasche Wein entkorkte.

Es war kurz vor zehn, als wir uns an den Küchentisch setzten, um zu essen. Fünf Minuten später erfasste ein Lichtkegel unsere Küche. Wir hörten das Knattern eines Motors, dann klappte eine Tür, und laute, aggressive Musik erklang plötzlich von draußen.

Ulrike sah mich an, ich zuckte die Schultern, dann ging ich zum Lichtschalter, um das Küchenlicht zu löschen, damit wir in der hellen Küche nicht saßen wie auf einem Präsentierteller.

Der Wagen musste quer zur Dorfstraße stehen.

«Was ist das?», flüsterte Ulrike.

«Ich weiß nicht», sagte ich, ging in die Hocke und versuchte, unter dem Lichtkegel hindurch zum Fenster zu gelangen.

Eine Hupe wurde gedrückt und kurz darauf gleich noch einmal, länger, und dann wieder zweimal kurz. Ich sah, wie Ulrike leicht zusammenzuckte, als eine heisere Männerstimme laut zu brüllen begann: «Ich hab doch gesehen, dass da Licht war. Kinder, seid ihr da? Schwesterherz? Andreas? Was ist denn los?»

Ulrike sprang zum Fenster rüber und riss es auf.

Draußen parkte ein heller Wartburg Tourist. Aus den offenen Türen dröhnte Musik, und auf dem Dach stand breitbeinig und mit hochgerissenen Armen Arnd. Er hielt eine offene Bierbüchse in der rechten Hand, mit der er, als er uns im Fenster erkannte, so heftig winkte, dass oben der Schaum herausspritzte, und er schrie aus voller Kehle: «Herzlichen Glückwunsch: Sie haben ein Auto gewonnen!»

8

«Westbier für alle», schrie Arnd, dann sprang er vom Dach des Wartburgs runter und schaltete die Musik ab. Ulrike und ich kletterten aus dem Küchenfenster. Einmal mehr lag jetzt der Nachtgesang der schlaflosen Hunde über Neu Buckow.

«Fang auf», rief Arnd und warf mir eine Bierdose entgegen. «Schwester!», eine zweite Büchse schoss auf uns zu, aber weil Ulrike keine Anstalten machte, sie zu fangen, schlug sie auf das Kopfsteinpflaster der Dorfstraße, wo sie zischend explodierte.

«Ey, Arnd, erzähl mir nicht, dass du neuerdings Westbier aus der Büchse trinkst?», sagte ich.

«Das war nur für die Fahrt», sagte Arnd, «ist einfacher, als mit Flaschen zu hantieren. Wenn eine leer ist, schmeißt du sie einfach aus dem Fenster.»

«Ey, Bruder, erzähl mir jetzt nicht, dass du neuerdings Bier trinkst beim Autofahren», sagte Ulrike.

«Andre Zeiten, andre Sitten», sagte Arnd, und dann: «Quatsch, nur ausnahmsweise und nur auf den letzten Kilometern.»

«Schön warm», sagte ich und ließ meine Büchse knacken.

«Was gibt's Besseres? Warmes Bier in einer kühlen Frühlingsnacht.» Arnd drehte das Licht ab, zog den Schlüssel aus dem Zündschloss und schlug dann die Türen des Wartburgs zu. Vom dünnen Blech hallte es schwach in der Dunkelheit nach.

«Hier, für dich!» Arnd ließ die Autoschlüssel vor Ulrikes Nase baumeln.

«Was soll das?» Ulrike pickte den Schlüssel aus der Luft.

«Hab ich's erwähnt»?, fragte Arnd. «Der gehört jetzt euch, das heißt: dir. Denn der Wagen soll schließlich in der Familie bleiben, und Andreas ist ja noch nicht verwandt mit uns, und Auto fahren kann er schon gar nicht. – Mit schönen Grüßen von den Eltern. Die brauchen das alte Schlachtschiff nicht mehr, die fahren jetzt was Besseres.»

«Nämlich?»

«Einen Golf.»

«Neu?»

«Gebraucht.»

«Also alt.»

«Sagen wir so: gut eingefahren. – Übrigens, die Eltern beschweren sich, dass du dich nicht meldest», sagte Arnd und legte seiner Schwester den Arm um die Schulter, «schreib doch mal 'ne Karte, ruf mal an, einmal pro Woche würde ihnen reichen. Die machen sich nicht nur um sich selber Sorgen, auch wenn das von hier vielleicht anders aussieht. Versprichst du das, Schwester?»

«Du hast es nötig», maulte Ulrike.

«Ich bin nur der Bote», sagte Arnd, «und habe hiermit meine Aufgaben erledigt: Wagen expediert und treulose Tochter ermahnt. – Und jetzt hab ich Hunger und Durst und zwar mächtigen.»

«Wir werden auch nie verwandt sein, mein Freund», sagte ich. «Ulrike will nicht heiraten.»

«Was muss ich da hören, Schwester?»

«Oh Ändie, jetzt fang nicht damit an!»

«Unter keinen Umständen, hat sie gesagt.»

«Nicht? – Weißt du was, Schwesterchen, das lob ich mir an dir: immer modern und immer vorn mit dabei. Aber ein bisschen schade find ich's trotzdem. So als Schwäger sonntags angeln zu gehen, stell ich mir prima vor. Hinterher Frühschoppen und abends auf die Kegelbahn. – Aber lass dich nicht beirren, Schwester, von meinem Egoismus. Der ist nämlich stinkend reaktionär.»

«Das isser sehr wohl.»

Wir stiegen alle drei durchs Küchenfenster zurück ins Haus, wo Arnd sofort der Bockwurstduft in die Nase stieg. Als er das leere Konservenglas neben dem Herd sah, erzählte er genau die gleiche Geschichte, die auch Ulrike und mir früher am Tag in den Sinn gekommen war, dass es Halberstädter Bockwürste immer zu besonderen Anlässen gegeben hatte: Geburtstage, Jugendweihe, Weihnachten, Frauentag sowie zum Kampf- und Feiertag der Werktätigen am 1. Mai, der in gut zwei Wochen wieder bevorstünde und entsprechend zu begehen sei. Mit roten Fahnen, Bier schon am Vormittag und den guten Wurstwaren aus Halberstädter Produktion zum Abendbrot.

«Viel hat sich nicht getan, oder?», sagte Arnd, als wir alle drei satt und müde auf unseren Stühlen saßen, die wir auf Ulrikes Wunsch abermals an die offene Emaille-Klappe der Kochmaschine gerückt hatten. Ein paar Scheite loderten dort und verbreiteten Wärme und Behaglichkeit.

«Wir haben jetzt Hühner», sagte Ulrike, und sie erzählte von den Hühnern und von der geflohenen Emma, was Arnd mit einem Augenrollen quittierte. Sie berichtete vom Einbruch in den Konsum und von der Polizei und von all den anderen kleinen Merkwürdigkeiten, die in Neu Buckow passiert waren, und von den Gesprächen darüber im Ort, für deren Nichtigkeit ich mich jetzt beinahe schämte. Für jemanden aus der Stadt musste es klingen, als stünde die Zeit hier still.

Arnd hörte brav zu, während er es sich nicht nehmen ließ, ein Glas Wein nach dem anderen zu trinken, und ich sah, wie es um seinen Mund zuckte und wie seine Augenbrauen sich spöttisch hoben, als Ulrike von unseren Lesenachmittagen auf der Straße erzählte, von den verschreckten Kindergartenkindern und von dem freundschaftlichen Verhältnis, das wir mittlerweile zum Wirt des Heidekrugs pflegten. Aber er beherrschte sich, und ich war ihm dankbar dafür, dass er jeden einzelnen der sarkastischen Kommentare, die ihm offenbar hinter der Stirn aufkamen, für sich behielt. Denn sie hätten mich viel mehr getroffen als Ulrike, die mit einem Schmollmund oder einer burschikosen Erwiderung über jede von Arnds Frechheiten locker hinweggehen konnte, weil sie sein Gerede nicht ernster nahm, als er selbst es meinte.

«Und bei dir ist nichts passiert?», fragte ich, als Ulrike still geworden war und für eine Weile nur das Prasseln des trockenen Holzes zu hören war. Von einem Moment auf den nächsten war Ulrike unsagbar müde geworden. Sie hatte die Füße angezogen und sich daraufgesetzt wie eine Katze, und sie hatte sich ganz eng in ihre Strickjacke gehüllt wie in ein etwas flusiges Fell. Ein ums andere Mal musste sie jetzt gähnen, und es kostete sie große Mühe, jedes Mal die Hand vor den Mund zu halten.

«Morgen vielleicht, okay?», sagte Arnd.

«Wo bist du hingezogen? Sag schon!»

«Direkt ins Zentrum, Gutenbergstraße.»

«Klingt nicht schlecht.»

«Klingt aber besser, als es ist: eine totale Ruine.» Arnd steckte sich eine Zigarette zwischen die Lippen wie zum Zeichen, dass er ab jetzt nicht mehr reden wollte. Wir tranken ein letztes Glas, und dann zeigte Ulrike ihrem Bruder das bezogene Sofa in der Wohnstube, wo er übers Wochenende schlafen sollte. Arnd sagte, er gehe ein bisschen nach draußen, um noch was von der guten Landluft zu riechen, und bevor wir die Schlafzimmertür schlossen, um uns hinzulegen, sagte er zum Abschied: «Wenn ich kein Schwager werden darf, dann werd ich eben Onkel.»

Warme Frühlingsluft strömte von allen Seiten in das Haus hinein, als ich am nächsten Morgen erwachte. Die Schlafzimmerfenster standen offen, und auch die im Wohnzimmer waren weit aufgerissen. Auf dem Sofa lag fein säuberlich gefaltet Arnds Bettzeug von der Nacht, darauf ein Schlafanzug, der aussah wie jener von Ulrikes Leine im Hof. Auch aus den Küchenfenstern konnte man ins gleißende Dorf hineinsehen, das trotz des Sonnabendmorgens schon betriebsam und geräuschvoll vor sich hin wirtschaftete, Kinder schrien, Hunde bellten, Fahrzeuge fuhren gemächlicher als wochentags die holprige Dorfstraße entlang. Ich hörte einen Hahn krähen, und in unregelmäßigen Abständen heulte in der Nachbarschaft eine Kreissäge auf.

«Gibt immer noch kein Ei von den eigenen Hühnern», sagte Arnd, der an den Herdplatten stand und in einer Pfanne rührte, «gut, dass wir noch deine spezielle Freundin Frau Domaschke haben und ihren unerschöpflichen Konsum.»

In der Küche duftete es nach gebratenem Büchsenfleisch und Zwiebeln und frischgebrühtem Filterkaffee. Von draußen dagegen wehte ein leichter Geruch von Dung herein und von Heu, und all das mischte sich zu einem betörenden Aroma des Glückes, ein Aphrodisiakum des Lebens, ein Fest der …

Mir fielen im Grunde keine passenden Worte ein für diesen Zustand der Welt, den ich am liebsten auch Arnd angepriesen hätte. Doch ich hatte Angst, mich lächerlich zu machen und pathetisch zu wirken. Wetter, Licht, Gerüche und Geräusche, Arnd und Ulrike, die eben vom Hof durch die Tür hereinkam: Alles passte zusammen, all das hatte Sinn, einen ganz banalen und gleichzeitig einen höheren.

«Frühstück!», rief Arnd.

«Na, auch schon wach?» Ulrike ging zum Waschbecken, wo sie eine Wurzelbürste nahm und sich unter fließendem Wasser die schwarzen Hände abschrubbte.

«Das sind mal ein paar ordentliche Trauerränder!», sagte ich.

«Genau so muss es sein», sagte Arnd, «und du solltest dich lieber schämen, dass deine Hände noch so sauber sind, um», er sah auf seine Armbanduhr, «neun Uhr zweiundzwanzig.» Er verteilte großzügig den Inhalt der Bratpfanne auf drei Teller.

«Wir legen heut ein paar Beete an», sagte Ulrike, während sie sich die Hände abtrocknete, die nicht ganz sauber geworden waren.

«Richtig, und das ist nur Punkt eins auf unsrer Liste der Dinge, die wir heute erledigen», sagte Arnd, setze sich breitbeinig hin und begann, einen Löffel in der Faust, das Essen in sich reinzuschaufeln wie ein Bauer nach dem Ernteeinsatz.

«Keine Angst, Ändie», sagte Ulrike, «du musst nicht so bedröppelt gucken. Das ist keine von den bösen Listen, die wir *alle* hassen.»

«Ganz im Gegenteil!», rief Arnd mit vollem Mund.

«Und was sind die anderen Punkte?», fragte ich vorsichtig.

«Einen Grill bauen», sagte Arnd. «Dann nach Senftenberg

fahren und Fleisch kaufen für unsern neugebauten Grill. Und Würste. Und Holzkohle.»

«Und Pflanzen für unsere Beete», sagte Ulrike, «und Dünger.»

«Genau», sagte Arnd, «dann die Pflanzen einpflanzen, Holzkohle anzünden, später Fleisch und Würste grillen. Wenn's dunkel wird, essen und Bier trinken. Wer will, darf danach noch in die Glut starren. – Oder sie auspinkeln.»

«Hört sich wirklich nicht *böse* an.»

«Und es sind trotzdem Aufgaben, die erledigt werden müssen», dozierte Arnd, «aber das ist eben auch die ganz hohe Kunst. Arbeit, die gemacht werden muss, als Spaß zu verkaufen. Und wisst ihr, wer der Erfinder davon ist?»

«Nee.»

«Weißt du's, Andreas?»

«Nee, auch nicht, jetzt mach's nicht so spannend!»

«Tom Sawyer», sagte Arnd, und er freute sich wie ein Schneekönig über seinen Einfall.

Am Nachmittag kehrten wir von unserer Tour nach Senftenberg zurück. Im Kofferraum des Wartburgs standen mehrere Paletten mit Setzlingen: zarte Gurken- und Tomaten-, ja sogar Kürbispflänzchen hatten wir in der Gärtnerei gekauft, obwohl keiner von uns Kürbis mochte. Wie zu den Bockwürsten fiel uns auch zum Kürbis genau das Gleiche ein: süßsaures Kompott, das als Nachtisch zum Schulessen gereicht worden war und in dem Nelken schwammen. Wir hatten ein Netz mit Steckzwiebeln besorgt und mehr als zwanzig bunte Papiertütchen mit verschiedensten Sämereien: Petersilie und Schnittlauch, Majoran und Kresse, runde Radieschen und weiße in Zapfenform, Kopfsalat und Endivien, Kohlrabi und weiße

Rübchen, grüne Zucchini und gelbe, Mohrrüben und Stangenbohnen und noch einiges mehr. Wir gerieten in einen wahren Kaufrausch, während wir durch die Gärtnerei streiften. Wir malten uns aus, wie es wäre, wenn all die Pflanzen blühten und ihre Früchte später reiften. Und wie es wäre, wenn wir sie ernteten und was wir daraus zubereiten würden oder wie wir sie einweckten, um in den Kellerregalen für schlechte Zeiten oder die kalten Wintermonate ausreichende Vorräte zu haben. Wir stellten uns vor, wie buschige Kräutersträuße auf einer Leine trockneten, die quer durch die Küche gespannt war, duftender Thymian und pfeffriges Bohnenkraut.

Wir kauften selbst Saatgut, von dem der Gärtner behauptete, es wäre zu spät, um es noch in diesem Jahr auszubringen. Wir nahmen zwanzig Erdbeerpflanzen der robustesten Sorte mit und außerdem, weil Ulrike im Namen der Schönheit darauf bestand, Blumensamenmischungen für den Frühling, für den Herbst und den Sommer sowie Zwiebeln von Dahlien, Gladiolen, Pfingstrosen und Lupinen.

Beim Fleischer besorgten wir Scheiben vom Schweinekamm und grobe Bratwürste in gleich dreifacher Menge, da Arnd glaubhaft versicherte, im Keller stehe noch die große Gefriertruhe des Großvaters, die nur ans Stromnetz angeschlossen werden müsse, um wieder zu funktionieren. Und weil wir ihm glaubten, nahmen wir beim nächsten Bäcker zwei Misch-, vier lange Kaviarbrote und ein ganzes Netz voller zartgelber, noch warmer Schrippen mit, um uns künftig Frau Domaschkes staubige Konsumbrötchen zu ersparen.

Hatte ich bis jetzt angenommen, in einer sanft hügeligen Idylle zu wohnen, so sah ich auf der Fahrt nach Senftenberg zum ersten Mal jene Landschaft, die ich bisher nur aus dem Fernsehen kannte und die Arnd mir damals auf dem Bordstein so ausführlich beschrieben hatte: die aufgerissene, die zerklüftete, in der die Bagger nach der Braunkohle gruben. Und es wohl auch noch lange Zeit tun würden.

«Welzow Süd», sagte Arnd, als sich nach zehn Kilometern Fahrt links der Straße der gigantische Tagebau auftat, dessen wahres Ausmaß man im Vorbeifahren nur erahnen könne, und als zwanzig Minuten später rechter Hand eine ganz ähnliche Landschaft erschien, sagte Arnd: «Meuro.»

«Das wird hier eines Tages so schön werden, dass die Mecklenburgische Seenplatte ein kleiner Scheißdreck dagegen ist», sagte Arnd auf der Rückfahrt nach Neu Buckow. «Wenn erst mal alles leergebaggert ist und später geflutet, dann ist das hier das Großvenedig der Lausitz.»

Als wir Welzow hinter uns gelassen hatten, öffnete Arnd das Handschuhfach, holte drei Büchsen kaltes Bier heraus, die er heimlich beim Bäcker gekauft haben musste, wo es neuerdings auch Getränke gab, und er drehte das Radio auf, in dem auf Ulrikes Wunsch schon seit der Hinfahrt meine T.-Rex-Kassette aus dem Ausverkauf lief.

Ich reichte Ulrike ein Bier nach hinten, wo sie neben einem großen Sack Holzkohle saß. Wir ließen alle drei die Verschlüsse knacken und stießen auf den fabelhaften Tag an und auf unsere Zukunft als Gemüsebauern, die sich selbst versorgen würden. Sogar Arnd pries jetzt das Landleben, als meinte er es ernst, und wenig später, als das Lied kam, das wir alle aus den Radioprogrammen unserer Kindheit kannten, sangen er und ich laut und falsch mit:

«I drive a Rolls-Royce
Cause it's good for my voice.»

«Das sind doch Vögel, dic hat die Evolution aus dem Dreck erhoben, in die freien Lüfte. Und ihr verfrachtet sie einfach zurück ins Heu», sagte Arnd, als wir am Nachmittag im Schweinekoben nachsahen, ob die Hühner sich in unserer Abwesenheit vielleicht herabgelassen hatten, ein paar Eier zu legen.

Hatten sie aber nicht.

«Die Säugetiere im Dreck sind aber höhere Tiere als die Vögel am Himmel, Bruder», sagte Ulrike.

Arnd überlegte eine Sekunde, dann sagte er: «Und wennschon! – Kennt ihr nicht die Redensart *Wie die Hühner auf der Stange sitzen?*»

«Doch.»

«Na also: Andreas und ich besorgen jetzt so was wie 'ne Stange für die Hühner, und du nimmst die Wäsche ab, Schwester. Ich weiß, es sieht schön aus, so wie es sich da zufällig gefügt hat, die bunte Wäsche im Kontrast zum Gras und Mutter Natur, die deinen Freiluftkleiderschrank antreibt. – Hat mir alles dein Ändie schon erklärt, aber wir brauchen den Platz für unsern Grill. Und fürs Feuer natürlich, das wir nachher entfachen werden. Zu Ehren der Götter des Gemüseanbaus und auch um ein bisschen von dem Gerümpel aus der Scheune loszuwerden. Denn wie wir heute vom großen Tom Sawyer gelernt haben: Das Sinnvolle kann auch Spaß machen, und das Nützliche sieht manchmal aus wie der größte Scheiß.»

«Amen.»

Arnd ging in den Verschlag, um das Beil vom Hackklotz zu holen, ich stieg in den Keller runter, wo es in der großen Werkzeugkiste des Großvaters einen Fuchsschwanz gab, und dann verließen wir das Grundstück hinten über die Wiese, um im Wäldchen nach einem Ast zu suchen, der unseren verbliebenen drei Hühnern als Stange zum Schlafen dienen konnte.

«Du hast mir immer noch nicht gesagt, wohin du gezogen bist», sagte ich, als wir im Wäldchen angekommen waren, und reichte Arnd meine Zigarettenschachtel hin. Wir zündeten uns jeder eine Club an, dann setzen wir uns auf einen verwitterten Baumstumpf und rauchten.

«Doch, hab ich», sagte Arnd. «In ein leerstehendes Haus in der Gutenbergstraße. Wir haben's besetzt mit ein paar Leuten, die du auch kennst. Von der Penne, aus dem Heider.»

«Einfach so?»

«Wie denn sonst? Mit vorher fragen, ob's erlaubt ist? – Wir wollen vielleicht ein rotes Info-Café aufmachen im Erdgeschoss und einen Proberaum für Bands im Keller. Vielleicht mal ein Aufnahmestudio später. Und im ersten Stock Ateliers, eine Siebdruckwerkstatt für Kunst und für revolutionäre Plakate. Und eine Zeitung haben wir auch geplant: ‹Linke Front – Zeitung für Literatur und Politik›. So wie Majakowski und die russischen Futuristen. – Wie hört sich das an?»

«Hört sich gut an», sagte ich.

«Klingt aber nicht sehr begeistert», erwiderte Arnd. «Mensch, Andreas, wir können doch nicht einfach aufgeben und alles laufenlassen. Dann fährt das ganze Ding nämlich gegen die Wand. Das ist doch keine Revolution, wenn es nachher genauso beschissen ist wie vorher, nur mit 'nem anderen Begründungstext. – Klar, es ist fast schon zu spät, aber vielleicht kann man doch noch was rumreißen. Wir brauchen jeden Mann, jeden Kopf, vor allen Dingen. – Das hier ist doch nichts für dich», sagte Arnd und machte eine ausholende Geste, die alles einschloss: das Wäldchen, mich, den Hof, von dem wir eben gekommen waren und wo Ulrike gerade die Wäsche von der Leine nahm.

«Komm morgen einfach mit nach Potsdam», fuhr Arnd fort, auf mich einzureden, «wir finden schon einen Platz für dich

im
sch
Sta

suc

Uh

die
Sa

üb
Wa
we
Go
ch

Ich

lei
un
sä
un
ba
la
Ku

9

Arnd kam nicht in der dritten und auch nicht in der vierten Aprilwoche zu Besuch. Auch den ersten Mai, den Kampf- und Feiertag des Proletariats, begingen wir ohne Ulrikes Bruder. Aber wir dachten an ihn, als wir schon vormittags begannen, Bier zu trinken, und als wir am Abend zum Rotwein wechselten und ein Glas der ehemals raren Halberstädter Bockwürste öffneten, die es, anders als den Scomber Mix, mittlerweile auch im letzten Dorfkonsum der Republik zu geben schien, dachten wir ein zweites Mal an Arnd.

Auf unseren Beeten waren fast alle Setzlinge angewachsen und gediehen ganz prächtig, und auch die Sämereien sprossen in saftigem Grün aus dem schwarzen Mutterboden. Ulrike und ich hatten einen Komposthaufen angelegt, den wir genauso hegten wie unsere drei renitenten Hühner. Von alldem schossen wir mit meiner Praktica Farbfotos, die wir in Senftenberg entwickeln und dreifach abziehen ließen, einmal für uns, für Ulrikes Eltern und natürlich für Arnd. Weil ich die Hausnummer nicht wusste, unter der er in der Gutenbergstraße illegal hauste, und auch weil ich mich noch gut an das Chaos erinnern konnte, das in den anderen besetzten Häusern der Innenstadt geherrscht hatte, damals, im Februar und im März, legten wir seine Abzüge denen der Eltern bei, die versprochen hatten, sie weiterzugeben. Doch wie wir erfuhren, war Arnd

«Ich weiß auch nicht, was für Viecher das gewesen sein könnten», sagte Ulrike.

«Wir sollten das Frau Domaschke mal fragen.»

Wir standen auf. Ulrike fixierte einen Punkt auf der Wiese, dann sagte sie: «Da ist noch einer.» Wir liefen zu der Stelle, die ein paar Meter entfernt war, und als wir dort standen, entdeckte Ulrike schon den nächsten Knochen, der abermals zwei, drei Meter weiter weg lag.

Es erinnerte ein wenig an das Eiersuchen früher zu Ostern, wenn die Eltern im Park eine Spur aus langweiligen, hartgekochten Eiern legten, von denen wir Kinder aber wussten, dass sie zum Hauptgewinn führten, der für gewöhnlich in einem besonders dichten Busch versteckt war, ein großes Plüschtier aus Sonneberg etwa oder ein Panzer mit Fernsteuerung in späteren Jahren. Es war wie eine Fährte gewesen, und ganz ähnlich lockte uns diese Fährte aus Hühnerknochen, die es eigentlich nur wegen Ulrikes scharfem Blick gab, geradewegs fort von unserem Grundstück, ein paar Meter über die Wiese, in das Waldstück hinein, das jenem gegenüberlag, in dem Arnd und ich die kleine Birke gefunden und abgesägt hatten.

Je tiefer wir ins Wäldchen eindrangen, desto leiser sprachen wir miteinander. Laut krachten die morschen Zweige und die trockenen Kienäpfel unter unseren Schuhen. Wenn Ulrike mit ihren Adleraugen weit vorne ein nächstes Knöchelchen entdeckte, rief sie schon seit einer Weile ihren Fund nicht mehr mit lauter Stimme aus, sondern zupfte mich stumm am Ärmel, sah mir in die Augen und wies dann mit ihrem Zeigefinger auf die Stelle am Waldboden, wo das bleiche Stück vom Hühnergebein lag.

«Lass uns zurückgehen», flüsterte Ulrike irgendwann und blieb stehen. Ich hatte keine Ahnung, wie lange wir jetzt schon liefen, denn meine Armbanduhr lag seit dem Mittagessen neben dem Waschbecken in der Küche. Wir waren aber so tief in das Wäldchen vorgedrungen, dass die Wiese längst nicht mehr zu sehen war. Nur Bäume hinter Bäumen hinter Bäumen, wenn ich zurücksah, und nach vorne hin war der Ausblick der gleiche. Es war also kein Waldstück, das an unsere hügelige Wiese grenzte, sondern ein ausgewachsener Wald, in dem das Holz stellenweise so dicht stand wie in einer verwilderten Schonung.

«Ich hab das Gefühl, da kommt noch was», sagte ich, «das ist wie zu Ostern: Die ganzen blöden Eier führen zum Hauptgewinn.»

«Was faselst du denn da, Ändie?»

«Ich meine, man muss eben manchmal tagelang Eiersalat in Kauf nehmen, wenn man weiß, dass es sich lohnt, das Ziel zu erreichen.»

«Da vorne», wisperte Ulrike, ohne auf meine Präzisierung einzugehen, «da hat was geblitzt.»

«Ein Knochen?»

«Glaube nicht.»

«Also los», sagte ich, allerdings ohne weiterzugehen oder auch nur in die Richtung zu drängen, in der angeblich etwas aufgeblitzt war.

«Aber wenn's hier Tiere gibt», bettelte Ulrike und hielt mich am Ärmel fest, «eine einzige Wildschweinmama reicht schon. Die werden fuchsteufelswild, wenn ihre Babys in Gefahr sind.»

«Diese Mamas heißen Bache, Ulli, Heimatkunde erste Klasse.»

«Weiß ich doch selber», flüsterte Ulrike, «und die Babys Frischlinge. Ich hab's nur gleich für dich übersetzt. Kann ja keiner ahnen, dass du so ein Ass in Heimatkunde bist.»

«Also was?»

«Na gut: voran!», sagte Ulrike, was mich dann doch verwunderte, denn ich hatte gehofft, dass sie nach all dem Zaudern die sofortige Umkehr beschließen würde.

Es waren nicht die funkelnden Pupillen eines Waldtieres, die Ulrike gerade hatte aufleuchten sehen. Es war viel banaler und zugleich doch um einiges beunruhigender, denn der blitzende Gegenstand stellte sich als eine Konservendose heraus.

Ich war schon zig Male in Wäldern gewesen, als Kind beinahe täglich, denn gleich hinter unserem Wohngebiet erstreckte sich ein Kiefernwald bis an die Grenze zu Westberlin. Immer hatten wir dort irgendwelchen Müll gefunden, manchmal taube Handgranaten aus dem Krieg, oft auch Knochen und nicht selten Konservendosen, trüb geworden das Metall, verrostet, ohne Aufdrucke oder Etiketten, halb im Boden versunken, gefüllt mit Erde. Aber noch nie war ich im tiefsten Dickicht auf eine nagelneue Konservendose gestoßen wie jetzt gerade.

Es handelte sich um dasselbe Schmalzfleisch, aus dem Arnd neulich das Umzugsessen zubereitet hatte. Der Büchsendeckel war nicht sauber und gleichmäßig mit einem Öffner entfernt, sondern in großer Gier oder aber in unbändiger Wut mit einem Messer aufgerissen worden, vielleicht sogar mit einem Schraubenzieher. Im Inneren der Büchse klebten noch Fleischreste, Schmalz und Gelee, und eine Ameisenstraße war emsig dabei, diese Überbleibsel einer hastigen Mahlzeit davonzutragen.

Ich kam aus der Hocke hoch und drehte mich zu Ulrike um, die hinter mir stehen geblieben war. Doch Ulrike achtete gar nicht mehr auf die Büchse. Ihr Blick war schon längst weitergewandert, und als ich jetzt mit den Augen seiner Richtung folgte, wusste ich, dass die leere Schmalzfleischkonserve nur der Vorposten war zu einer größeren Sauerei, nein, zu einer ganz großen, zu einer Riesensauerei.

Obwohl es keinerlei Zeichen von Leben gab, keine Tierlaute, keine huschenden Schatten, keine knarrenden Äste, packte mich jetzt mit voller Wucht eine Angst, wie ich sie schon lange nicht mehr gehabt hatte, ja, die jemals gefühlt zu haben ich mich kaum erinnern konnte. Dieser flüchtige Anblick genügte.

Ich griff nach Ulrikes Hand, und obwohl mich alles wegzog aus dem Wald, zu unserer Wiese hin, die für uns nie mehr so simpel schön in der Dämmerung liegen würde, jetzt, wo wir wussten, was sich in dem angrenzenden Wald verbarg, ging ich dennoch sehr langsam einen Schritt voran und dann noch einen. An der linken Hand hielt ich Ulrike, mit der rechten wehrte ich die feinen Zweige der dichtstehenden Kiefern ab.

Ich ging so lange, bis ich mir sicher war, dass meine Augen sich aus der Entfernung nicht getäuscht hatten, dass das dort am Waldboden Liegende keine Projektion unserer überspannten Phantasie war, sondern die schmucklose, ganz hässliche Wirklichkeit. Ich merkte, wie Ulrike an meiner Hand sich sträubte, mir zu folgen, aber sie tat es trotzdem, die Augen nicht nach vorne gerichtet, sondern seitlich auf den Boden, wo es nichts zu sehen gab.

Wir blieben fünf, sechs Meter vor der kleinen Lichtung stehen, die sich so unerwartet im dichten Wald auftat, eine fast kreisrunde freie Fläche von vielleicht vier Meter Durchmesser, in der sofort ein zweiter, von Steinen eingefasster Kreis auffiel, zirka fünfzig Zentimeter im Durchmesser und schwarz. Es war eine verlassene Feuerstelle, und das in diesem Moment einzig Gute war, dass sie nicht mehr qualmte.

Ich musste gar nicht näher herantreten, ich musste nicht jedes

Detail erkennen, um zu wissen, dass das Gesamtbild stimmte: Wir waren auf eine Müllhalde gestoßen, die sich aus zerbrochenen Schnapsflaschen, leeren Konservendosen, Eierpappen und anderen Lebensmittelverpackungen zusammensetzte, die mir alle aus den Regalen von Frau Domaschkes Dorfkonsum bekannt waren. Wir hatten ein Lager entdeckt, den dreckigen Rückzugsort eines Flüchtigen, eines Sträflings vielleicht, der ausgebrochen war, eines Gejagten. Wer immer hier seine Nächte am Feuer verbracht hatte, ohne Dach, ohne Lagerstatt, ohne einen anderen Schutz als die Dunkelheit und die dicht beieinanderstehenden Kiefern, musste entweder verzweifelt gewesen sein, oder aber er war längst verrückt geworden.

Fast schon wie eine Nebensache kam mir jetzt, da ich ihn inmitten der großen Unordnung entdeckte, der abgetrennte Hühnerkopf vor, der ziemlich frisch aussah, und mehr als ich mich wunderte, hier den Kopf von Martha oder Emma zu finden, wunderte ich mich, dass ihn noch keines der gefräßigen Waldtiere fortgeschafft hatte. Ich sah hingekleckerte Blutschlieren und ausgerissene braune Federn. Auf Teilen des Mülls lag eine Daunenschicht und sah aus wie weicher, frischgefallener Schnee.

«Komm», sagte ich, «wir gehen nach Hause», und Ulrike ließ sich ohne Widerstand in die Richtung ziehen, aus der wir leichtsinnigerweise hierhergekommen waren.

«Ich wusste, dass uns die Sache mit dem Spiegel verfolgen wird», sagte Ulrike, als wir später am Nachmittag in der Küche saßen. Sie zitterte trotz der Strickjacke und des Mantels, den sie noch darüber trug. Ich hatte die Kochmaschine angefeuert und einen Schwung Scheite aus dem Verschlag geholt, um schnell nachlegen zu können, sobald das Feuer kleiner wurde.

Ich hatte Tee für uns gekocht und große Gläser mit Wein ausgeschenkt, aber nichts half. Wir wussten beide, dass mit unserer Entdeckung heute im Wald etwas zerbrochen war, das sich mit keinem Kleister wieder reparieren ließ. Es war das Vertrauen darauf, dass die neue Welt, in die wir vielleicht für immer übersiedeln wollten, wohleingerichtet wäre und von Grund auf besser als jene, aus der wir stammten.

Jemand hatte sich also in unser Leben gedrängt, und er bedrohte uns und all das, was wir in Neu Buckow bisher getan hatten und noch tun würden. Er tat es allein dadurch, dass er unsere Hühner getötet hatte, ob aus Hunger, was ich nach dem Erlebnis auf der Lichtung vermutete, oder nicht.

«Weißt du was, Ändie, ich überlege, ob wir nicht nach Berlin zurückgehen sollten. – Sofort. Vielleicht können wir ja noch ins Semester einsteigen. Ich bin mir sogar sicher: Ganz bestimmt können wir noch einsteigen. Wir sind ja beide nicht doof, und die Vorlesungen laufen erst seit ein paar Wochen.»

«Ach, Ulli, jetzt warte doch mal ab.»

«Und zur Polizei müssen wir auch.»

«Lass uns eine Nacht darüber schlafen, okay?»

«Da draußen ist irgendwer.»

«Ich weiß», sagte ich und strich ihr übers Haar, «aber es gibt bestimmt eine Erklärung dafür. Und zwar: eine rationale.»

«Eine rationale vielleicht, Ändie, aber keine gute.»

«Doch, ganz bestimmt.»

«Nein, da bin ich mir sicher. Keine jedenfalls, die gut genug wäre, damit wir uns hier wieder so fühlen könnten, wie wir uns gestern noch gefühlt haben.»

Ich sagte nichts, denn ich wusste, dass Ulrike recht hatte. Stattdessen begann ich wenig später, so gut es ging, das Haus zu verbarrikadieren.

11

War es Leichtsinn, war es Vergesslichkeit, war es verzweifeltes Aufbegehren gegen das Unabwendbare? Oder war es etwas Ähnliches wie die Hoffnung, ein kaputtes elektrisches Gerät werde am nächsten Morgen wieder funktionieren, wenn man es nur eine Zeitlang und am besten über Nacht unbenutzt stehen ließe? Einfach so, aufgrund geheimer Selbstheilungskräfte, wegen der Schonzeit?

Ich konnte es nicht sagen, aber allen Vorsichtsmaßnahmen zum Trotz, den ausgesprochenen und den ganz selbstverständlichen, und offensichtlich die Angst ignorierend, die ihr gestern noch so deutlich im Gesicht gestanden hatte, war Ulrike am Morgen aus dem Haus gegangen, ohne mir Bescheid zu sagen. Sie hatte den Tag trotz allem so begonnen, wie es sich eingespielt hatte in den letzten Wochen: Sie stand vor mir auf, versorgte die Hühner und ließ sie raus, während ich noch eine halbe Stunde liegen blieb, um mich anschließend um das Frühstück zu kümmern.

Ulrike hatte den Stuhl entfernt, den ich am Abend unter die Haustürklinke geklemmt hatte, die Tür war angelehnt, und im Schloss steckte ihr Schlüsselbund. Kühle Morgenluft drang vom Hof herein. Ich sah, dass der Schweinekoben offen stand, und ich hörte die verbliebenen Hühner gackern. Nichts deutete darauf hin, dass dieser Morgen anders verlaufen würde als der gestrige. Doch als ich mich schon abwenden wollte, um Wasser in die Maschine zu füllen und Kaffeepulver in den Filter, hörte ich einen Schrei. Es war Ulrike, ganz eindeutig, aber sie hatte nicht meinen Namen gerufen oder um Hilfe, sie hatte lediglich einen Laut artikuliert, tief aus der Kehle, schien mir, ein stimmlicher Reflex, auf ein spontanes Grauen hin, und dennoch unterdrückt wie aus Furcht vor etwas noch Schlimmerem, das sich zu ereignen drohte.

Ich rannte los. In den wenigen Sekunden, die ich bis zum Schweinekoben brauchte, gingen mir Bilder misshandelter Körper durch den Kopf, die sich mit jenen des Mülls aus dem Wald mischten.

Ich riss die Stalltür auf, das Blut pochte in meinen Schläfen, ich rechnete mit dem Schlimmsten, und ich hoffte gleichzeitig, dass meine Schwarzseherei einmal mehr eben dieses Schlimmste verhinderte.

Der erste Anblick, der sich mir im Hühnerstall bot, war verwirrend. Es war jener Blick, der noch nicht richtig scharf sah, nur Umrisse, nur eine Konstellation von Körpern in einer Szenerie, die mir immerhin vertraut war. Als ich dann mehr erkannte, als sich meine Augen an das Dämmerlicht im Koben gewöhnt hatten, da …

… da hätte ich beinahe loslachen müssen. Vor Freude, dass es kein Blut gab, dass niemand in dieser so seltsamen Konstellation verletzt zu sein schien (sogar die beiden Hühner lebten ja noch und scharrten im Heu). Und voller Freude sah ich auch, dass Ulrike nicht so unvorsichtig gewesen war, wie ich ihr fast unterstellt hatte, weder leichtsinnig noch gedankenlos, sondern ganz im Gegenteil: mutig. Sie hatte nicht nur das Beil mit nach draußen genommen, sondern sie hielt es jetzt auch im Anschlag, zwei Handbreit neben ihrer rechten Schläfe und sie wirkte entschlossen, damit zuzuhauen. Sie stand in einem leichten Ausfallschritt da, und ihr harter Gesichtsausdruck zeugte von ihrem unbedingten Willen, sich einer Attacke in jedem Fall zu widersetzen. Ihr gesamter Körper stand unter Spannung, und nur der Pferdeschwanz, zu dem sie ihre Haare in der Frühe provisorisch zusammenband, bevor sie sie später am Tag kunstvoll flocht, schaukelte leicht am Hinterkopf.

Nein, Ulrike wirkte ganz und gar nicht, als befinde sie sich in Gefahr, und vielleicht war ihr heiserer Schrei von eben nur ein Kampfesschrei gewesen, um den Gegner zu beeindrucken, ihm die Courage zu stehlen und in die Flucht zu treiben. Alles bis auf Letzteres schien Ulrike auch gelungen zu sein. Der Gegner stand zwar noch da, doch befand er sich in einem derart desolaten Zustand, dass ich für einen Moment nicht wusste, ob ich ihn bedauern sollte oder über ihn lachen. Konnte jemand mit solch groteskem Aussehen eine ernsthafte Gefahr für irgendwen sein?

«Vorsicht, Ändie, der Typ ist bewaffnet», rief Ulrike zu mir rüber, ohne den Blick von ihrem Kontrahenten zu nehmen.

Dabei war mir das Bajonett in der Hand ihres Gegners längst aufgefallen. Noch im letzten Jahr bei der Armee hatte ich mit demselben Modell monatlich die Lektionen des Nahkampfes trainieren müssen, um sie im Fall der Fälle, dem Grabenkrieg gegen die Nato, nicht vergessen zu haben. Aber gleichzeitig hatte ich auch gemerkt, dass Ulrikes derangiertes Gegenüber anders als sie selbst den rechten Arm wie taub geworden am Körper herunterhängen ließ, weshalb die Spitze der Stichwaffe steil nach unten ins Heu zu seinen Füßen wies. Seine linke Hand dagegen hielt der Mann (oder war es eher ein Junge mit einem grotesk wuchernden schwarzen Bart im Gesicht und einem halben Kilo Heu im wirren, schmutzstarrenden Haupthaar?) konzentriert auf Höhe seines Bauches, so als sei das, was er darin balancierte, sehr kostbar und sehr zerbrechlich. Und das war es wirklich: ein weißes, rohes Ei, an dem erhebliche Schlieren von Hühnerkacke klebten.

«Ich hab's gesehn», sagte ich zu Ulrike, sah dabei aber dem Mann in die dunklen Augen. Ich hatte mich bemüht, meine Stimme ruhig klingen zu lassen, ja geradezu sanft.

Jetzt fiel mir endlich auch auf, warum er so komisch aussah, abgesehen von seiner Körperhaltung und der seltsamen Anmutung eines Rübezahl-Wiedergängers. Es lag an den Klamotten, die er trug, an der Kleidung, die ganz offensichtlich von unserer Leine neulich auf dem Hof stammte. Er hatte sich aus dem halben Dutzend Schlafanzügen, das wir gewaschen hatten, ein beigefarbenes Exemplar ausgesucht, mit senkrechten Streifen, breiten in Grün und schmalen in Gelb und Orange. Doch als wäre dies nicht schlimm genug, hatte er den Schlafanzug über eine erste Schicht von Sachen gezogen, was ihn jetzt ein wenig aussehen ließ wie eine Wurst in der Pelle, kurz vor dem Platzen. Die Beine der Schlafanzughose steckten in schwarzen, dreckverkrusteten Stiefeln, und unter der Pyjamajacke erkannte ich den Kragen einer braunen Feldbluse, schwarze Kragenspiegel mit Panzern aus geprägtem Metall und den Ansatz von breiten, gleichfalls schwarzen Schulterstücken. Ich wusste genau, was auf jenen Teil der Schulterstücke, die der Schlafanzug jetzt verdeckte, gestickt war: zwei gelbe kyrillische Buchstaben, die aussahen wie ein lateinisches C und ein A, und ich wusste auch genau, wofür sie standen: Sowjetskaja Armija.

Ich hatte keine Ahnung, was der Soldat mit der doppelten Schicht Kleidung bezweckte, ob der Schlafanzug zur Tarnung diente und ihn als Zivilisten ausweisen sollte, falls er auf

Deutsche stieß, wie jetzt auf uns, oder ob er einfach gegen die nächtliche Kälte hatte helfen sollen. Ich konnte mit Sicherheit nur eines sagen: Dieser Mann, nein, dieser Junge mit dem Bart eines Greises hatte ganz offensichtlich mehr Angst vor Ulrike als Ulrike vor ihm.

«Wer bist du?», fragte ich, um durch den, wie ich hoffte, beruhigenden Klang meiner Stimme die Situation zu lockern.

«Mein Name ist Hermann Schmidt», sagte der Junge, und wenn ich eines nicht erwartet hatte, dann eine prompte Antwort in deutscher Sprache ohne jeden Akzent. Als Nächstes ließ er das Bajonett ins Heu fallen, trat einen Schritt auf Ulrike zu und streckte ihr seine linke Hand mit dem Hühnerei entgegen. Ulrike senkte das Beil, wechselte es in ihre linke, und als sei es das Selbstverständlichste von der Welt, nahm sie ganz vorsichtig das Ei aus der schmutzigen Hand von Hermann Schmidt. Sie schien das Brenzlige der Situation vollkommen vergessen zu haben, denn sie strahlte jetzt glücklich und zufrieden dieses verschmierte Ei an, so als hätte sie schon immer gewusst, dass jemand ihre Hühner nur um die Anerkennung ihrer Arbeit betrogen hatte und nicht etwa dass diese unfähig gewesen waren, Eier zu legen.

12

«*Du* hast also unsere Hühner getötet», sagte Ulrike in strengem Ton, als wir später in der Küche saßen.

Hermann Schmidt legte die Gabel ab, die er eben zum Mund führen wollte und senkte das bärtige Kinn auf die Brust. So blieb er sitzen, bis Ulrike vom Tisch aufstand, die Arme vor der Brust verschränkte und schon etwas milder sagte: «Jetzt iss erst mal auf!»

«Genau, jetzt isst du erst mal, dann trinkst du noch einen Kaffee, dann kriegst du eine Zigarette, und dann erzählst du mal, was eigentlich mit dir los ist, okay?», sagte ich.

«Und gefälligst die ganze Wahrheit, verstanden, Freundchen?», sagte Ulrike.

«Ja, das werde ich machen», sagte Hermann Schmidt gehorsam und führte langsam wieder die Gabel zum Mund, ohne zu uns aufzusehen.

Er war uns einfach ins Haus gefolgt, Minuten später, so wie wir ihn einfach im Koben hatten stehenlassen, bei offener Stalltür, versteht sich. Er hätte gehen können, wohin er wollte, aber es hatte ihn in unsere Küche gezogen. Was hätte er auch sonst tun sollen?, dachte ich. Lautlos wie ein Geist war er hereingekommen und dann einfach an der Schwelle zur Küche stehen geblieben, den Blick auf den Boden gerichtet.

Und was hätten wir schon tun können? Ihn überwältigen und fesseln, was uns sicherlich gelungen wäre? Aber wozu? Um von Frau Domaschkes Telefon aus die Volkspolizei zu rufen, der sowieso alles scheißegal war? Deren letztes Vergnügen in ihrem tristen Beruf es möglicherweise war, entlaufene Russen zu drangsalieren? Aus billiger und stellvertretender Rachsucht an jenen, die für ihre unsichere Situation verantwortlich waren und die sie naturgemäß nicht zu fassen kriegten? Das war nicht sehr wahrscheinlich, aber war es völlig auszuschließen?

Und selbst wenn wir es uns anders überlegen sollten, konnten wir ihn zu einem späteren Zeitpunkt immer noch festsetzen und an die Bullen verraten. Er befand sich ja in unserem Haus, und auf dem Küchentisch, in Ulrikes Griffnähe, lag das Beil, das sie gerade dort abgelegt hatte und das, wie ich jetzt wusste, bedrohlich gut in ihrer Hand lag.

Ich sah auf den hängenden Fusselkopf von Hermann Schmidt, dann sah ich Ulrike an, die ratlos mit den Schultern zuckte.

«Hast du Hunger?» Ich wusste einfach nicht, was ich sonst sagen sollte.

«Er sieht jedenfalls aus, als könnte er was vertragen», sagte Ulrike und beobachtete Hermann Schmidt, der sich noch immer nicht rührte und stattdessen sehr tiefe Löcher in unseren Linoleumfußboden stierte.

«Wie wär's: Eier, Schmalzfleisch, Zwiebeln und eine Tasse Kaffee?»

«Ja bitte», sagte Hermann Schmidt vorsichtig, «das wäre sehr aufmerksam von Ihnen.»

«Oder doch lieber eine Bockwurst?», sagte ich, weil mir gerade noch eingefallen war, dass er von unseren Eiern vielleicht die Nase voll haben könnte, genauso wie von Frau Domaschkes Schmalzfleischkonserven aus dem aufgebrochenen Konsum. Das schien ja das Einzige gewesen zu sein, was er gegessen hatte in der letzten Zeit. Und natürlich: frisches Huhn.

«Nein, vielen Dank, Eier schmecken mir sehr gut.»

«Aber erst mal steigste aus dem Schlafanzug, Hermann Schmidt. – Mensch, das kann ja keiner mit ansehen. Wie eine Witzfigur siehst du darin aus», ordnete Ulrike an. «Dass du dich nicht schämst, ey.»

«Diesen Schlafanzug erwecken wir mit einer ganzen Flasche Wofalor nicht wieder zum Leben», sagte ich.

«Es tut mir leid um Ihre Garderobe, die ich verdorben habe», sagte Hermann Schmidt, während er sich langsam aus der Schlafanzugjacke pellte. Dann zog er die Stiefel aus und streifte die Pyjamahose ab. Statt Socken trug er schmutzige, aber perfekt gewickelte Lappen an den Füßen.

Als er die Stiefel wieder angezogen hatte, sah er in seiner Felduniform um einiges respektabler aus als gerade noch eben, fast wie einer der Rotarmisten aus unseren Geschichtsbüchern, die im Mai 45 die sowjetische Fahne auf dem Reichstag gehisst hatten, wären da nur nicht die hängenden Schultern gewesen, der hängende Kopf und die Magerkeit seines Körpers, die komisch wirkte im Kontrast zum wuchernden Bart und zur voluminösen, wie explodierten Frisur aus filzigen Haaren, Dreck und Heu.

«Ist dir kalt?», sagte ich.

«Nein, es ist schön warm hier in der Küche, danke.»

«Wie alt bist du eigentlich, Hermann Schmidt?», fragte Ulrike.

«Neunzehn.»

«Na, dann biste so was wie das Küken im Hause. – So, und jetzt setzt du dich dahin, und dann gibt's gleich was zu futtern. – Aber vorher …», Ulrike ließ bedrohlich ihre Stimme anschwellen: «… Hände waschen!»

Als Hermann Schmidt aufgegessen hatte, gab ich ihm eine Zigarette. Er riss den Filter ab, zündete sie gierig an und inhalierte so tief, dass beim Ausatmen kaum noch Rauch hochkam aus seiner Lunge, aber schon nach dem dritten Zug fragte Ulrike, was wir doch längst alle wussten: «Warst *du* das da draußen im Wald? Diese elende Schweinerei?»

Hermann Schmidt fing statt einer Antwort an zu schluchzen. Man sah ganz deutlich, dass er es unterdrücken wollte. Ich nahm an, um uns, seine Gastgeber aus Zufall, nicht zu beschämen, aber es klappte einfach nicht. Er schniefte, und es schüttelte ihn, und Tränen quollen aus seinen dunklen Augen hervor und rollten in den Bart auf seiner Oberlippe oder versiegten ein bisschen später im dichten Gestrüpp seines Kinns. Er hob den rechten Arm vors Gesicht, um sich dahinter zu verstecken, aber wir hatten ja bereits alles gesehen, was wir sehen mussten.

Ich guckte schon wieder ratlos zu Ulrike hinüber, die meinen Blick abermals mit einem Schulterzucken beantwortete, aber sie stand auf und kam mit einem Geschirrhandtuch zurück, das sie Hermann Schmidt sanft über den Arm vor seinen Augen legte. Es war vorausschauend, dass sie gar nicht erst versuchte, ihn mit einem Taschentuch abzuspeisen, und möglicherweise wäre ein Scheuerlappen die noch bessere Wahl gewesen, denn es dauerte eine geraume Weile, Sekunden, die sich zu Minuten dehnten, bis Hermann Schmidt wieder einigermaßen zur Ruhe kam und schließlich, unter Ulrikes behutsam drängenden Fragen, seine kurze Lebensgeschichte zu umreißen begann, die vorläufig in unserem Hühnerstall zum Stehen gekommen war.

Hermann Schmidt war in Wolgograd geboren worden, die Familie väterlicherseits deutsch, weshalb er schon als Kind die deutsche Sprache im Ohr gehabt hatte, wenn auch oft nur in Fragmenten oder in gebrochener Form. Nicht zuletzt dieser Herkunft wegen, vor allem aber aufgrund seines Diploms als Kernphysiker, wurde sein Vater, Wladimir Germanowitsch Schmidt, Anfang der achtziger Jahre in die DDR versetzt, wo er im Namen des proletarischen Internationalismus dem sozialistischen Brudervolk bei der Beaufsichtigung und Wartung eines sowjetischen Kernreaktors zur Hand ging, der im Kernkraftwerk Rheinsberg, Bezirk Potsdam, seinen Dienst tat.

«In Rheinsberg also», stellte Ulrike fest.

«Ja, in Rheinsberg war das», bestätigte Hermann Schmidt.

Dort wurde der Junge, der gerade zehn Jahre alt geworden war, in die fünfte Klasse einer Polytechnischen Oberschule eingeschult. Er konnte gut zeichnen, er war talentiert im Fußballspielen und außerdem passabel beim Bau von Flugzeugmodellen. Er besuchte Arbeitsgemeinschaften in der Schule und im Pionierhaus, er war Mitglied in der Betriebssportgemeinschaft des KKWs, und nach nicht mal zwei Jahren in der neuen deutschen Heimat hatten so gut wie alle, die ihn kannten, seine sowjetische Herkunft vergessen. Wann immer es sein musste, lief er später im blauen Hemd der staatlichen Jugendorganisation herum, und genau wie seine deutschen Freunde kam er sich stets ein wenig lächerlich dabei vor.

Seinen Eltern dagegen fiel es schwerer, sich einzugewöhnen, vor allem der Mutter, einer wahrhaftigen Russin, die in Rheinsberg nie etwas anderes als ein Provisorium gesehen hatte, schon vom ersten Tag an, das besser früher als später wieder beendet wäre. Anfangs hatte sie sich sogar geweigert, die Neubauwohnung halbwegs einzurichten, Möbel zu kaufen, Bilder aufzuhängen. Sie war es auch, die die Möglichkeit eines anderen oder wenigstens zweiten Passes für ihren Sohn, die Amtspersonen der Familie gegenüber gelegentlich erwähnten, sehr bestimmt ausschloss. Hermanns sowjetische Staatsbürgerschaft war ihre Versicherung, dass alle zusammen eines schönen Tages und in bescheidenem materiellem Wohlstand in die alte Heimat zurückkehrten. So ging eben *ihr* Traum vom Glück.

Weil Hermann keine Probleme in der Schule hatte, vor allem in den Naturwissenschaften nicht und nicht in Mathematik, und weil er außerdem eine gewisse Begabung für Sprachen erkennen ließ, für seine nunmehr beiden eigenen, Russisch und Deutsch, und für zwei weitere fremde, das Englische und Französische, wurde er auf die erweiterte Oberschule delegiert, wo er in der elften Klasse ein Mädchen kennenlernte, das Kerstin hieß. Sie …

Und an dieser Stelle schüttelte es Hermann Schmidt einmal mehr heftig durch, ein Schauer, der tief aus seinem Inneren zu kommen schien. Er setzte zweimal an, um fortzufahren, aber es wollte ihm einfach nicht gelingen.

«Beschreib sie doch einfach mal, deine Kerstin», sagte Ulrike, und Hermann Schmidt versuchte, es mit stockenden Worten zu tun, und er schaffte es nach einem weiteren vergeblichen Anlauf schließlich sogar recht gut.

Erstaunlicherweise hätte seine Beschreibung Kerstins auch gut auf Ulrike gepasst, obwohl er sie nicht ein einziges Mal ansah, während er im Grunde doch ganz korrekt ihr Aussehen wiedergab.

Anderthalb Jahre hielt ihre junge Liebe, das ganze zwölfte

Schuljahr hindurch und die großen Sommerferien danach, die die schönste Zeit in seinem ganzen Leben waren.

Im Herbst begann Kerstin ein Fachschulstudium im thüringischen Ilmenau, Hermann und die anderen Jungen aus seiner Abiturklasse wurden zum Wehrdienst eingezogen. Seine Freunde zur NVA, er zur GSSD nach Neustrelitz. Dass er überhaupt im Land bleiben durfte, verdankte er allein den Beziehungen seines Vaters zur Obrigkeit. Ein halbes Jahr hielt er es in Neustrelitz aus. Von Anfang an gingen Gerüchte um, dass ihr Panzerregiment verlegt würde, wegen der politischen Ereignisse in der DDR, wegen der Perestroika, wegen der Entspannungspolitik. Nach Kasachstan, behaupteten manche, nach Bjelorussland, sagten andere. Die Gerüchte kamen in immer dichteren Abständen auf. Seinen Kameraden war es gleichgültig, wo sie ihren Dienst versahen. Eine Kaserne sah von innen so schlecht aus wie die andere, stand man ganz unten in der Hierarchie. Hermann aber bekam es allmählich mit der Angst zu tun.

Er hatte Kerstin bei ihrem Abschied versprochen, alles zu tun, damit sie sich noch einmal sähen. Aber wie hätte er das anstellen sollen? Anders als seine deutschen Klassenkameraden hatte er keinen Ausgang, und er bekam auch keinen Heimaturlaub. Und was sollte er in Bjelorussland oder gar in Kasachstan anfangen, wo er schon nicht mal mehr an seine Kindheit in Wolgograd Erinnerungen besaß. Er fühlte sich als Deutscher, aber sein falscher Pass war ihm zur bösen Falle geworden.

Bei einer Pinkelpause seines Panzerkonvois hatte er es dann einfach getan, ohne zu überlegen, ohne an die möglichen Folgen zu denken, für sich selbst, für seine Eltern, für irgendwen. Er war abgehauen, er war losgerannt, er hatte sich einfach in die Büsche geschlagen.

Eigentlich hatte er vorgehabt, nach Thüringen zu marschieren, am Tage in einem Versteck ruhend und nachts unerkannt wandernd, doch schon nach kurzer Zeit war ihm klargeworden, dass sein Besuch in Ilmenau vor allem eines mit sich bringen würde: großen Ärger für Kerstin. Er wusste ja nicht mal ihre Wohnheimanschrift. Also hatte er einfach beschlossen, dort zu bleiben, wo er gerade war, denn hier fühlte er sich relativ sicher, hier hatte er in der Nacht ein Dach über dem Kopf. Er fror zwar, aber wenigstens blieb er beim Frieren trocken.

«Und wo war das gewesen?», fragte ich.

«Das ist hier bei Ihnen», sagte Hermann Schmidt. «Ich schlafe nachts in Ihrer Scheune.»

«Wie lange bist du denn schon unterwegs?», wollte Ulrike wissen.

«Seit Anfang April. Wir kamen von einer Schießübung.»

«Hast du einen Ausweis?», fragte ich.

«Nein.»

«Also müssen wir dir vertrauen.»

«Nein, das müssen Sie nicht. Sie können mich auch verraten.»

«Kommt ja überhaupt nicht in die Tüte», rief Ulrike empört aus und guckte mich vorwurfsvoll an. Sie stand vom Tisch auf und ging direkt auf Hermann Schmidt zu, der nicht besonders gut roch in seinem jetzigen Zustand, und drückte dennoch seinen großen Filzkopf an ihre Brust.

«Die Sache mit Ihren Hühnern …», hob Hermann Schmidt an, als wolle er sich entschuldigen.

«Ja, ist nun mal passiert», sagte Ulrike und gab seinen Kopf wieder frei, «aber weißt du was, Hermann Schmidt, Menschen sind wichtiger als Tiere, und wenn du deinen Hunger mit den

Hühnern stillen konntest, na ja, dann isses so in Ordnung. Kaufen wir morgen eben ein paar neue, stimmt's, Ändie? Bei deiner Freundin Frau Domaschke.»

«So machen wir's», antwortete ich, und ich staunte ein bisschen, dass Ulrike plötzlich so guter Laune war. Sie strahlte jetzt mit heller Miene in die Küche, und ich nahm an, es lag daran, dass es nur Hermann Schmidt gewesen war, der mit seinem Müll-Arrangement im Wald ihre Landidylle versehentlich gefährdet hatte. Ein harmloser Junge mit riesigem Liebeskummer im Herzen und voller Angst, mit einer Zukunft ausgestattet, die nicht viel mehr für ihn bereithielt als die pure Verzweiflung, und das obwohl er noch so jung war.

Ulrikes Traum vom Neubeginn dagegen war seit vorhin wieder makellos. Und ich selber war froh, dass ich nächste Woche nicht nach Berlin umziehen musste.

«So, und jetzt, wo wir dein ganzes Leben kennen, sollst du auch unsere Namen erfahren», sagte Ulrike.

«Ich kenne Ihre Namen schon. Ich habe Sie oft genug beobachtet, Sie sind Ulli, und Sie sind Ändie.»

«Das stimmt schon», sagte ich, «aber nenn uns lieber Ulrike und Andreas.»

«Verzeihung.»

«Und du brauchst uns nicht zu siezen, Hermann Schmidt. Der Ändie hier ist grad mal zwei Jährchen älter als du, auch wenn er immer so erwachsen tut, wie gerade eben.»

«Wie Sie wollen.»

«Du bleibst ein paar Tage hier», gab Ulrike bekannt, «du erholst dich ein bisschen, und dann sehen wir weiter.»

14

Den Rest des Donnerstagvormittags hatten wir damit zu tun, Hermann Schmidts menschliche Hülle zu rekonstruieren. Um zehn Uhr fuhren Ulrike und ich mit dem Wartburg nach Senftenberg, wo wir in einer Drogerie Waschzeug für unseren neuen, mittellosen Hausgast besorgen wollten: Zahnbürste, Rasiercreme, einen Kamm und dergleichen. Zwar führte auch Frau Domaschkes Konsum eine Auswahl an Hygieneartikeln, doch war uns das Risiko zu groß, ausgerechnet bei ihr etwas für Hermann Schmidt einzukaufen. Denn was ich beinahe vergessen hatte: Er war ja nicht nur ein Deserteur, sondern obendrein ein Einbrecher, und Frau Domaschke in ihrer zerstreuten Art besaß eine so blühende Phantasie, das ich ihr zutraute, aus einem kompletten Satz Waschzeug die Ansiedlung eines Verbrechersyndikats herzuleiten.

Als wir das Ortsschild von Neu Buckow hinter uns gelassen hatten, schob ich die T.-Rex-Kassette ein, und wir sangen beide so laut wie möglich:

«Metal guru, is it you?
Metal guru, is it true?
All alone without a telephone,
Oh yeah!»

So lange jedenfalls, bis Ulrike auf die Pausentaste drückte und fragte: «Weißte, was mir jetzt erst auffällt, Ändie?»

«Nee.»

«Früher konnte man gar keine Kassetten mit unserm Autoradio abspielen. Da hat man immer nur drei oder vier Sender reingekriegt. Stimme der DDR, Berliner Rundfunk. Auf der Autobahn war dann völlig tote Hose, da ging fast gar nichts mehr.»

«Früher gab's auch keine nagelneuen japanischen Autoradios bei uns zu kaufen», sagte ich, «jedenfalls nicht bei der HO.»

«Komisch.»

«Werden sich deine Eltern gegönnt haben.»

«Um sich gleich danach einen Golf zu kaufen?»

«Weiß der Geier.»

Hermann Schmidt hatten wir aufgetragen, niemanden auf den Hof zu lassen. Er sollte den Boiler anheizen und, wenn das Wasser heiß war, ein möglichst langes Schaumbad nehmen, um den Dreck von einem ganzen Monat abzuwaschen und sich bis tief ins Innere aufzuwärmen und vielleicht auch, um ein bisschen von dem schlechten Gewissen loszuwerden, das ihn sichtbar quälte. Des Verrates an seiner Mutter wegen und wegen unserer Hühner und weil Frau Domaschke mich des Einbruchs verdächtigt hatte, der von ihm begangen worden war, wie ich Hermann dummerweise erzählt hatte. Er sollte sich lockern und entspannen. Ulrike hatte ihm eine Kerze auf den Wannenrand gestellt, und sie hatte ihm den großen Kleiderschrank ihres Opas gezeigt, damit er sich etwas zum Anziehen heraussuchen konnte. Seit unseren Waschtagen strömte jedes Mal, wenn man ihn öffnete, eine frische Landbrise aus dem Schrank.

Als wir um die Mittagszeit von unserem Ausflug zurückkamen und auf den Hof bogen, stand Hermann Schmidt in einem braunen Anzug, der ihm um den Leib schlotterte, im Verschlag und hackte Holz. Seine schwarzen Haare hatte er nach hinten gekämmt, und auch sein Vollbart, obwohl immer noch lang, hatte durch das Wannenbad einiges an Volumen verloren. Unter dem Jackett trug er ein rosafarbenes Synthetikhemd, und wären nicht die ausgelatschten karierten Filzpantoffeln an seinen Füßen gewesen, hätte man seine Erscheinung fast schon als elegant bezeichnen können.

«Schick», sagte Ulrike und reichte ihm einen großen Kulturbeutel, den wir in der Drogerie gekauft hatten und in den ich auf der Rückfahrt das gesamte neue Waschzeug gepackt hatte.

«Danke schön», sagte Hermann. «Ich dachte, ich mache mich nützlich.» Er wies mit dem Beil, das ihm heute Morgen um ein Haar den Schädel gespalten hätte, auf einen Stapel zerkleinertes Feuerholz.

«Das ist lieb von dir, Hermann. – Du kannst dich jetzt rasieren gehen.»

«Keine Ursache», sagte Hermann, «ich habe auch früher schon zweimal Holz gehackt, immer dann, wenn ihr mit dem Auto weggefahren seid. Als kleinen Ausgleich für die gestohlenen Eier.»

«Ach, du warst das gewesen», sagte ich, «und ich dachte, Arnd hätte Langeweile gehabt.»

«So gut kennst du meinen Bruder dann doch wieder nicht», sagte Ulrike und zu Hermann: «Na los, geh dich rasieren, dann essen wir Mittag.»

«Ich würde lieber nicht», sagte Hermann.

«So kannste doch nicht auf die Straße, Jungchen», sagte Ulrike, «du kennst die Leute hier nicht. Die zerreißen sich das

Maul über die kleinsten Dinge, so nett sie auf den ersten Blick auch sind.»

«Ich würde auch lieber nicht auf die Straße gehen», sagte Hermann.

«Aber du kannst doch nicht für immer hier drinbleiben», beharrte Ulrike.

«Mensch, Ulli, wer redet denn von immer», unterbrach ich sie. Ich hatte das Gefühl, Hermann würde Ulrike zuliebe nach einer weiteren Bitte, sich zu rasieren, nachgeben, obwohl er im Moment um keinen Preis dazu bereit war. «Er sieht doch schon ganz manierlich aus, unser Hermann Schmidt, fast wie neu. – Ach übrigens, wusstest du, Hermann, dass die liebe Ulrike Slawistik studiert?»

«Nein, das wusste ich nicht.»

«Ihr könntet nämlich …»

«Stimmt», fiel mir Ulrike ins Wort, «wir könnten ein bisschen Konversation auf Russisch betreiben, damit ick nicht völlig aus der Form gerate.»

«Meinetwegen gern», sagte Hermann, und als Nächstes schon fragte ihn Ulrike etwas auf Russisch. Und weil mein Russisch nicht mal halb so gut war wie Ulrikes, verstand ich nicht genau, was sie sagte. Aber sie deutete dabei kurz in Hermanns Gesicht, weshalb ich annahm, sie habe gefragt, ob es nicht zu heiß sei unter dem großen Bart, worauf Hermann entgegnete, zur Zeit sei es darunter noch angenehm temperiert, aber im Sommer werde er sich wohl von dem Prachtstück trennen müssen.

«Ich geh dann mal Mittag machen», sagte ich.

«Was gibt's denn schönes?», fragte Ulrike.

«Makkaroni und Tomatensoße.»

Ob er das denn gern esse, fragte Ulrike auf Russisch, und

Hermann antwortete, dass alle Kinder Makkaroni mit Tomatensoße mögen würden.

Im Haus war es brüllend heiß, Hermann Schmidt hatte jeden verfügbaren Ofen angeheizt. Er hatte das Bad geputzt und den Küchenboden gewischt, und als Ulrike und ich uns nach dem Mittagessen zurückzogen, um ein kleines Schläfchen zu machen, damit wir ausgeruht in die zweite Tageshälfte gehen konnten, für die Ulrike große, aber noch geheime Pläne hatte, merkten wir, dass man sich auch gegenseitig wärmen konnte, ohne vorher gefroren zu haben. Das taten wir, bis wir ordentlich schwitzten.

«Jetzt fegen wir den Wald», verkündete Ulrike, als wir am frühen Nachmittag ausgeruht in die Küche kamen, wo Hermann schon das Geschirr gespült hatte und nun in jenem von Ulrikes Büchern las, das den Namen seiner deutschen Heimatstadt trug.

«*Das* ist dein toller Plan für heute?», fragte ich.

«Auf die Bäume, ihr Affen!», rief Ulrike.

«Das muss doch nicht sein», sagte ich.

«Na ja, und was ist *dein* Plan, Ändie? Willste den Dreck da einfach liegen lassen? Bis die Polente ihn findet? Und mit ihren Suchhunden direkt in unser Haus marschiert, weil ja der gute Hermann Schmidt in den letzten Tagen auch nicht ganz ohne Geruch war?»

«Ich mache das alles allein wieder weg», sagte Hermann und klappte das Buch zu.

«Gute Idee!»

«Ändie!»

«Na schön!»

Wir gaben uns also beide geschlagen, Hermann und ich, und folgten den gesamten Rest des Tages über einfach Ulrikes Anweisungen. Zunächst schloss ich das Hoftor, damit niemand von der Dorfstraße aus sehen konnte, wie wir mit seltsamen Gerätschaften angetan über die Wiese hinter unserem Hof Richtung Wald liefen. Vor allem natürlich sollte niemand sehen, wie wir mit lauter Unrat bepackt wieder von dort zurückkehrten. Im Keller, der sich mittlerweile als ein schier unendliches Reservoir an Materialien und Werkzeug herausgestellt hatte, in dessen Unaufgeräumtheit sich noch die abwegigsten Dinge finden ließen, stieß ich auf einen Stapel leerer, zusammengefalteter Kohlensäcke, der neben dem Haufen aus Eierkohlen lag, die wir gelegentlich zum Befeuern des Badeofen benutzten, wenn wir sehr viel heißes Wasser brauchten. Ulrike holte aus dem Verschlag einen Laubbesen, Hermann legte sich eine Schaufel über die Schulter, und so trotteten wir wenig später über die Wiese. Wäre Hermann nicht gewesen in dem braunen Anzug über dem rosa Hemd und den Pantoffeln an den Füßen, hätten wir eigentlich ganz normal ausgesehen in unseren Arbeitsklamotten.

«Hier gibt's bestimmt irgendwo ein paar alte Arbeitsstiefel», sagte ich zu Hermann, «oder Holzclogs. Wir suchen nachher mal.»

«Du hast schöne Gummistiefel», entgegnete Hermann.

«Willst du auch welche?»

«Wenn es keine Umstände macht.»

Ich mochte mich täuschen, aber die Hühnerknochen, deren Spur wir vorgestern gefolgt waren, lagen heute anders, oder sie waren ganz verschwunden, was vermutlich das Nachtwerk von Tieren war. Mir fielen die üblichen Verdächtigen ein:

Dachs, Marder, Fuchs. Iltis und Igel vielleicht noch. Oder eine Armee von Ameisen.

Mit dem Verursacher des Mülls an unserer Seite hatten die Knochen und die Federn, die zerbrochenen Eierschalen, die Blutspuren, die leeren Schnapsflaschen und die brutal aufgerissenen Konservendosen, die auf der Lichtung im Dickicht noch immer verstreut lagen, jeglichen Schrecken verloren.

Wir arbeiteten wortlos und zügig. Hermann rechte den Müll zusammen, Ulrike und ich hielten die Kohlensäcke auf, in die Hermann anschließend mit der Schaufel den Unrat füllte. Nach fünfzehn Minuten schon hatten wir das Gröbste eingesammelt. Jetzt ging es an die Details: Wir trugen die Reste des Feuers ab, klaubten Zigarettenkippen auf und abgebrannte Streichhölzer und jeden noch so kleinen Schnipsel Papier. Am längsten dauerte es, die Daunen einzufangen, aber nach einer weiteren Stunde war auch das geschafft. Ich griff mir zum Abschluss eine Handvoll feiner Zweige und fegte noch einmal ganz sacht über die komplette Lichtung, um die Unebenheiten auszugleichen, um die verbliebenen Spuren zu kaschieren, so wie ich es vor Jahren von den Abenteuerfilmen der Flimmerstunde gelernt hatte.

Ich warf einen letzten Blick auf die Lichtung, bevor wir uns auf den Rückweg machten, und ich wusste, dass wir gute Arbeit geleistet hatten. Nichts deutete darauf hin, dass Hermann Schmidt hier tagelang kampiert und die Beute seines Einbruchs verzehrt hatte, unser liebeskranker Deserteur, ein Junge ohne richtige Heimat, aber mit dem falschen Ausweis.

Ein, zwei Regengüsse, dachte ich, und auch die allerletzten Spuren wären beseitigt. Dann würde kein Spürhund mehr von hier auf unseren Hof finden.

Es waren zwei Kohlensäcke mit Müll, die wir zurück nach

Hause schleppten und vorerst in unserem Verschlag absetzten.

«Und was machen wir damit?», fragte ich.

«So schnell wie möglich runter vom Hof», sagte Ulrike, «ick würd mich besser fühlen ohne das vermaledeite Zeug.»

«Wir hätten's eigentlich gleich im Wald vergraben können, ohne es vorher noch in Säcke umzufüllen und spazieren zu tragen.»

«Witzbold», fauchte Ulrike, «dein Beitrag ist nicht sehr hilfreich, Andreas.»

«Es gibt hier einige Seen in der Gegend», sagte Hermann Schmidt, «ich habe viele von ihnen gesehen auf meinen Wanderungen in der letzten Zeit.»

«Das klingt schon besser», sagte Ulrike, «eine Kiesgrube gibt's gleich um die Ecke. Da sind wir früher immer mit dem Rad hin, zum Baden.»

«Na dann los», sagte ich.

«Nee, geht nicht», sagte Ulrike, «die ist zu klein und wahrscheinlich auch zu flach. Moment mal.» Sie ging zum Wartburg rüber und kam gleich darauf mit einem Straßenatlas zurück. Sie schlug die Seiten mit der Niederlausitz auf.

«Der hier ist schön groß», sagte ich und tippte mit dem Finger auf einen blauen Flecken.

«Senftenberger See? Nee, da warn wir als Kinder öfter mal baden. Mit Opa und manchmal sogar mit Frau Domaschke.»

«Na und?»

«Da gibt's ein Wohngebiet und alles. Ausflugsgaststätte, Kindergärten, Schule, Kaufhallen …»

«Ich hab's kapiert.»

«Wie wäre es mit diesem da?», fragte Hermann. «Schön groß und näher gelegen als der andere.»

«Da gibt's garantiert auch einen Strand. Guck mal das Zeichen», sagte ich und zeigte in den Atlas, «dieses kleine Zelt da, das bedeutet Campingplatz oder Ferienlager oder so was.»

«Talsperre Spremberg», las Hermann Schmidt den Namen aus der Karte ab.

«Egal», sagte Ulrike, «da waren wir jedenfalls früher nie baden. Wir müssen das Zeug ja irgendwie loswerden. – Also?»

«Ich werfe da nichts rein», sagte ich, «die kommen doch wieder hoch, die Säcke, und schwimmen dann oben. Und dann tauchen gelangweilte Kinder dort auf und stochern aus Neugier drin rum, mit Stöckern oder mit Paddeln oder mit Eisenstangen, und die Säcke gehen auf, und dann schwimmt der ganze Mist oben auf dem Stausee rum. – Die sind viel zu leicht, probier mal.» Ich hob einen der Kohlensäcke an und schüttelte ihn. Im Inneren klapperten die leeren Büchsen gegen die leeren Kornflaschen.

«Okay, überzeugt», sagte Ulrike, ohne das Gewicht des Sacks selbst zu prüfen. Sie verließ den Verschlag und verschwand hinter der Scheune. Ich gab Hermann eine Zigarette, setzte mich auf den Hackklotz, und wir rauchten. Als Ulrike wiederkam, trug sie zwei meiner versehentlichen Schnellzementskulpturen, die der defekte Mauerpfosten wieder abgestoßen hatte und an denen noch Mutterboden vom Gemüsebeet hing. In jeder Hand hielt sie eine. Wir stopften die Zementbrocken in die Kohlesäcke, banden die Säcke zu und warfen sie in den Kofferraum des Wartburgs. Dann warteten wir in der Küche, dass es dunkel wurde. Wir tranken schwarzen Tee mit Kandiszucker und lasen in unseren Büchern.

Um halb zehn fuhren wir los. Das Dorf war schon wieder ins Koma gekippt, nur im Heidekrug brannte noch Licht. Hermann, der unbedingt helfen wollte, die Säcke zu versenken, kauerte hinten unter einer alten Decke. Für die Rückfahrt hatte ich drei Flaschen Bier aus dem Kühlschrank mitgenommen. Wir fuhren ohne Musik die schwarzen Landstraßen entlang. Ich schlug den Autoatlas auf, aber Ulrike hatte sich die Strecke gut eingeprägt.

Wir hielten direkt unterhalb des Dammes. Ulrike stellte den Motor aus, wir öffneten die Türen und lauschten für ein paar Momente in die Dunkelheit, ob wir allein wären. Aber es rührte sich nichts.

Hermann nahm einen Sack, ich nahm den anderen, so stiegen wir den Damm hoch, während Ulrike im Wagen sitzen blieb und sich eine Zigarette anmachte.

Auf dem See war es dunkel, und auch an den Ufern konnte ich nur wenige Lichtpunkte ausmachen. Der Sternenhimmel dagegen funkelte wie in jeder klaren Nacht über der Lausitz in heller, betörender Pracht. An die Dammmauer schlugen mit leisem, fast zärtlichem Plätschern kleine Wellen.

Ohne Anlauf zu nehmen, holte ich aus und schleuderte den Kohlensack mit aller Kraft von mir. Ich hörte, wie er auf die Wasseroberfläche klatschte, und gleich darauf schlug auch der zweite Sack auf dem Spremberger Stausee auf und sank unverzüglich dem ersten hinterher in die Tiefe.

«Komm», flüsterte ich Hermann zu, «jetzt trinken wir ein Bier.»

«Das wird uns guttun», antwortet Hermann Schmidt, und so schlossen wir in dieser Nacht erfolgreich das perfekte Verbrechen ab: den Einbruch im Dorfkonsum von Frau Domaschke.

15

Wir boten Hermann an, auf dem Sofa in der Wohnstube zu übernachten, aber er bestand darauf, eine letzte Nacht auf dem Heuboden in der Scheune zu verbringen. Lediglich eine zusätzliche Decke erbat er sich, da er ja nun ohne den wärmenden Schlafanzug über der Uniform auskommen müsse. Wir gaben ihm zwei Decken mit und ein Kissen und eine Taschenlampe, und um ein Haar hätte ihm Ulrike noch eine Kanne Pfefferminztee gekocht und in einen alten Thermosbehälter gefüllt. Vor Rührung und vielleicht auch des Biers wegen, das wir nach dem erfolgreichen Ausflug an die Spremberger Talsperre in unserer Küche hatten fließen lassen, ohne dabei die leeren Flaschen zu zählen, bekam Hermann Schmidt ganz feuchte Augen, als sie ihm den Tee anbot.

Auf der Rückfahrt noch hatte ich ihm anhand ausgewählter Hörbeispiele eine kurze Einführung in die Musik Marc Bolans gegeben, sodass er, als wir zum Schluss auf den Hof gebogen waren, schon einige der Refrains textsicher mitgesungen hatte. Die ganze Gegend um die Talsperre war dunkel und tot gewesen, und so hatten wir beschlossen, dass er sitzend fahren könne. Nur wenn Ulrike ein Lichterpaar im Rückspiegel oder vor uns auf der Landstraße entdeckt hatte, war Hermann kurz abgetaucht, so lange, bis die Dunkelheit uns wieder vollständig umfing.

Kurz nach Mitternacht half ich ihm, die Sachen auf den Heuboden zu schaffen, wo ich vorher noch nie gewesen war. Er hatte sich dort eine Höhle ins Heu gegraben, die von unten nicht zu sehen war und mich an die Schlafkuhle eines Hamsters erinnerte.

Ich wünschte ihm eine gute Nacht, aber er ließ mich erst gehen, nachdem er mir seine Blutsbrüderschaft angeboten hatte und den Schwur, dass er ab heute alles für Ulrike und mich tun würde, weil er für immer in unsere Schuld stünde. Ich versuchte, sein Pathos mit einem flapsigen Spruch abzubügeln, aber er ließ mich damit nicht durchkommen, und weil doch einiges russisches Blut in seinen Adern floss und ich durchaus Geschichten über die sogenannte russische Seele gelesen hatte, war ich recht schnell geneigt, seiner Inbrunst zu glauben, auch wenn ich sie vom Alkohol befeuert wähnte, und so gab ich schließlich nach. Ich versprach ihm hoch und heilig, die rechte Hand aufs Herz gepresst, wann immer ich seine Hilfe bräuchte oder seinen Beistand, mich an ihn zu wenden. Ohne jede Rücksicht.

«Egal, zu welcher Tageszeit!», präzisierte Hermann noch mal sicherheitshalber meinen lapidaren Schwur.

«Ob Tag oder Nacht!», rief ich aus.

«Von jetzt bis in alle Ewigkeit!»

«So soll es geschehen!»

Wir umarmten uns, er gab mir den Bruderkuss auf die rechte Wange und auf die linke, und dann kletterte ich, leicht benommen im Kopf, über die wacklige Holzleiter nach unten, wo Ulrike im dunklen Haus schon den Schlaf der Gerechten schlief.

Am nächsten Morgen setzte sich fort, was sich schon am Vortag kurz angedeutet hatte. Hermann Schmidt, unser Hausgast, Schutzengel in spe und Blutsbruder im Geiste, legte alles darauf an, die Schuld, die er uns gegenüber zu empfinden schien, abzuarbeiten. Er besaß kein Geld, und er hatte keine Zukunft, aber sein Lebenswille war groß, wie wir an der Sauerei im Wald gesehen hatten, am Einbruch im Konsum und an unseren spontan geschlachteten Hühnern Emma und Martha, deren Namen schon eine ganze Weile niemand mehr erwähnt hatte. Er verfügte nicht nur über einen kräftigen, sehnigen Körper wie die meisten Jungen seines Alters, Arnd und mich, bei aller Bescheidenheit, eingeschlossen, er besaß auch noch zwei handwerklich geschickte Hände, was sich von Ulrikes Bruder noch weniger behaupten ließ als von mir.

Als ich um neun aus dem Badezimmer kam, wo der Boiler schon herrlich warm gewesen war, wartete in der Küche bereits eine Kanne Kaffee, und es gab sogar Tee. Aber Hermann hatte bis dahin nicht nur den Tisch gedeckt, die Hühner gefüttert, den Stall ausgemistet und ein weiteres frischgelegtes Ei geborgen. Er hatte außerdem eine neue Wäscheleine gespannt, und er hatte sie sogar schon bestückt. Lustig im Wind flatterten dort jetzt der gestreifte beigefarbene Schlafanzug von Ulrikes Großvater, zwei lange Fußlappen sowie Bluse und Hose seiner Felduniform. Hermann musste die Sachen in der Wanne gewaschen haben oder in einem Zuber, und wie die Wäsche dort so trocknete in der noch tiefstehenden Vormittagssonne, wirkte unser Hof ein bisschen wie die Kulisse eines romantischen Films aus den Mosfilm-Studios, der vielleicht den Titel «Der Soldat und das Mädchen» hätte tragen können.

Ich bat ihn trotzdem, die Uniform möglichst bald wieder abzunehmen. Zwar hielten wir seit gestern das Tor geschlossen, aber es war nicht abgesperrt, und man konnte nicht wissen, ob sich ein ungebetener Besucher dem Hof von der Wiese her näherte. Hermann nahm unverzüglich die Uniform ab und sagte, er werde eine zweite Leine in der Scheune spannen, wo wir künftig auch bei Regenwetter unsere Wäsche aufhängen könnten. Und das machte er dann auch, und er benötigte keine zehn Minuten für diese Arbeit, die mich mit Sicherheit den halben Tag gekostet hätte.

«Du bist ziemlich gut, Hermann», lobte ich ihn, weil mir mein eigenes handwerkliches Unvermögen peinlich war. «Ich kenne keinen in unserm Alter, der so geschickt ist wie du.»

«Ich bin nicht nur ein Deutscher, ich bin auch ein Russe», sagte Hermann, und ich musste eine Weilchen überlegen, ob das eine akzeptable Antwort auf meine Feststellung war. Und kam doch zu keinem wirklichen Schluss.

Ulrike hatte sich gleich nach dem Frühstück in ihr liebstes Reich zurückgezogen, in den Garten. Sie hatte ein buntes Tuch in ihr Haar gebunden und einen grauen, verwitterten Strohhut ihres Opas aufgesetzt. Fast schlafwandlerisch bewegte sie sich zwischen den Beeten, knipste hier ein welkes Blatt ab, zupfte dort ein wenig Unkraut zwischen den exakt ausgerichteten Reihen der frischen Gemüsesprossen. Die Tomatenpflanzen, die wir an krumme Stöcke aus dem Wald gebunden hatten, standen in sattem Grün und gediehen hervorragend. Die ersten Knospen öffneten sich bereits, und zaghaft zeigte sich ihr weiß-gelbes Inneres. Ulrike brachte ein wenig Dünger aus und goss vorsichtig mit der Zinkkanne, und jede ihrer geschmeidigen Bewegungen zeugte davon, wie sehr sie genoss, was sie da gerade tat.

Als ich am Mittag mit einem Glas kalten Pfefferminztee zu ihr in den Blumengarten kam, damit sie sich erfrischen konnte, schwirrten dort Hunderte Insekten zwischen den lockenden Blüten, Fliegen und Hummeln, Wespen und Bienen, und ihr hastiges Hin und Her erzeugte ein Brummen und Sirren in der Luft, die süßlich roch, was sich zusammen mit dem frischgewässerten Mutterboden zu einem unglaublichen Duft addierte.

Wir beschäftigten uns jeder auf die eigene Weise bis zum frühen Nachmittag. Dann wechselte Ulrike in eines ihrer sommerlichen Kleider, und wir gingen zu zweit über die Dorfstraße zu Frau Domaschkes Konsum. Ulrike, um ihre Eltern anzurufen, ich, um leere Flaschen gegen volle einzutauschen.

Wieder fragte uns Frau Domaschke, wie lange unsere Ferien denn noch dauerten, und wieder gab ihr Ulrike dieselbe Antwort: Sie dauerten ab sofort für immer.

Ulrikes Eltern ließen mir von meinen Eltern Grüße ausrichten, im Institut, in dem sie alle arbeiteten, munkelte man von Evaluation und Abwicklung, Arnd hatte sich noch immer nicht zu Hause blicken lassen, der Optimismus und die allgemeine Zukunftsforschheit blieben klein. Ansonsten gab es keine Neuigkeiten aus unserer Heimatstadt.

«Können wir noch ein paar Hühner bei Ihnen kaufen, Frau Domaschke?», fragte Ulrike, nachdem ich die Einkäufe bezahlt hatte.

«Sind die andern denn nicht mehr gut genug, Mädchen?»

«Zwei von denen sind uns einfach getürmt, müssen Sie wissen.»

«Sag bloß, Kind!»

«Ohne Flachs!»

«Wie viele sollen es denn diesmal sein?»

«Noch mal vier?» Ulrike sah mich an, und ich nickte.

«Kommt ihr morgen um kurz vor zwölfe vorbei, dann hab

ich sie für euch im Kasten gefangen. – Oder soll mein Sohn sie wieder bringen?»

«Wir kommen schon selber, Frau Domaschke, wir kommen schon selber!»

Es wäre mir lieber gewesen, Hermann Schmidt hätte sich in unserer Abwesenheit auf die faule Haut gelegt und in seinem Buch gelesen oder ein Nickerchen gemacht. Doch der dachte gar nicht daran, alle viere gerade sein zu lassen, so wie Ulrike und ich es ganz gerne mal taten, auch mehrere Tage hintereinander.

Stattdessen hatte er den provisorischen Grill, den Arnd und ich aus ein paar morschen Ziegeln gestapelt hatten, mit Schnellzement vermauert, und war gerade dabei, das schöne Unkraut auf dem Hof mit der Sense zu stutzen, als wir vom Konsum zurückkamen. Er war barfuß dabei und trug ein geripptes, ausgeleiertes Unterhemd. Ich konnte sehen, dass er die viel zu große Anzughose von Ulrikes Großvater mit einem Stück zusammengeschnürtem Bindfaden auf seinen schmalen Hüften hielt.

«Mensch, Hermann, jetzt hör doch mal auf zu schuften», rief ihm Ulrike zu. «Wir kriegen ein riesig schlechtes Gewissen, wenn wir dich den ganzen Tag arbeiten sehn. Eigentlich ist doch schon Wochenende. Freitag nach eins!»

«Ich arbeite aber für das Essen und für den Schlafplatz», sagte Hermann und stützte sich auf die Sense. «Ich habe doch sonst kein Geld.» Ich musste ein zweites Mal an diesem Tag an einen sowjetischen Spielfilm denken, wie ich ihn so dastehen sah, mit seinem dichten Bart, im leicht angeschmutzten Unterhemd und verschwitzt. Diesmal an einen wirklichen, den ich vor drei Jahren im Filmmuseum gehen hatte, und der hieß: Sibiriade.

«Weißte, Junge, wenn du was für deinen Schlafplatz tun willst, dann räum die Kisten aus dem kleinen Zimmer neben dem Bad raus», sagte Ulrike, «dann kannst du dich da einrichten, solange du bleibst. Matratzen stehn schon drin, sogar zwei Stück, Bettwäsche geb ich dir, und die Decken hast du ja schon, nicht wahr?»

«Danke.»

«Nix zu danken. Die Kisten stellst du einfach irgendwo in der Scheune ab, wo sie nicht nass werden.»

«Das mache ich so», sagte Hermann, und er lächelte, was er nicht besonders oft über sich brachte. Im nächsten Moment zischte schon wieder die Sensenklinge durchs verschossene Kraut, als hätte er schon Hunderte Male auf diese altmodische Art etwas niedergemäht.

«Clever», sagte ich zu Ulrike, als wir in der Küche die Einkäufe aus Korb und Netzen holten und verstauten, «da hast du dem armen Hermann Schmidt noch mehr Arbeit aufgehalst, als er sich sowieso schon macht.»

«Der ist mir noch was schuldig», grinste Ulrike, «wegen Emma und wegen Martha. Schade nur, dass er nicht draußen an der Straße arbeiten kann. Der hätte im Nu die ganze Fassade gestrichen. Und weißte was?»

«Nein?»

«Ick bin mir sicher, dass bei ihm der Mörtel im kaputten Pfeiler kleben bleibt und nicht immer wieder rausfallen würde wie bei dir.»

«Wollen wir heute nicht mal wieder in den Krug gehen?», fragte mich Ulrike, als ich um halb sieben in die Küche wollte, um etwas fürs Abendbrot zu kochen.

«Und was machen wir mit Hermann Schmidt?»

«Mensch, Ändie, der hat wochenlang im Wald gelebt, meinst du, den fängt ausgerechnet heute Abend einer weg?»

«Natürlich nicht.»

«Die Leute im Dorf denken sich bestimmt schon ihren Teil: Wir sitzen gar nicht mehr draußen, wir haben das Tor verrammelt, und in den Krug gehn wir auch nicht mehr. Gerüchte wachsen hier schneller als die Primeln.»

«Okay», sagte ich, «ein schönes Hamburger Schnitzel mit Bratkartoffeln ist nicht zu verachten. Mit Spiegelei drauf. Und Bier vom Fass.»

«Aber davon darfste Hermann wirklich nichts sagen, bei den ganzen Schmalzfleisch- und Bockwurstorgien, die du hier jeden zweiten Tag feierst.»

«Hey, hey», sagte ich und drohte ihr mit der Faust.

«Nein, Schätzchen», sagte Ulrike und gab mir einen Kuss, «ich bin ja ganz froh, dass du hier den Kochlöffel schwingst. Ick selber kann es ja noch weniger schlecht.»

«Gefällt dir das Buch?», fragte Ulrike, als wir fertig angezogen für die Konsumgaststätte in die Küche kamen, wo Hermann frisch geduscht bei einer Tasse Tee saß und las.

«Das ist gar nicht Rheinsberg», sagte Hermann und sah von dem schmalen Buch auf, «das heißt nur so.»

«Genauso gut könntest du aber auch sagen: Das hier ist gar nicht Neu Buckow, das heißt nur so», erwiderte Ulrike.

«Das verstehe ich nicht.»

«Ist ja auch wurscht jetzt», sagte Ulrike, «pass mal auf, Hermann Schmidt, wir gehen rüber in die Gaststätte, Ändie und ich. Wir würden dich ja gerne mitnehmen, aber du weißt ja selber: Ist irgendwie gerade ungünstig.»

«Kein Problem, ich bleibe hier und schreibe einen Brief an Kerstin. An die Adresse ihrer Eltern», sagte Hermann.

«Ja, das ist eine gute Idee», sagte Ulrike, «Briefpapier liegt in der Kommode. Wohnstube, oberste Schublade.»

«Finde ich nicht», sagte ich, «das ist keine gute Idee, wenn dich irgendwer sucht, geht er zuerst zu deinen Eltern und als Zweites schon zu deiner Freundin. Und wenn sie bei Kerstin einen Brief finden … Hat Frau Domaschke eigentlich einen eigenen Poststempel, Ulli?»

«Klaro!»

«Wenn sie einen Brief finden, der in Neu Buckow abgestempelt ist, dann … na ja, den Rest kannst du dir selber ausmalen. Und sogar wenn wir den Brief in Senftenberg oder Cottbus in den Kasten schmeißen, haben deine Genossen von der Militärpolizei schon den ersten Hinweis auf den Aufenthaltsort, verstehst du? Wenn auch nur einen groben.»

«Dann lese ich eben weiter», sagte Hermann mit belegter Stimme, und er klang so traurig, dass ich meine Klugscheißerei fast bereute.

«Ja, tu das», sagte ich, «und mach dir dabei 'ne Flasche Wein auf oder ein Bier, Zigaretten sind da im Schrank. Bloß, wenn es draußen dunkel wird, geh lieber rüber in dein neues Zimmer. – Nicht dass dich noch wer aus dem Dorf in der beleuchteten Küche sitzen sieht, okay?»

«Ich will nicht unhöflich sein», wandte sich Hermann Schmidt jetzt wieder an Ulrike, «aber habt ihr vielleicht noch ein paar andere Bücher da?»

«In der Stube unterm Fenster. Da stehn ein paar Stapel für Mädchen. Und da stehn ein paar Stapel für Jungs», sagte Ulrike, grinste und stieß mir ihren Ellbogen in die Seite, «such dir einfach was aus, du Banause.»

Im Krug begrüßte uns der Wirt mit großem Hallo, als wir durch den Filzvorhang in die Gaststube traten, wo die blaue Zigarettenluft mit Messern zu schneiden war. Und auch die anderen Gäste nickten uns zu wie alten Bekannten. Wir bekamen einen Kurzen aufs Haus, noch ehe wir etwas anderes bestellten, und schon jetzt war ich froh, dass Ulrike mich zum Rausgehen überredet hatte und ich auf diese Weise wenigstens für ein paar Stunden Hermann Schmidts Trauermiene, seiner deprimierenden, ausweglosen Geschichte und seiner Arbeitswut entkommen konnte.

Wir bestellten zwei große Gläser Bier, Tomatensuppe und Rinderbrühe mit Eierstich, als Hauptgang für mich ein Hamburger Schnitzel und für Ulrike Fischstäbchen, Bratkartoffeln und Gurkensalat. Aus den Augenwinkeln sah ich, wie der Wirt uns wohlwollend beim Verschlingen seiner Speisen beobachtete, und als wir fertig waren, brachte er uns zufrieden und ohne dass wir darum gebeten hatten, zwei Gläschen Wurzelpeter an den Tisch. Wir sagten «Prost!», kippten das Zeug hinter, und Ulrike musste sich schütteln wie ein nasser Hund, weil sie das Schnapstrinken nicht gewohnt war, anders als ich, der es in der Armeezeit gelernt hatte.

So saßen wir im Heidekrug, schwatzten über dies und das und was noch am Haus zu tun sei, und was wir in der nächsten Woche besorgen mussten, von der Baustoffversorgung, aus der Gärtnerei, vom Fleischer und vom Bäcker, um unsere tiefgefrorenen Vorräte im Keller aufzustocken. Wir durften ja nicht vergessen, dass wir jetzt zu dritt waren, und wer so viel schuftete wie unser Hermann, der hatte ein Recht auf große Portionen. Und zwar abwechslungsreicher und vitaminhaltiger Nahrung, sagte Ulrike und zwinkerte mir frech zu nach dieser neuerlichen Attacke auf meine Kochkünste.

Ich erzählte ihr, dass Hermann auch gern so ein Paar Gummistiefel hätte, wie wir sie beim Arbeiten trugen, und weil wir uns nicht alles merken konnten, was wir besorgen wollten in Senftenberg oder vielleicht sogar in der Bezirksstadt, baten wir den Wirt um einen Zettel und einen Kugelschreiber, und wir produzierten damit eine sehr lange Liste, die von A wie Apfelsaft bis Z wie zwanzig Schrippen reichte.

Alle paar Augenblicke kam einer der Gäste an unseren Tisch, manchmal mit seinem Glas, manchmal ohne, um ein paar Worte mit uns zu wechseln: über Haus und Hof und den Fortschritt unserer Renovierungsarbeiten, über unseren Wartburg und über Ulrikes Vater, mit dem einige noch in dieselbe Schulklasse gegangen waren. Zur Not sprachen wir übers Wetter oder die Ernteaussichten für dieses Jahr. Zweimal kam der Sohn von Frau Domaschke zu uns, um die Hühnerbestellung, die wir am Nachmittag aufgegeben hatten, zu bestätigen und uns bei der Gelegenheit ein paar Tipps zu geben, wie die erneute Dezimierung unseres Geflügelbestandes in Zukunft unterbunden werden könne.

Nur über eines redete niemand mit uns: über Politik, über das, was im Moment in den Hauptstädten ausgeheckt wurde, für jene, die vor kurzem noch gerufen hatten, sie seien das Volk. Ich bekam ein ungutes Gefühl, als mir das auffiel. Ich nahm mir vor, von nun an wenigstens jeden zweiten Tag die Bezirkszeitung im Konsum mit in den Korb zu packen. Es reichte ja eigentlich schon, wenn wir unterwegs im Wartburg hin und wieder Nachrichten hörten, statt immer nur dieselbe T.-Rex-Kassette, die wir unterdessen von vorn bis hinten mitsingen konnten.

Eines stand fest: So wenig wie in den letzten Wochen hatte ich noch nie vom Geschehen in unserem Land und in der übrigen Welt mitbekommen, und das war sicherlich alles andere als gut.

So ausgelassen wie an diesem Freitagabend hatte ich den Krug noch nie erlebt. Vielleicht waren es die Hormone, die die Leute kirre machten, die Aussicht auf den Sommer, der ja nicht mehr weit weg war, jedenfalls wurden gegen elf vorn am Tresen die Tische zusammengeschoben, und der Wirt stellte eine laute Schunkelmusik an, zu der sich zwei Paare auf alkoholwackeligen Beinen zu drehen begannen. Der Wirt klatschte im Takt, und weil es jetzt noch lauter war als vorher, mussten Ulrike und ich uns anschreien, wollten wir die Worte des anderen verstehen.

Bei all meiner jungen, gerade erwachenden Liebe zum Dorf und zu seinen Bewohnern und deren ursprünglicher Kultur hatte ich in diesem Moment genug vom Heidekrug. Mir dröhnte der Schädel von der Schlagermusik, vom Schnaps, von den Rauchschwaden, und irgendwie schlug mir jetzt auch der Anblick der betrunkenen Tänzer auf die Laune. Ich stand auf, um am Tresen unsere Rechnung zu bezahlen, und auch Ulrike erhob sich und schlüpfte in ihre Strickjacke, als sich einmal mehr an diesem Abend der Filzvorhang teilte, und wer trat ein?

Arnd!

Aber er war nicht alleine, er hatte einen Freund im Schlepptau, vermutlich aus Potsdam mitgebracht, der etwas scheu, gleichsam auf Arnds Fersen und im Schatten von dessen Lederjackenrücken in den Gastraum schlich. Der junge Mann kam mir bekannt vor, und er war mir gleichzeitig fremd. Vielleicht war es jemand aus Arnds Abiturjahrgang, dachte ich, jemand, den man ein paarmal im Café Heider gesehen hatte oder am Bierausschank wartend im Lindenpark.

Als Arnd uns erkannte, hob er die Hand zum Gruß, und er

bedeutete uns mit einer Geste, uns wieder zu setzen. Ich ließ mich zurück auf den Stuhl fallen, und Ulrike tat es mir gleich. Doch Arnd kam nicht sofort an unseren Tisch, sondern er blieb vorne am Tresen stehen. Er richtete das Wort an den Wirt, und dann schüttelten sie einander die Hände wie gute Freunde. Es sah richtig herzlich aus. Arnd zeigte auf den Freund hinter sich, und der Wirt sagte ein paar Worte, und man konnte sehen, dass beide sehr laut sprechen mussten wegen des ganzen Getöses im Krug.

Dann trat Arnd zur Seite, sodass sein Freund dem Wirt nun direkt ins Gesicht sehen musste. Der Wirt grinste, ganz Patron, und er reichte Arnds Freund die Hand zum Gruß, und genau in jenem Moment, als Arnd seinen Freund mit sanftem Druck näher an den Tresen schob, erkannte ich ihn an den seltsamen Klamotten, die er trug: Es war niemand anderes als unser Hermann Schmidt.

16

«Das war so ein richtig satter Braunstich, der sich von unsren Haustüren im Wohngebiet quasi bis nach Bratislava durchzog. Manchmal sah man ihn, manchmal nicht, aber man merkte immer, dass er da war. Ein Schweif aus Emissionen. Abgasen, Dreck. Und das war im Sommer, müsst ihr wissen. Und was taten *wir*?», fragte Arnd und guckte zu mir rüber, als hielte ich sofort die Antwort für ihn bereit auf eine so ungenaue Frage wie diese.

«Warte mal, wovon reden wir eigentlich?», sagte ich und sah erst Ulrike an, die mit den Schultern zuckte, und dann Hermann, der natürlich erst recht nicht wissen konnte, was Arnd meinte. Die beiden kannten sich ja noch nicht einmal vierundzwanzig Stunden lang.

«Bratislava ist das Stichwort», sagte Arnd und warf noch einen Ast ins Feuer, das gleichmäßig in der fast windfreien Dämmerung vor sich hin loderte.

Wir hatten beschlossen, Hermann Schmidt auszuführen in die freie Natur, und zwar in eine mit gewisser Weitsicht, denn im Dickicht des Waldes hatte er lange genug gehockt. Deshalb saßen wir jetzt seit einer Stunde am Ufer jener Kiesgrube, zu der Arnd und Ulrike in ihrer Kindheit zum Baden geradelt waren. Vor uns brannte ein Feuer, und jeder hatte drei frischgeschnittene Gerten aus dem Wäldchen vor sich, um die wir Hefeteig für ein Stockbrot wickelten oder dicke Scheiben von grünem, fettem Speck steckten, den wir heute Mittag auf Hermann Schmidts Wunsch bei Frau Domaschke gekauft hatten, genauso wie eine Flasche Korn.

Er als halber Russe brauche auf einer Feier auch einen Schnaps, hatte er uns im Konsum zugeflüstert, denn nur damit ließen sich Trinksprüche ordentlich ausbringen. Und nur mit Trinksprüchen wäre eine alkoholische Feier kein stupides Besäufnis. Als Ulrike ihn fragte, ob das mit den Russen und dem Wodka nicht nur ein blödes Klischee sei, sagte er: Doch. Aber manchmal eben auch nicht.

Arnd wischte alle Bedenken Ulrikes weg, indem er wortlos eine Flasche vom durchsichtigen Schnaps in unseren Korb packte, zu den ganzen Bierflaschen und der Tüte Mehl und dem Würfel Hefe, den Ulrike für den Stockbrotteig benötigte. Er bezahlte alles aus eigener Tasche, und dann gingen wir durch die Hintertür des Konsums ins Hühnerparadies, wo schon eine abgedeckte Brötchenstiege auf uns wartete, in der unsere vier neuen Hühner zaghaft vorwurfsvolle Laute produzierten. Ganz selbstverständlich war es Hermann, der die Stiege aufnahm, und als Ulrike bezahlen wollte, sagte Arnd, wir sollten schon mal auf die Straße gehen, er würde auch das übernehmen.

Doch wir waren nicht nur wegen der Hühner und des Einkaufs zu Frau Domaschkes Laden hinübergeschlendert, vor allem ging es auch darum, Hermann Schmidt in Neu Buckow sichtbar zu machen. Wir wollten uns mit ihm zeigen, und wir wollten ihn jedem Dörfler, der fragte oder auch nicht, als einen Neubürger vorstellen, der seit seiner gestrigen Ankunft mit seinem Cousin Arnd Bartke nun eine Zeitlang bei seiner

Cousine Ulrike und deren Freund Andreas leben würde. Er sei, ebenso wie sein Cousin Arnd, der politischen Umstände wegen ein halbes Jahr früher als ursprünglich geplant aus der Armee entlassen worden und absolviere nun eine Art landwirtschaftliches Praktikum, bis er im kommenden Herbst sein Studium der Agrarwissenschaften antrete. Und zwar in Halle an der Saale, weil Ulrike gestern Nacht im Krug noch eingefallen war, dass es dort eine solche Fakultät gab. Das schien uns als Begründung zu genügen, falls jemand fragte, aber bis auf den Wirt gestern Abend im Heidekrug hatte sich kein einziger Neu Buckower nach Hermanns beruflichem Status erkundigt. Es reichte den Leuten, dass er mit den Bartke-Geschwistern verwandt war, und einige der Älteren meinten sich sogar an ihn erinnern zu können, wie er mit Cousin und Cousine zusammen in den großen Ferien den Großvater besucht habe. Ulrike und Arnd wehrten dies kokett ab, aber sie widersprachen nicht wirklich, und die Alten sagten, sie könnten sich nur nicht mehr erinnern, weil sie noch so klein gewesen seien, damals.

Dass Hermann Schmidt seit gestern Abend nicht mehr inkognito auf unserem Hof hausen musste, sondern sich von nun an zum respektablen, wenn auch noch etwas scheuen Mitglied der Dorfgemeinschaft entwickeln würde, war folgendermaßen passiert:

Während Ulrike und ich uns im Heidekrug die Bäuche vollschlugen, war unerwartet Arnd aus Potsdam zu Besuch gekommen. Kurz nach halb zehn hielt er mit laut aufgedrehtem Radio und einer Büchse Westbier in der linken Hand vor unserem Küchenfenster, denn er liebe nun einmal Traditionen, wie er später am selben Abend im Krug erklärte. Und, ja, Ulrike und ich bräuchten gar nicht so neidisch zu gucken, er habe ein neues Auto dabei, einen Westwagen sogar, bei dem es sich um ein legendäres, in einigen Sammlerkreisen begehrtes Modell handele: einen 74er Ford Taunus Coupé, aber wahrscheinlich würde das PKW-Laien wie Ulrike und Nichtautofahrern wie mir sowieso nichts sagen. Was stimmte.

Jedenfalls riss er die Türen auf, und er drückte die Hupe mehr als nur einmal. Auf das Dach des kostbaren Wagens allerdings stieg er diesmal vorsichtshalber nicht. Doch so viel Spektakel er veranstaltete, im Haus tat sich nichts. Er schloss das Auto ab, und weil er beim Vorbeifahren gesehen hatte, dass das Hoftor verschlossen war, nahm er wie beim letzten Mal den kurzen Weg und kletterte durchs Küchenfenster ins Haus. Dort war es schön warm, aber es war auch stockdunkel, und nachdem er eine Weile unsere Namen gerufen hatte, schloss er messerscharf, dass wir nicht zu Hause seien. Es gab zwei Möglichkeiten: Entweder wir waren nach Senftenberg gefahren, oder wir saßen im Krug. Letzteres wollte er auf jeden Fall überprüfen und, falls wir nicht im Krug wären, wenigstens dort auf uns warten. Vorher musste Arnd jedoch noch einmal das Badezimmer aufsuchen.

Schon als er das erste Streichholz anriss, um nach dem Lichtschalter in der finsteren Küche zu suchen, registrierte er eine Bewegung im Raum. Ein Rascheln, ein Zucken. Wie von einem Tier, einer Ratte vielleicht, die das Licht aufgescheucht hatte. Vor Schreck ließ er das Zündholz fallen, das sofort auf dem Boden erlosch. Er atmete tief durch und startete einen zweiten Versuch, und wieder vernahm er ein Rappeln. Er konnte jetzt ungefähr die Richtung verorten, es kam von der Küchentür her, die in den Flur führte. Mit zwei großen Schritten war Arnd am Lichtschalter neben der Wohnstubentür, und als das Licht anging, sah er das zusammengesunkene Bündel, das neben der Tür kauerte und das natürlich niemand anderes war als Hermann Schmidt, der die Arme um die Knie geschlungen hatte und der es nicht wagte hochzusehen, so als könne er unsichtbar werden, wenn er sich nur möglichst klein machte.

Arnd hatte Hermann Schmidts Harmlosigkeit in der ersten Sekunde erfasst. Zumal er bemerkte, dass auf den Bodendielen neben Hermann aufgeschlagen eines von Ulrikes Büchern und eine Taschenlampe lagen, die er wahrscheinlich zum Lesen benutzt hatte.

Auf dem Küchentisch stand eine angebrochene Weinflasche, und Arnd sagte, dass er sich jetzt ein Glas einschenken würde. Er sei aus Potsdam gekommen, um übers Wochenende seine Schwester zu besuchen und seinen besten Freund, die beide die Schnapsidee gehabt hätten, in das alte Haus seines Großvaters einzuziehen.

Nur kurz erschreckte sich Arnd ein zweites Mal, als Hermann nun doch zu ihm hochsah. Und zwar über den Bart des ihm noch unbekannten Jungen, der da am Boden kauerte und von dem er dennoch sofort wusste: Jener muss ab!

Eine halbe Stunde später, der Wein war leer, kannte Arnd Hermanns Geschichte, die ihn von Wolgograd in die Lausitz geführt hatte, nach Neu Buckow, genauer: in unsere Küche. Er brauchte weitere fünf Minuten, um Hermann Schmidt zu überzeugen, dass er sich nicht für immer verstecken konnte, noch mal fünf, um sich die Geschichte mit dem Cousin aus den Fingern zu saugen, und keine halbe mehr, um seinem nunmehr gefälschten Cousin den Vollbart als probates Mittel der Tarnung auszureden. Sie machten eine frische Flasche Cabernet auf, tranken jeder noch ein Gläschen, rauchten eine Zigarette und gingen dann gemeinsam gegen die wuchernden Gesichtsfusseln vor. Arnd erledigte mit der Papierschere den Grobschnitt, und während Hermann im Badezimmer die Feinarbeiten vornahm, suchte und fand er schließlich im Kleiderschrank seines Großvaters einen passablen Ledergürtel, in den er mit einem Schraubenzieher ein paar zusätzliche Löcher stanzte, damit der Gürtel auch für Hermanns mageren Körper taugte. Sie tranken jeder ein weiteres Gläschen Wein, bevor Arnd aus dem Küchenfenster stieg, um seine Reisetasche aus dem Ford Taunus, Baujahr soundso, zu holen.

In dem voluminösen Kulturbeutel gab es eine Tube Frisiercreme und eine Dose Haarspray, mit deren Hilfe Arnd die dunkelbraunen, fast schwarzen Haare seines neuen Cousins bearbeitete. Er kämmte sie an den Seiten zurück, und nur vorne ließ er ihm eine Strähne ins Gesicht hängen, wo sie bis an die Oberlippe schlug, und zusammen mit seinem braunen Anzug und dem rosafarbenen Hemd sah Hermann Schmidt um kurz nach dreiundzwanzig Uhr aus wie das Mitglied einer New-Romantic-Band der süßlicheren Sorte, sagen wir, Spandau Ballet. Es war ein Stil, der vor zehn Jahren modern gewesen war, aber noch immer eine gewisse Extravaganz verströmte, ohne schon vollkommen Karikatur geworden zu sein, und um seine These in der Praxis zu überprüfen, bestand Arnd darauf, dass Hermann mit ihm zusammen die Feuertaufe als naher Verwandter der Familie Bartke sowie Aspirant der Agrarwissenschaften im Heidekrug erhielt, wo er uns, Ulrike und mir, mit seinem Erscheinen gleichzeitig einen ordentlichen Schrecken einjagen könne. Hermann widersetzte sich diesem Wunsch nur zaghaft und weil das bei jemandem wie Arnd nicht reichte, ging es los.

Sie waren schon aus der Haustür, als Arnd die Pantoffeln an Hermanns Füßen bemerkte. Also mussten sie noch mal zurück ins Schlafzimmer, wo Arnd, anders als seine Schwester, von einigen Paaren Schuhen des Großvaters wusste, die dort

– in vergilbten Pappkoffern auf dem Kleiderschrank – eigentlich nur darauf warteten, fortgeworfen zu werden. Schnell stellten sie fest, dass der verblichene Großvater größere Füße gehabt hatte als Hermann Schmidt, aber mit etwas zerknülltem Papier ausgestopft, hielten die ultraspitzen Treter aus den fünfziger oder sechziger Jahren, die Arnd für passend erachtet hatte, dennoch recht stabil am schmalen Fuß. Sie fielen zwar durchaus auf, aber allemal weniger, als wäre Hermann Schmidt gegen halb zwölf in den ollen Filzpantoffeln im Krug erschienen, wo Arnd als Erstes dem Wirt, der ja eine nicht zu unterschätzende Autorität war in Neu Buckow, seinen neuen Cousin mütterlicherseits vorstellte und ihn über dessen nähere Zukunftspläne informierte.

17

«Hast du gehört, Andreas?» Arnd stieß mich an: «Bratislava!»

«Ach, Bratislava», sagte ich, «ja, klar, da klingelt's natürlich.»

«Was war denn in Bratislava?», wollte Hermann wissen.

«Da haben wir mit Uwe und seinem Bruder Sven Zwischenstation gemacht auf dem Weg nach Budapest», sagte ich. «Große Ferien, Sommer 85, als noch kein Schwein ahnen konnte, dass da mal so was passieren könnte wie im letzten Jahr.»

«Uwe war damals ein Klassenkamerad von mir und ein Freund», erklärte Arnd die Ausgangslage für seine, wie ich fürchtete, längere Reminiszenz an unsere erste größere Reise ohne Eltern, «und Sven war sein Bruder. Der war schon neunzehn, so wie du, Hermann, der lernte Automechaniker und hat seinen Alten den Wartburg abgeschwatzt für drei Wochen. Und zu viert sind wir dann runter nach Ungarn. Der arme Sven am Steuer, wie ich heute sagen muss, und dann wir drei Dachse.»

«Oh Arnd», stöhnte Ulrike und stand auf, «du willst uns jetzt nicht zum hundertsten Mal von dieser Reise erzählen?»

«Will's jemand hören?»

«Auf gar keinen Fall», sagte Ulrike. Sie nahm ihre Bierflasche und ging damit runter zum Wasser, das rötlich funkelte in der letzten Abendsonne.

«Mich würde es schon interessieren, was ihr dabei so erlebt habt.»

«Na also», sagte Arnd, «Cousin Hermann will's hören. Dann musst du aber auch dableiben, Schwager Andreas, zum Aushelfen, falls ich was vergessen hab.»

«Wenn's sein muss», sagte ich und zündete mir mit einem glühenden Zweig die Zigarette an. Ich wusste ganz genau, dass Arnd meine Hilfe nicht benötigte. Einmal in Fahrt, redete er bekanntlich wie ein Buch.

«Wo war ich stehengeblieben?»

«Abgase und Dreck», sagte Hermann.

«Ach genau: Im Prinzip fuhren wir die Elbe hinauf in Richtung Osten, immer auf den Straßen, die an ihren Ufern entlangführten», hob Arnd an zu erzählen, «Dresden, Elbsandsteingebirge, das ging ja noch alles, da hat die Landschaft viel geschluckt, aber dann die böhmischen Industriereviere hinter Bad Schandau: schwer gezeichnete Orte, mittelgroße Nekropolen, die aber nicht richtig totzukriegen waren: Teplice, Decin, Ústí nad Labem. Alles Städte, die von einer großen Vergeblichkeit durchweht waren, und das im Hochsommer.

Es war vollkommen sinnlos, in einer dieser Städte auszusteigen, aber noch unmöglicher war es, einfach durchzufahren. Die Parallelen zu unserer eigenen Welt waren zu deutlich, die brüchigen Straßenzüge, die verrußte Technik, die das Bild der Städte demolierte und die Menschen, die wie mechanisch ihre Rollen ausfüllten.»

«Wenn man von Schönefeld mit dem D-Zug nach Leipzig fährt oder nach Halle», sagte ich zu Hermann, der mit interessiertem Gesicht zugehört hatte, «da kommt man auch an ein paar solcher Orte vorbei: Wolfen, Bitterfeld ...»

«Es reicht, wenn du ein paar Kilometer von hier nach Süden fährst», sagte Arnd, «Lauchhammer, Spremberg, Hoyerswerda. Schon in Senftenberg kriegst du bei nur etwas trübem

Wetter dermaßen eins mit dem Melancholie-Hammer übergebraten, dass dir alle Sinne schwinden.

Jedenfalls *mussten* wir gewissermaßen in diesen hässlichen tschechischen Städten aussteigen und zwar in jeder einzelnen. Es gab keinen Grund, aber es gab ein Gefühl der Sympathie, vielleicht war es sogar so etwas wie Solidarität, möglicherweise das, was die Staatspropaganda mit proletarischem Internationalismus meinte: sich nicht einzigartig fühlen zu müssen in dem großen Schlamassel, allein und irgendwie zurückgelassen.

Wir kannten ja schon die Musik aus diesen Städten, die inoffizielle, rauschende, knisternde Vervielfältigungen auf Kassetten, die irgendjemand nach Potsdam mitgebracht hatte, selbst aufgenommen, kein Mischpult, keine Technik, nichts. Der rohe Dilettantismus, kurze, heftige Ausbrüche, als müsste sich jemand Luft verschaffen. Kein künstlerisches Kalkül, keine Jazzelemente mehr wie bei unseren Bands, um das Brutale und Gewalttätige zu vertuschen, reiner Ausdruck von unklaren Gefühlen der Abneigung. Die pure Wut und das Ganze auf Tschechisch.

Wir hielten also in diesen Städten an und stiegen kurz aus, weil wir dachten, etwas von ihrem Geist mitnehmen zu können, von ihrem Flair oder wie man das nennen will. Aber wir waren im Prinzip keine Touristen, wenn wir durch die Neubauviertel gingen, die uns hier viel größer vorkamen und noch viel finsterer als die größten und finstersten bei uns zu Hause: Halle-Neustadt oder Marzahn im Winter. Sondern wir kamen uns vor, als gehörten wir dazu, so als würden wir selbst von hier stammen. Niemand beachtete uns, aber wenn wir irgendwo vorsichtig nach etwas fragten, und wenn's nur der Weg war, wurden wir immer schroff abgewiesen.

Ich jedenfalls war froh, wenn wir aus den Städten raus waren und endlich weiterfuhren. Aber schon in dem nächsten Industriekaff passierte genau das Gleiche.

Je weiter wir nach Osten kamen, umso exotischer wurden die Gegenden. Die Siedlungen und Dörfer waren alle in dieser komischen Farbe gestrichen, ob verwittert oder frisch, die ich bei uns so nie gesehen habe ...»

«... und die du seitdem slowakisches Gelb nennst», sagte ich, weil es nicht das erste Mal war, dass Arnd von dieser Farbe sprach.

«Doch, die gibt es auch hier», sagte Hermann, «in den sowjetischen Kasernen. Und in den Siedlungen der Offiziere. Da ist vieles in diesem Gelb gestrichen.»

Arnd blickte ihn erstaunt an, man konnte sehen, dass er sich zu erinnern versuchte, ob es in der sowjetischen Garnison, in der wir als Abiturienten häufig gewesen waren, um uns die lässigen Bjelomorkanal-Papyrossi zu kaufen, jenes Gelb gab, das ihn so faszinierte.

«Komisch, dass du sofort wusstest, welche Farbe ich meine, und: Ja, Hermann, du hast absolut recht!

Bratislava jedenfalls war unsere einzige Zwischenstation, wo wir übernachteten. Als wir dort ankamen, lag sie im abendlichen Dunst. Bei Bekannten meiner Eltern hatten wir ein Quartier gefunden, wieder in einem Neubaugebiet, das aber über dem Donautal lag. Die Bekannten waren verreist, aber sie hatten ihren Sohn beauftragt, uns zu empfangen. Ein mürrischer Typ, etwas älter als Sven. Er gab uns Bier, und er hörte laut Heavy Metal. Er sagte nichts, und er machte auch keine Gesten. Wir verzogen uns mit dem Bier auf den Balkon und rauchten. Wir waren müde von der Fahrt, und wir starrten in den Nebel über dem Tal.

Als es dunkel geworden war, forderte er uns auf mitzukommen. Wir stiegen das Treppenhaus runter, liefen ein paar Meter auf dem Bürgersteig und stiegen ein anderes Treppenhaus wieder hoch, das genauso aussah wie das erste: Es war leicht heruntergekommen, das Licht war defekt, und es roch nach fettigem Essen.

Vor einer der Türen blieb unser Gastgeber stehen. Dahinter waren Stimmen zu hören und schnelle, dumpfe Basslinien. Der Lautstärke nach war eine größere Gruppe anwesend. Aber wir waren zu müde, um irgendwelche Fragen zu stellen. Wir hofften alle nur auf ein zweites Bier und vielleicht ein drittes. Also gingen wir rein, als sich die Tür öffnete. Unser Gastgeber nuschelte ein paar Worte zu den anderen Partygästen, dann ließ er uns stehen.

Einige Mädchen waren da. Sie hatten lange glatte Haare und trugen bunte Tücher über den Schultern. Sie standen um die Jungs herum, die Bier tranken und sich verdächtig gelassen benahmen, nachdem sie uns gemustert hatten.»

«Was waren das für Leute?», wollte Hermann wissen.

«Das waren Heavy-Metal-Fans», sagte ich, «genau wie der Typ, der uns dorthin geschleppt hatte: mit Röhrenjeans und Lederhosen und dämlichen Aufnähern auf den Jacken. Im Wohnzimmer hatten sie 'ne Südstaatenfahne übers Sofa gehängt, aber das Härteste waren ihre Frisuren: Alle Mann Dauerwelle bis zum Arsch.»

«Na ja, *fast* bis zum Arsch», sagte Arnd.

«Die hatten alle längere Haare als ihre Mädchen.»

«Deswegen haben sie ja auch die ganze Zeit diesen Hair Metal gespielt, Europe und solche Sachen.»

«Europe gab's damals noch gar nicht», sagte ich.

«Na klar gab's die damals schon, die hatten nur noch nicht

den großen Hit. Wie auch immer: Eines war jedenfalls ganz klar: Wir gehörten einer anderen Jugendbewegung an.»

«Und was für einer?», fragte Hermann.

«Das war so 'ne Mischung aus New Wave und Punk», sagte Arnd. «Nach einer halben Stunde hatten wir uns an deren Anblick gewöhnt und sie sich an unseren. Außerdem hatten wir in derselben Zeit die Territorien aufgeteilt: die harten Burschen mit den langen Haaren in der Wohnung, wir auf dem Balkon, auf den uns die Mädchen ab und zu wortlos eine Runde Bier herausbrachten.

Es wurde kühl, und je mehr wir froren, desto öfter sahen wir ins Wohnzimmer hinein ...»

«Genau», sagte ich, «und irgendwann hingen wir direkt mit den Gesichtern an der Wohnzimmerscheibe, und wir müssen erbärmlich verfroren ausgesehen haben, ohne jeden Stolz, dass einer von diesen Langhaarigen aufstand, die Balkontür aufmachte und uns hereinbat.»

«Es glich schon fast einer Kapitulation des New Wave vor dem Hair Metal», fuhr Arnd fort, «aber indem wir diesen unerklärten Krieg aufgaben, eröffnete sich uns die warme Behaglichkeit des Zimmers.

Die nächsten Stunden saßen wir mit ihnen im Kreis zusammen. Jemand holte ein Kraut hervor und drehte einen Joint, der dann die Runde machte. Wir versuchten ein Gespräch anzufangen, doch sie sprachen kein Englisch, oder sie taten wenigstens so, und sie wehrten sich heftig, als wir es mit Russisch probierten. Also schwiegen wir weiter, was bedeutete: noch mehr Bier und noch mehr Rauch aus der Kräutertüte. Nur ab und zu warfen uns die Langhaarigen den Namen einer der unsäglichen Bands vor die Füße, deren Musik gerade aus den Boxen kam, aber wir nickten nur noch kommentarlos alles ab.»

«Am nächsten Morgen waren wir verkatert wie sonst was», sagte ich, «wir kamen einfach nicht hoch.»

«Wir saßen mitten in Europa fest, Wien war ja ganz nah, und wir waren nicht fähig, uns zu rühren. Heftige Willenspanne auf einmal. Es war unser Gastgeber, der das Theater irgendwann beendete und uns einfach rausschmiss.

Mit dröhnenden Köpfen passierten wir die ungarische Grenze, und es kam mir vor, als hätten wir nicht nur das Land gewechselt, sondern den ganzen Kontinent. Die Dörfer waren hier plötzlich weiß gestrichen und nicht mehr slowakisch gelb, und der ganze Maschinenschrott war zwar genauso rostig wie überall sonst auf der Welt, aber hier sah er besser aus, denn das Licht war anders, heller irgendwie und trotzdem wärmer.»

«Was aber dir als Einzigem aufgefallen sein dürfte von uns vieren», sagte ich.

«Kann schon sein», sagte Arnd, «aber manche können eben was sehen und andere nicht.

An den Straßenrändern gab es Stände mit Pfirsichen und Wassermelonen, mit Paprika und Mais, und Knoblauchzöpfe hingen da überall rum. Das Großartige aber war: Man konnte zwar alle Schilder noch lesen, aber keines mehr verstehen. Und da war mir plötzlich klar: Hier begann er jetzt wirklich, der sagenhafte Süden.

Und dann kam Budapest …»

«Das war für DDR-Bürger so 'ne Art riesige Boutique mit angeschlossener Fischerbastei», sagte ich zu Hermann.

«Ich habe davon gehört», sagte Hermann, «ich bin nur wegen meines Passes Bürger der Sowjetunion. Bestimmte Sachen sind auch mir nicht entgangen, obwohl ich nur in Rheinsberg gelebt habe und in meinem ganzen Leben nie in Budapest war.»

«Na, na», sagte Arnd und musste gleichzeitig lachen über

Hermanns kleine Empörung, «wer wird denn wegen nichts schnippisch werden!

Andreas hat schon recht. Du hättest sie mal sehen sollen, Hermann, unsere Landsleute. Die hat man hundert Meter gegen den Wind erkannt, mit ihren Brustbeuteln und ihren Jesuslatschen, wenn sie morgens von den Zeltplätzen in die Innenstadt kamen. Und weil sie die paar Forint, die sie tauschen durften, für fiese Stone-washed-Jeans sparen wollten, waren die Kofferräume ihrer Trabbis vollgepackt mit Wurstkonserven und Benzinkanistern.»

«Wir wollten auf jeden Fall verhindern, dass jemand dachte, wir kämen aus demselben Land. Das war fast unsere größte Sorge.»

«Immerhin trugen wir lange Hosen und festes Schuhwerk», sagte Arnd, «das war schon ein ganz wesentlicher Unterschied.

Jeden Tag saßen wir bis abends in Straßencafés herum, beobachteten die Passanten, und wenn es dunkel wurde, schlossen wir uns den flanierenden Budapestern an. Die schlenderten ohne Ziel zwischen Schaufenstern und Eisverkäufern hin und her, sie waren gut gekleidet und unglaublich gelassen. Nichts in ihrem Auftreten ließ auf irgendeine Sorge schließen, die doch mit ziemlicher Sicherheit ein jeder von ihnen mit sich herumtrug. So wie alle Menschen Sorgen haben, und zwar immer. Und das konnte nur eines bedeuten: Hier bei den jungen Budapestern erlebten wir einen grandiosen Sieg der Haltung über die Wirklichkeit.»

«Große Worte», sagte Ulrike, die soeben vom Wasser zurückgekehrt war, und sie klang etwas spöttisch dabei.

«Angemessene Worte, Schwesterchen, für einen großen Stil», parierte Arnd grimmig.

Wir schwiegen eine Weile, und ich hoffte schon, Arnds

Erzählung sei beendet, als er nach ein paar Zigarettenzügen erneut anhob: «Irgendwann am Abend stellten wir fest, dass unsere Landsleute verschwunden waren. Wahrscheinlich schliefen sie schon längst wieder auf ihren Zeltplätzen in den Vororten, und plötzlich waren *wir* die letzten Vertreter unseres Staates. Doch wie sollte man hier, in Budapest, jemandem erklären, dass man zwar von dort kam, aber nicht von dort *war*.

Ein paar Jahre vorher war ich mit der Klasse in Minsk gewesen. Und wenn ich dort auf der Straße nach der Herkunft gefragt worden war, hatte die Antwort fast immer Bewunderung hervorgerufen, manchmal mit einem Unterton von Neid. In Ungarn aber, in einem Land, in dem es neben Heidegger-Büchern auch Platten der Sex Pistols zu kaufen gab, würde das kaum funktionieren. Unter den angeblich Gleichen des Ostens existierte eine Hierarchie, und wir waren es jedenfalls nicht, die ganz oben standen.

Eine Einsicht wie ein Blitz, die mir zwischen zwei Schlucken Gin Tonic in einem Café kam.»

«Und die du uns brühwarm weitererzählen musstest, und eine Minute später hatten wir drei anderen auch diesen Komplex, von dem wir nie gedacht hätten, dass es ihn überhaupt gibt», ergänzte ich.

«So war es», sagte Arnd und grinste gehässig, als hätte er uns damals absichtlich verunsichern wollen. «Was wir alle vier einen Moment zuvor noch gehofft hatten, wurde nun zum Albtraum ...» Er machte eine dramatische Pause, bis Hermann Interesse signalisierte und fragte: «Und was war das?»

«... von einem der lässigen Budapester Mädchen angesprochen zu werden, die trotz der späten Stunden noch in kleinen Gruppen über die Boulevards und Plätze der Stadt schlenderten. Und dann Fragen nach Name und Alter beantworten zu müssen. Und nach der Herkunft, was uns mit einem Mal schlich unmöglich schien, obwohl es die normalste Sache der Welt ist, mit der nun mal jede Bekanntschaft beginnt.»

«Ihr habt euch geschämt?», fragte Hermann.

«Ja», sagte Arnd, «ich zumindest.»

«Das kenne ich», sagte Hermann.

«Wir haben uns aufgeführt wie die letzten Trottel», sagte ich, «wegen nichts und wieder nichts.»

«Und wir standen ab diesem Zeitpunkt wirklich ewig vor irgendwelchen Schaufenstern herum und glotzten wie tot in die Auslagen, als wir eine Gruppe Mädchen entdeckt hatten und sie unsere schüchternen Blicke lächelnd zurückwarfen.»

«Jetzt übertreibst du!»

«Wir trauten uns ja kaum, die Spiegelung der Mädchen in den Schaufensterscheiben zu betrachten, die durch eine einzige fixe Idee plötzlich unerreichbar geworden waren. Ihre gebräunte Haut, ihr Lachen, das eine Spur zu laut war, damit auch wir es hören konnten.

Es war komisch, wie selbstverständlich das Bunte an ihnen wirkte, wie selbstverständlich die leichten Stoffe ihre Knie umspielten. Wir dagegen schwitzten in unseren schwarzen Hemden und den schwarzen Hosen. Wir hatten ja trotz der sommerlichen Nacht die Lederjacken über die Schultern geworfen, und unsere Arbeitsschuhe zogen uns aufs Pflaster runter, als seien sie aus Blei. Vom Rasierschaum verkrustet, standen uns die Haare vom Kopf, und ich hatte in diesen Augenblicken nur einen einzigen Wunsch: dass wir die finstere Ergänzung sein dürften zur Leichtigkeit dieser fröhlichen Budapester Mädchen, die trotz unserer Verstocktheit nicht von uns lassen wollten.»

«Die jedenfalls länger mitmachten, als wir es eigentlich verdient hatten.»

«Stimmt, denn wir setzten dasselbe Spiel noch ewig fort, kilometerweit den Boulevard entlang. Hatten sie uns eingeholt vor einem Schaufenster, ließen wir sie vorbeiziehen, und wenn wir sahen, dass sie fünfzig Meter weiter selber vor einem Schaufenster hielten, gingen wir wieder los.

Die Signale waren deutlich, aber wir trauten uns nicht, ihnen zu folgen. Und irgendwann, in einem der Augenblicke unseres gespielten Desinteresses, waren die Mädchen tatsächlich verschwunden.»

«Sie hatten einfach aufgegeben, und wir Idioten begannen plötzlich hektisch den Boulevard nach ihnen abzusuchen. Wir rannten durch die Seitenstraßen, guckten in Cafés nach und in irgendwelchen Kaschemmen und in Hauseingängen und auf Höfen, aber sie waren nirgends mehr zu finden.»

«Die folgenden Abende wiederholten wir den Spaziergang durch die Stadt, die gleiche Route», sagte Arnd, «doch wir fanden die Mädchen nicht mehr. Wir suchten so verbissen, dass wir völlig übersahen, wie jeden Tag ganz ähnliche Konstellationen zwischen Schaufenstern und Eisdielen entstanden. Doch wir wollten keine ähnlichen Konstellationen, wir wollten dieselbe. Und so bekamen wir am Ende: nichts.»

«Ihr armen Hasen!»

«Das ist nicht lustig, Ulrike», sagte Arnd, «das war der traurigste Moment aller Zeiten. Aber das kapierst du in deiner Gute-Laune-Wolke wahrscheinlich in hundert Jahren nicht.»

«Ey, Arnd!»

«Ich bin ja schon still, Alter», sagte Arnd, stand auf und klopfte mir zweimal beschwichtigend auf die Schulter. Er ging zum Wartburg rüber, wo im Kofferraum eine alte Zinkwanne stand. Dort lagen unser Bier und Hermanns Schnaps. Um die Getränke zu kühlen, hatten wir Beutel mit gefrorenen Kammsteaks, Bratwürsten und Schrippen aus unsrer Tiefkühltruhe zwischen den Flaschen verteilt, denn wir wollten morgen Mittag sowieso grillen, bevor Arnd am Abend zurück nach Potsdam fuhr.

Arnd kam mit einer frischen Runde Bier vom Wagen zurück. Er gab Hermann eine Flasche und dann mir, und bevor er die vorletzte Ulrike reichte, beugte er sich zu seiner Schwester hinunter und drückte ihr einen Kuss auf die Stirn.

«Ich bin doch nur neidisch auf deine gute Laune, Schwesterherz.»

«Wär ich an deiner Stelle auch, Bruder», sagte Ulrike, «aber gewaltig.»

«Noch neidischer bin ich nur auf Andreas», sagte Arnd, «der muss gar nichts dafür tun, und er bekommt sie trotzdem ständig ab.»

Ich legte ein bisschen von dem Holz nach, das wir vom Hof mitgebracht hatten, und dann hielten wir endlich die Gerten mit dem Stockbrotteig ins Feuer, und als das Brot fertig war und außen schon ganz schwarz, rösteten wir den Speck, so wie Hermann Schmidt es uns zeigte. Man musste eine Weile warten, bis der Speck schmolz, und dann das flüssige Fett übers Stockbrot träufeln, und wenn das Brot ordentlich vollgesaugt war, konnte man es sich in den Mund schieben. Das beste aber, erklärte Hermann, sei das knusprige Stück Speck, das am Ende übrig bliebe, ein Hochgenuss. Da aber bei uns allen der Rest Speck nicht knusprig war, sondern wie Gummi, spuckten Arnd, Ulrike und ich diesen köstlichen Happen ins Feuer, wo er zischend und knisternd verging. Nur Hermann Schmidt kaute selig auf seinem Stück Speck herum, und als er damit fertig war, holte er aus der Wanne im Wartburg die Flasche Korn und vier Schnapsgläser, die er ebenfalls zwischen die tiefgekühlten Lebensmittel gepackt hatte.

Er schenkte die Gläser voll und verteilte sie. Und dann stellte er sich breitbeinig hin, den Rücken zum Feuer gewandt, mit seiner Popper-Frisur, im Großvater-Anzug und den spitzen Twist-Schuhen, und er sah Arnd an und schrie: «Auf die Freundschaft!», und dann sah er Ulrike an, die mit der Wange an meiner Schulter lehnte, und er schrie noch lauter: «Und auf die Liebe!», und als Letztem sah er mir in Augen: «Und auf Andreas auch!»

Er trank den Schnaps in einem Zug weg, und dann warf er das Glas ins Feuer, und weil wir es, ohne nachzudenken, genauso machten, nachdem wir jeder einen Toast in die Nacht gebrüllt hatten, mussten wir den Rest des Abends Hermanns Fusel direkt aus der Flasche trinken.

18

«Ich hab bei der Post gekündigt», sagte Arnd am Sonntagabend. Er hatte eben die Tür seines 74er Ford Taunus Coupé aufgeschlossen.

«Warum denn das?», fragte Ulrike.

«Ich habe eine Rentenberechnung bekommen», sagte Arnd, «das war zwar nicht der Grund, aber es war so was wie der Auslöser.»

«Was soll denn eine Rentenberechnung sein?», fragte ich.

«Das ist so ein Schrieb, der dir erklärt, wie viel Rente du später mal kriegst, also wenn du immer gearbeitet hast. Das ist die Voraussetzung.»

«Und wie viel kriegst du?»

«Vierhundert Mark noch was, wenn ich bis 65 Zusteller bleibe.»

«Nicht schlecht.»

«Behauptest du», sagte Arnd. «Mir hat's einen schönen Schrecken eingejagt.»

«Dann zieh doch her, nach Neu Buckow», schlug ich vor, «nur den Sommer über. Und im Oktober fängst du dann dein Studium an oder bewirbst dich an der Schauspielschule. Was immer du geplant hast.»

«Würde ich ja liebend gerne tun», sagte Arnd, «geht aber nicht, ich hab Verpflichtungen in unserm Haus: das Studio, die

Zeitung, die Siebdruckwerkstatt, du weißt schon. – Und mit der Schauspielerei ist es schon zu spät für dieses Jahr.»

«Aber melde dich zwischendurch ab und zu mal bei uns, okay?», ermahnte ihn Ulrike. «Schreib ein Telegramm oder eine Karte, wie's dir geht oder wann du das nächste Mal zu uns rauskommst, du treulose Nuss!»

«Mach die keine Sorgen um mich, Schwester! Solange ihr *nichts* von mir hört, ist alles gut», sagte Arnd, und dann umarmte er uns alle drei, Ulrike, mich und seinen frisch- und selbstgebackenen Cousin Hermann, und schon war er mit aufheulendem Motor an der Biegung zum Heidekrug verschwunden.

Ich dachte, wir würden ihn eine ganze Weile nicht wiedersehen, doch schon am darauffolgenden Freitagabend war er zurück. Er bog mit solchem Karacho auf unseren Hof ein, dass die Hühner erschrocken auseinanderstoben. Er war ziemlich aufgebracht, und das ließ sich nicht nur an seiner rüpelhaften Fahrweise ablesen.

Denn er sagte nicht guten Tag, als ich zu seiner Begrüßung an den Wagen trat, sondern fragte stattdessen: «Hast du die Nachrichten gehört, Andreas, hast du das schon gehört? Jetzt haben sie's gemacht!»

Nein, ich hatte keine Nachrichten gehört, und anders als nach meinem Entschluss in der letzten Woche hatte ich auch kein einziges Mal eine Tageszeitung gekauft, um mich über den Stand der Dinge zu informieren. Ich schämte mich jetzt vor Arnd dafür, weil ich im Grunde genau das geworden war, was er mir damals in Potsdam vorgeworfen hatte, werden zu wollen: ein Eskapist. Einer, der aus purem Egoismus die Wirklichkeit ausblendete. Weil es ihm möglich war, weil er dachte, nebenher existieren zu können oder gar darüberzustehen.

Anders als die anderen Menschen, die meisten jedenfalls, die keine Chance hatten, sich für die schöne Irrealität zu entscheiden.

«Nein, hab ich nicht», gab ich kleinlaut zu, «du weißt doch, wir haben hier kein Radio und einen Fernseher auch nicht.»

«Mensch, Andreas, ihr habt doch ein Radio im Wartburg. Ich hab's doch damals extra für euch einbauen lassen.»

«Da hören wir meistens nur Musik von der Kassette», sagte ich, «und heute waren wir überhaupt noch nicht weg mit dem Wagen.»

«Hey, Arnd», rief Ulrike, die aus dem Garten herübergelaufen kam, «schön, dass du wieder da bist.»

«Ich hab aber schlechte Nachrichten, Schwester.»

«Ist was mit Mutti oder Vati?» Ulrike starrte ihren Bruder mit großen Augen an.

«Nein», Arnd winkte ärgerlich ab, «es geht ums Geld.»

«Ach so, bloß ums Geld», sagte Ulrike und entspannte sich wieder.

«Bloß ums Geld!», äffte Arnd sie nach: «Du wirst einen Haufen davon verlieren, Schwester, genau wie ich und vielleicht sogar Andreas.»

«Guten Tag, Arnd», sagte Hermann, der im Verschlag gearbeitet hatte und jetzt auch zum Ford Taunus gekommen war.

«Nur unser falscher Cousin hier wird wahrscheinlich ungeschoren davonkommen. – Nichts für ungut, Hermann, sei mir gegrüßt.» Er überreichte Hermann eine weiße, unbedruckte Tüte, die er schon die ganze Zeit in der Hand gehalten hatte.

«Oh, ein Geschenk», jauchzte Ulrike und fing sich den nächsten bösen Blick ihres Bruders ein.

«Danke», sagte Hermann, ohne in die Tüte hineinzugucken.

«Was isses denn, Hermann?»

«Jetzt hol's schon raus», sagte Arnd, und dabei klang er schon wieder ganz kumpelhaft.

Hermann griff in die Tüte und zog eine schwarze Motorradlederjacke heraus. Er streifte sie über das karierte Baumwollhemd, das er seit neuestem bei der Arbeit trug, und sie saß perfekt.

«Schnieke siehste dadrin aus, Hermann Schmidt, gar nicht mehr wie ein Schnulzensänger», sagte Ulrike.

«Danke.»

«Und das gibt's noch obendrauf», sagte Arnd und holte aus der Tasche seiner eigenen Lederjacke ein paar labbrige Geldscheine: «Achtzig D-Mark. Mit Koppel und Käppie hätte es noch mehr gegeben. Also: Bei der nächsten Fahnenflucht nicht einfach die Hälfte zurücklassen.»

«Du hast seine Uniform verkauft?», sagte ich.

«In Westberlin», sagte Arnd, «die waren da wirklich scharf drauf. Die haben gefragt, ob ich noch mehr liefern kann.»

«Wer sind *die*?»

«Ein Gebrauchtwarenladen, so 'ne Art A&V.»

«Mensch, Westgeld, Hermann», sagte Ulrike leicht belustigt, «wenn du das in unser Geld eintauschst, dann kriegste …» Sie zog mal wieder die Stirn kraus, damit wir sehen konnten, wie sie den Wechselkurs berechnete.

«Womit wir wieder beim Thema wären», sagte Arnd, noch bevor Ulrike eine Summe nennen konnte, und seine Augen blickten wieder grimmig in den schönen Tag.

Anders als Hermann jetzt hatte ich selbst noch nie Westgeld besessen, denn Arnd und ich hatten beschlossen, auf das sogenannte Begrüßungsgeld zu verzichten. Nicht aus Stolz, sondern weil wir uns schämten. Und damals schämten wir uns richtig, Arnd manchmal bis zur Rage und nicht nur eingebildet, wie damals in Budapest.

Wir schämten uns für die Leute, die ihre Ausweise fälschten, um mehrmals dieses Geld einzustreichen. Wir schämten uns für die Leute in den Sparkassenschlangen, die die Bananen, mit denen man sie während des Wartens bewarf, auch noch einsteckten, um sie später zu essen. All das war peinlich und würdelos, und es hatte noch Dutzende andere Gelegenheiten gegeben, um nicht besser auszusehen, und jede Einzelne war ausgiebig genutzt worden vom sogenannten Volk.

«Was ist denn nun das Thema, mit dem uns hier die Hühner wild machst, Bruder?»

«Am 1. Juli kommt die Währungsunion.»

«Mensch, Arnd, das ist doch ein alter Hut», sagte ich, «das haben sogar wir hier mitbekommen, ohne dass wir ein einziges Mal die Lausitzer Rundschau dafür kaufen mussten. Über nichts anderes reden seit Wochen die Leute im Krug und im Konsum.»

«Aber die haben heute den Vertrag *unterschrieben*», rief Arnd, «das ist seit heute kein Entwurf mehr oder ein Vorschlag oder die Erklärung einer Absicht, das ist seit heute Gesetz. Das Westgeld wird kommen, unwiderruflich, und es wird über uns kommen wie das Fegefeuer.»

«Jetzt mach mal halblang», sagte ich, «das wissen wir doch längst. Was willst du eigentlich?»

«Es gibt einen Unterschied zwischen einem Gesetz und einem Beschluss zu einem Gesetz.»

«In deiner Welt vielleicht, Bruder. Jetzt reg dich mal wieder ab und trink ein Bier.»

Wir wechselten alle in die Küche rüber und tranken ein Bier. Später am Abend ging ich noch einmal zum Wartburg hinaus, um die Nachrichten zu hören: Die Regierung hatte den Staatsvertrag unterzeichnet, der unsere Währung abschaffte. Keiner von uns vieren hatte diese Regierung gewählt, und vielleicht war es ja das, was Arnd so auf die Palme brachte. Anders konnte ich mir sein unverschämtes Verhalten nicht erklären. Bevor wir alle früh und mutwillig betrunken ins Bett gingen, hatte er Ulrike und mich noch als Jasager und Abnicker und nützliche Idioten des Systems beschimpft. Am Sonnabendmorgen, als wir aufstanden, war er schon abgefahren, ohne dass eine Nachricht von ihm auf dem Küchentisch lag. Dafür hielt sich die schlechte Laune, die er verbreitet hatte, noch ganze zwei Tage auf dem Hof.

Arnd blieb auch die restlichen Maitage fort. Es kam kein Telegramm von ihm und keine Karte, und auch die Eltern, die Ulrike von Mal zu Mal besorgter anrief, konnten rein gar nichts von ihm berichten.

Eines immerhin hatte Arnds letzter, fast schon hysterischer Auftritt in Neu Buckow bewirkt: Ich versuchte etwas auf das Geld zu achten. Ich bestand darauf, häufiger selbst zu kochen, denn wenn wir jetzt zum Essen in den Krug gingen, bezahlten wir auch Hermanns Rechnung. Und wenn wir schon im Krug saßen, bemühte ich mich, etwas Billiges zu bestellen und keine Vorspeise mehr zu nehmen, und ich versuchte auch die anderen davon zu überzeugen.

Das machte ich so lange, bis es Ulrike schließlich auffiel und sie mich schallend dafür auslachte. Sie verspottete mich als Geizkragen. Ich wusste nicht, wie viel sie auf dem Girokonto hatte, aber sie machte sich offensichtlich ganz und gar keine Sorgen ums Geld, also ließ ich es auch wieder sein.

Dank Hermann Schmidt gingen unsere Renovierungsarbeiten zügig voran. Sämtliche Zimmer des Hauses waren Ende Mai frisch geweißt, alle Fenster waren repariert und die Böden gestrichen. Wir räumten den Keller auf, entrümpelten Scheune und Verschlag, und fast jeden Abend entfachten wir aus den überflüssigen, kaputten Sachen ein großes Feuer, um das wir lange saßen.

Schon beim ersten Versuch gelang es Hermann, den Mauerpfosten der Einfahrt mit Schnellzement zu füllen, in der Küche stand seit kurzem stets ein frischer Strauß Blumen auf dem Tisch, und mit den ersten Kräutern, die wir im Garten ernteten, ließ sich auf wunderbare Weise Abwechslung ins tägliche Büchsenfleisch-Einerlei bringen.

JUNI

19

Die ersten Juniwochen verstrichen wie die letzten des Mai. Wir werkelten weiter am Haus herum, aber immer nur noch wenige Stunden täglich, denn das Ende der Arbeiten, die wir selbst ausführen konnten, war abzusehen. Und war dieses Ende erst einmal gekommen, standen wir beschäftigungslos da. Schon jetzt plagte mich gelegentlich die Langeweile, ich las täglich mehrere hundert Seiten in meinen Büchern, ich fragte Ulrike, ob ich ihr im Garten helfen könne, aber Ulrike wachte eifersüchtig über ihre Beete, vermutlich um selbst genügend Beschäftigung zu haben. Am meisten wünschte ich mir in diesen Tagen einen Fernseher, aber ich erzählte Ulrike nichts davon, weil ich fürchtete, dieser profane Wunsch könne ihren hehren Idealen vom Landleben zuwiderlaufen.

Wenn die Sonne jetzt schien, legten wir uns manchmal schon nach dem Mittagessen auf die Wiese hinterm Haus. Nur ab und zu stand dann jemand auf, um ein paar Getränke aus der Küche zu holen oder Zigaretten. Eine Woche genügte, und wir hatten alle drei die gesunde Gesichtsfarbe von Ostseeurlaubern. Unsere sechs Hühner versorgten uns regelmäßig mit Eiern, und Frau Domaschke tat so, als verwechsele sie mich nicht mehr mit Arnd. Der Wirt des Heidekrugs hatte ein paar Tische vor sein Lokal gestellt, wo wir uns, wenn es schön war, manchmal schon um fünf oder sechs Uhr niederließen, bis die laue Frühsommerluft zu sehr abkühlte und wir nach drinnen wechselten. Fast immer hatten wir jetzt Hermann dabei.

«Weißte was, Ändie?», fragte Ulrike ganz unvermutet an einem dieser faulen und heißen Tage, die wir auf der Wiese verbrachten.

«Schieß los!»

«Jetzt, wo Hermann gerade im Haus ist, wollte ich dich fragen …», fing sie an, fragte aber nicht weiter.

«Was denn, Ulli?»

«Aber du darfst nicht schimpfen!»

«Mit dir doch nicht!»

«Versprochen?»

«Hoch und heilig!»

«Es gibt so Tage hier, da ist mir ganz schrecklich …», sie stockte und sagte dann: «Ach, ich trau's mich gar nicht auszusprechen.»

«Langweilig vielleicht?», fragte ich.

«Dir etwa auch?», kam es wie aus der Pistole.

«Nicht direkt langweilig, aber …»

«Doch, doch, Ändie, lüg nicht! Ich seh's an deiner Nasenspitze: Dir ist auch langweilig.»

«Ja gut, ich geb's ja zu! Ab und zu schon.»

«Oh, wie ich dich dafür liebe!», jauchzte Ulrike und gab mir einen Schmatzer auf den Mund.

«Manchmal sehne ich mich schon nach den Seminaren! Sogar nach Mittelhochdeutsch.»

«Wirklich wahr? Mittelhochdeutsch?» Jetzt schimmerte doch ein wenig Enttäuschung in ihrem Blick.

«War das jetzt *zu* schlimm?

«Nee, eigentlich nicht. Ick sehne mich ja auch nach Berlin, nach den Kommilitonen, nach der Stadt überhaupt. Mal wieder ins Konzert oder ins Theater gehen. Oder in ein richtiges Restaurant.»

«Wir können heute Abend nach Cottbus fahren, wenn du willst», schlug ich vor.

«Ach ja, nach Cottbus», sagte Ulrike, und das in einem so schmähenden Tonfall, dass man unbedingt Partei ergreifen musste für dieses arme Cottbus.

«*So* schrecklich ist Cottbus ja nun wirklich nicht», sagte ich.

«Da hast du natürlich recht, Ändie: *So* schrecklich isses nicht.» Sie sah zum Hof rüber, aber Hermann kam noch immer nicht mit den Getränken zurück. «Am ersten Juli gibt's doch das neue Geld ...»

«Da freut sich vor allem dein Bruder drauf.»

«Jetzt lass mal meinen Bruder in Ruhe. – Und da dachte ich mir: Wir nehmen ein bisschen davon und fahren weg. Dahin, wo's bis jetzt nicht hinging, wegen ... na, du weißt schon, warum.»

«Klar, das machen wir, Ulli!»

«Einen ganzen Monat lang?»

«Mindestens!»

«Oh, ick freu mich ja so!»

«Aber warte mal.»

«Ja?»

«Da gibt's ein kleines Problem.»

«Was denn bloß?»

«Wer füttert die Hühner, wenn wir weg sind? Und wer gießt den Garten?»

«Ach, Ändie, jag mir doch keinen Schreck ein! Das macht natürlich unser Hermann. Den können wir sowieso nicht mitnehmen, weil er doch gesucht wird. Aber wir packen ihm vorher den Kühlschrank schön voll und die Truhe im Keller. Und

Gemüse kann er im Garten ernten. Und natürlich lassen wir ihm auch ein bisschen Geld da, von dem neuen, dass er mal in den Krug gehen kann, wenn ihm danach ist.»

«Gut, so machen wir das. Sollen wir es ihm gleich sagen?», fragte ich, als ich sah, dass Hermann mit einer Flasche Apfelsaft und drei Gläsern vom Hof herübergelaufen kam.

«Nein, bitte noch nicht», sagte Ulrike, «ich hab solche Angst, dass er sonst ganz traurig wird.»

«Bitte dringend um Rückruf. Vater»

stand in dem Telegramm, das Frau Domaschkes Sohn uns am Freitag, dem 15. Juni, durchs Küchenfenster reichte, als wir gerade beim Mittagessen saßen. Er war mit dem Moped vorgefahren und musste gleich zur Arbeit zurück. Er wollte nicht mal warten, bis ich ihm ein kleines Trinkgeld herausgesucht hatte.

Ulrike geriet unverzüglich in helle Panik, nachdem sie den Text gelesen hatte. Sie dachte, ihrer Mutter sei etwas zugestoßen. Doch statt sofort zu Frau Domaschke rüberzugehen, trödelte sie noch fast eine Stunde im Haus herum, so als könne sie auf diese Weise das Schlechte noch verhindern, dass sie hinter dieser Nachricht fürchtete. Sie musste hier noch etwas erledigen und dort noch etwas tun. Aber ich sah ganz genau, dass sie bei all der Hektik, die sie verbreitete, kaum die Tränen zurückhalten konnte.

So sehr zitterte sie wenig später im Konsum, dass ich die Nummer für sie wählen musste, die sie mir mit tonloser Stimme diktierte. Ich hielt ihr den Hörer ans Ohr, als sich nach einmaligem Klingeln schon der Teilnehmer am anderen Ende meldete. Ich hörte eine männliche Stimme, also war es ihr Vater.

«Ja», sagte sie nach einer Weile, in der ihr Vater geredet hatte, und dann: «Nein, ist er nicht!» Sie nahm mir den Hörer aus der Hand und sagte kurz darauf: «Nein, keine Ahnung», und: «Ja, das mach ich, Vati. – Und Mutti geht's gut?», und dann: «Gott sei Dank», und zum Schluss: «Euch auch. Auf Wiederhören!»

«Was gibt's denn?», fragte ich, als wir wieder auf der Straße standen, wo wir sicher waren vor Frau Domaschkes gespitzten Ohren.

«Mutti geht's gut. Aber die Polizei war bei uns zu Hause. Sie haben nach Arnd gefragt.»

«Wieso das?»

«Sie wollten einen Sachverhalt klären, hat mein Vater gesagt.»

«Was für einen Sachverhalt?»

«Hat irgendwas mit dem Haus zu tun, das Arnd und seine Kumpels besetzt haben. Das wussten die Eltern noch gar nicht. Hat ihnen erst die Polizei verklickert.»

«Du hast ihnen das nicht erzählt?»

«Ich wollte sie nicht noch mehr beunruhigen. Du hast ja selber gesehen, wie die seit neuestem sind. Immer gleich auf hundertachtzig und immer kurz vorm Herzanfall. Vati hat gefragt, ob Arnd bei uns ist.»

«Ist er nicht.»

«Eben, das hab ich ihm auch gesagt. – Ich soll mich melden, falls er doch noch bei uns auftaucht.»

«Wovon ich nicht ausgehe. Ich glaub, der hat noch für 'ne lange Zeit ein schlechtes Gewissen, nach seinem Auftritt vom letzten Mal.»

«Mensch, Ändie!», sagte Ulrike und sah mich aus großen grünen Augen an, bevor sie sich unterhakte und wir langsam die Dorfstraße zurück nach Hause gingen, «ich mach mir riesige Sorgen.»

«Wird sich alles wieder einrenken», sagte ich, aber ich dachte insgeheim: Was immer Arnd angestellt hatte, es war wahrscheinlich klein und nichtig, verglichen mit dem Ärger, der auf Hermann Schmidt wartete.

20

Noch am selben Abend stand Arnd vor unserer Haustür und klopfte. Diesmal hatte er sich ohne den üblichen Krawall genähert, und er war auch nicht durch eines der Küchenfenster hereingestiegen wie ein Einbrecher, obwohl sie alle weit offen standen.

Ich machte die Tür auf, und Arnd zog mich wortlos nach draußen auf den Hof, wo der Ford Taunus mit laufendem Motor und offener Tür stand. Das Autoradio lief diesmal nicht.

«Du musst mir helfen», sagte Arnd, «ich will den Wagen über Nacht in der Scheune parken.»

«Okay», sagte ich. Ich ging zur Scheune rüber und zog das große Tor auf, das wir sonst nie benutzten, denn wir betraten die Scheune normalerweise durch eine kleine Holztür nebenan.

Jetzt kamen auch Ulrike und Hermann nach draußen.

«Er parkt den Wagen in der Scheune», rief ich zu ihnen rüber und zeigte auf den Ford, der gerade in der Scheune verschwand. Ich sah, wie Ulrike die Zigarettenschachtel aus ihrer Strickjacke holte. Ich zog das Tor von außen zu, dann betrat ich die Scheune, wo Arnd gerade den Wagen abschloss.

«Die Polizei sucht dich», sagte ich.

«Ich weiß», sagte Arnd, «deswegen muss ich ein paar Tage hierbleiben.»

«Ist es wegen dem besetzten Haus?»

«Kann sein», sagte Arnd und nach einer kurzen Pause: «Kann aber auch nicht sein.»

«Hat es was mit dem Kaufhaus zu tun? Mit dem Warenlager?»

«Gut möglich.»

«Ihr habt da *wirklich* Sachen geklaut?»

«Ja», sagte Arnd, «und nach einer Weile weiterverkauft. Einen Teil bei uns, einen Teil in Westberlin. Die horten da schon den ganzen Westkram: Technik, Küchengeräte. Das Geld haben wir in unsre Hausprojekte gesteckt, Studio, Zeitung, Atelier, kostet ja alles. Es war eher 'ne revolutionäre Umverteilung.»

«Und das Autoradio im Wartburg?»

«Ja, das auch. – Sag aber Ulrike nichts davon, okay? Bis sich alles geklärt hat.»

«Sie wird aber fragen, was los ist.»

«Ich weiß», sagte Arnd, «dann erzählen wir ihr die Sache mit dem besetzten Haus und dass es da Ärger mit der Stadt gibt.»

«Komm, wir müssen mal wieder nach draußen, sonst wird Ulrike noch ängstlicher, als sie sowieso schon ist.»

Später an diesem Abend gingen wir noch in den Heidekrug rüber und setzen uns an einen der Tische vor der Tür. In den Baum nebenan hatte der Wirt eine Lampionkette gehängt. Wir aßen eine Kleinigkeit zur Nacht, wir tranken Bier, und hin und wieder orderten wir eine Runde Schnaps, damit Hermann einen Toast auf uns alle ausbringen konnte. Nach außen hin schien alles normal, aber ich merkte, wie die Unruhe in Ulrike arbeitete. Sie kam mir fahrig im Gespräch vor, und ihr Lachen klang gezwungen. Aber vielleicht stimmte das auch gar nicht, und ich sah lediglich meine eigene Nervosität in ihr gespiegelt. Immerhin hatte sie Arnds Ausrede mit dem besetzten Haus sofort geglaubt und auch versprochen, den Eltern nichts von seinem Aufenthalt in Neu Buckow zu sagen. Sie hatte sich weder gewundert, dass Arnd nun für eine längere Zeit zu uns auf den Hof ziehen würde, noch darüber, dass er seinen Wagen in der Scheune parkte. Arnds lapidarer Hinweis auf den empfindlichen Lack, den er vor Regen und vor unseren Hühnern schützen wolle, hatte ihr als Begründung genügt.

Und auch Hermann benahm sich ein wenig anders als sonst, wie mir schien. So, als habe ihn Arnds Ärger mit der Polizei wieder an den eigenen zerbrechlichen Status erinnert und an die große Ausweglosigkeit, die dahinter lauerte. Er trank in dieser Nacht, als gäbe es kein Morgen.

«Ich stelle fest: Ihr habt immer noch keine Obststauden gepflanzt oder wenigstens eine Hecke», sagte Arnd, als Ulrike ihm am nächsten Morgen unseren prächtig blühenden Garten präsentierte.

«Mensch, Arnd, statt mal zu loben, wie gut hier alles gedeiht, machste nur wieder alles mies.»

«Entschuldige, Schwester, du hast ja recht. Sieht alles aus wie das pralle Leben. Ein Fest für die Augen und für die Nase und bestimmt auch für den Gaumen, wenn das Grünzeug mal reif ist, aber denk bitte dran …»

«Ja, mach ich ja», maulte Ulrike, ohne ihn ausreden zu lassen, «ich denke den lieben langen Tag an nix anderes als an deine Erosionen.»

«In Wahrheit wollte sie die Stauden zusammen mit dir kaufen, Arnd», sagte ich, «weil es doch deine Idee war.»

«Wirklich?»

«Ja doch», sagte Ulrike.

«Dann lasst uns jetzt alle zusammen nach Senftenberg fahren», sagte Arnd und drückte seine Schwester an sich, «wir besuchen die Gärtnerei, und dann bummeln wir noch ein bisschen durch die Stadt. Herrscht doch ein ganz vorzügliches Wetterchen für so einen kleinen Ausflug mit der Familie.»

«Das brauchen wir gar nicht zu tun», sagte Hermann, der trotz des frühen Sonnenscheins in seiner Lederjacke aus dem Westberliner Gebrauchtwarenhandel steckte, «ich weiß einen Ort, wo Bäume wachsen und Sträucher in Reih und Glied wie bei uns der Salat. Der ist nicht weit weg von hier. Ich habe ihn entdeckt auf meinen Wanderungen. Wir warten, bis es dunkel ist, dann fahren wir dorthin und graben mit dem Spaten das aus, was wir wollen.»

«Komische Orte kennst du, Hermann», sagte Ulrike.

«Ich bin weit herumgekommen in der Gegend.»

«Du meinst nicht zufällig eine Baumschule, mein lieber Cousin?»

«Doch, Arnd, mir ist nur das Wort nicht eingefallen.»

«Nee, Hermann, heute kaufen wir lieber in der Gärtnerei ein», sagte Arnd und sah dabei kurz zu mir rüber.

«Verzeihung. Ich wollte nur helfen, Geld zu sparen.»

«Und das ehrt dich, Hermann», sagte ich, «sogar sehr.»

Wir ließen die Hühner aus ihrem Stall, wir sammelten drei Eier ein, und nach dem Frühstück setzten wir uns alle vier in den Wartburg. Wir kurbelten die Fenster herunter und fuhren mit fünfzig Kilometern pro Stunde über die Landstraße nach Senftenberg. Ulrike saß am Steuer, der Fahrtwind blies uns in die Gesichter und vertrieb die restliche Müdigkeit, und als wir am Tagebau Welzow vorbeikamen, sagte Ulrike zu Arnd auf dem Beifahrersitz: «Bruder, mach mal Musike an!», und Arnd fragte: «Dieselben ollen Kamellen wie immer?», und Ulrike sagte: «Logisch! Die haben sich längst in der Praxis bewährt!»

Und als der Tagebau Meuro rechts von der Straße auftauchte, sangen wir alle zusammen:

«No you won't fool the children of the revolution
No you won't fool the children of the revolution
No, no, no»

wobei besonders laut und falsch ausgerechnet Hermann Schmidt mitsang, so als habe er gar keine Kopfschmerzen von seiner hemmungslosen Sauferei des Vortags.

Diesmal blieben wir nur kurz in der Gärtnerei. Arnd packte fünf Stauden schwarze Johannisbeeren ein und fünf Stachelbeerbäumchen, und während er an der Kasse ein paar Scheine aus seinem Portemonnaie abzählte, überlegte ich, ob es moralisch besser war, Obststräucher zu klauen oder sie mit geklautem Geld zu bezahlen. Aber ich kam zu keinem Ergebnis, denn eigentlich war mir der schöne Tag zu schade, um ihn mit Gedanken wie diesen vollzustellen.

Wir fuhren weiter Richtung Innenstadt. Wir parkten den Wagen in einer Seitenstraße und drehten dann unsere übliche Runde: Fleischerei, Bäcker, Drogerie. Wir mussten uns beeilen, denn die Läden schlossen spätestens um zwölf, manche sogar schon eine Stunde früher. Mir fiel auf, dass Ulrike heute besonders viele Rostbrätel kaufte und Wiener Würste, einen ganzen Kasslerbraten und auch Aufschnitt und später Brot und Dutzende Schrippen. Ich vermutete, dass sie langsam begann, die Vorräte für Hermann anzulegen, der von seinem Glück noch immer nichts wusste, den ganzen Juli über alleine Haus und Hof zu hüten. Kurz vor Mittag hatten wir unsere Besorgungen erledigt, und weil wir hungrig geworden waren, begaben wir uns auf den Marktplatz, wo immer ein paar Buden einen schnellen Imbiss anboten.

Arnd, Hermann und ich holten uns jeder eine Bratwurst, die trotz des warmen Wetters über Holzkohle gegrillt wurde, während Ulrike sich für Quarkkeulchen mit Puderzucker entschied.

Weil wir noch nicht zurück nach Neu Buckow wollten, setzten wir uns in ein Straßencafé und bestellten Gin Tonics zum Nachtisch, auch für Hermann, der sich anfangs zierte. Nur Ulrike, die noch fahren musste, begnügte sich mit einem Eisbecher Melba. Wir blinzelten in die Sonne, wir ließen die Leute an uns vorbeiflanieren, wir tranken und rauchten schweigend, bis Arnd irgendwann sagte: «Seht ihr das da?» Er zeigte quer über den Marktplatz.

«Die weißen Dinger?», fragte ich.

«Ja, genau, die drei großen Dinger dahinten.»

«Das sind Container», sagte Ulrike.

«Da sind aber Fenster in die Containerwände eingelassen», stellte Hermann fest.

Arnd setzte seine Sonnenbrille auf und sagte: «Mann, die sind so neu und so weiß, dass es einen blendet.»

«Wahrscheinlich frisch aus dem Westen», sagte ich.

«Da sind aber Fenster eingelassen, und ich erkenne auch Türen», stellte Hermann noch einmal fest.

«Mäuschen», sagte Ulrike zu ihm, «das sind keine Transportcontainer, sondern provisorische, transportable Räume, in denen man alles Mögliche unterbringen kann für eine bestimmte Zeit. Sagen wir mal, bis man ein festes Haus gebaut hat. Vielleicht kennst du ja von früher noch diese schmalen Mehrzweckhallen, die konnte man zusammenschieben, auf 'nem Laster transportieren und später wieder an einem anderen Ort auseinanderziehen. Wie eine Ziehharmonika.»

«Nein», sagte Hermann Schmidt, «diese Art von Gebäude ist mir nicht bekannt.»

«Die erste Kaufhalle in unserm Wohngebiet war in so einer Ziehharmonika untergebracht», sagte ich, «1973 oder um den Dreh.»

«Was da wohl reinkommt?», sinnierte Arnd.

«Geh doch mal rüber und frag», sagte ich, «da stehn doch ein paar Leute rum. Sieht aus, als würden die sich gerade einrichten.»

«Das mach ich doch glatt», sagte Arnd. Er zündete sich eine Zigarette an, stand auf und ging quer über den Marktplatz zu den schneeweißen Containern, vor denen drei Transporter standen. Ich konnte die genaue Marke nicht sagen, aber es handelte sich auf jeden Fall um ein westliches Fabrikat, kein B 1000 oder eine ähnliche Schrottmühle aus unseren Beständen. Arnd ging auf einen Mann zu, der neben einem der Transporter stand und gleichfalls eine Zigarette rauchte, und sprach ihn an. Der Mann trug eine gelbe Hose, ein weinrotes Jackett, das ihm fast bis zu den Knien reichte, und ein weißes Hemd. Einen Schlips hatte er nicht umgebunden.

«Eine Bank ist das ab Montag», sagte Arnd, als er nach zehn Minuten zurückkam, «eine Dresdener Bank, und das Container-Ding daneben, das genauso beschissen aussieht, wird eine bayerische und das dritte – ratet ...?»

«Eine ostfriesische?»

«Fast», sagte Arnd, «aber auf jeden Fall kommt auch in den dritten Container eine Bank. Weil Konkurrenz das Geschäft belebt und weil die Menschen nun endlich die Möglichkeit haben sollen zu wählen. – Originalton von dem Hampelmann dahinten», sagte Arnd und zeigte auf den Mann, der winkend und mit einem Lächeln im Gesicht diesen lieben Gruß erwiderte.

Ulrike, Hermann und ich hoben jetzt auch unsere Hände, um zurückzuwinken, dann bestellten wir noch eine Runde Gin Tonic für die Jungs und für Ulrike ein Glas Brause. Und damit uns die Zeit nicht allzu angenehm verginge bis zur Rückfahrt nach Neu Buckow, erzählte Arnd uns fiese Geschichten aus Potsdam, die eigentlich keiner von uns hören wollte, an einem schönen Tag wie diesem, nicht mal der treue Hermann, wie mir schien. Und selbst dann nicht, wenn auf dem Senftenberger Marktplatz zwanzig provisorische Bankfilialen errichtet worden wären. Er erzählte, dass die Nazi-Glatzen in ihren hässlichen Bomberjacken nachts in die Innenstadt kamen, um die besetzten Häuser anzugreifen. Und die Cafés und die Jugendclubs. Dass es immer mehr wurden und dass sie durch die Wohngebiete am Stadtrand Patrouille fuhren, um Leuten wie Arnd mit Knüppeln die Fresse einzuhauen.

Dass unserer Einkaufsstraße in Potsdam noch immer eine riesige, halblegale Kloake des westlichen Konsummülls sei. Dass aber wie zum höhnischen Ausgleich jetzt täglich klingelnde und tanzende Krishna-Jünger über den Boulevard hüpften und andere Esoteriker dicke Wälzer verteilten, die den heimischen Einfaltspinseln eine Einführung in die Dianetik versprachen. Und dass die Leute sich wie bekloppt um die bunten, kostenlosen Bücher rissen.

Ulrike verzog das Gesicht, während ihr Bruder redete. Arnd suhlte sich geradezu in ihrem Missfallen, und es war ganz klar, dass er uns mit seinen Anekdoten stellvertretend für das Geschwätz des Fatzkes im roten Jackett bestrafte. Seine Laune besserte sich auch nicht auf der Fahrt nach Hause, als er sich weigerte, unser aller Lieblingskassette einzuschieben.

Erst als wir am Abend ein Feuer auf dem Hof entzündeten und den Grill anwarfen, vergaß er ganz allmählich seinen Ärger. Bevor wir die ersten Würste auflegten, ließ er sich von Hermann jene Stelle auf dem Heuboden zeigen, wo dieser bis zu seiner Entdeckung übernachtet hatte. Arnd sagte, er fände das romantisch, so sehe doch das wahre Landleben aus, und er beschloss, ab sofort dort oben zu schlafen und nicht mehr auf dem Sofa in der Wohnstube. Auch zu Hermann ins Zimmer wollte er nicht, obwohl dort eine zweite Matratze bereitlag. Und so geschah es dann auch, als wir uns eine Stunde nach Mitternacht allesamt zurückzogen, satt und leicht beschwipst und vom Anblick des Feuers und seiner Wärme auf den Gesichtern irgendwie sanft geworden.

21

«Guck mal, Hermann, wie Lässie in Klein und in Schwarz», sagte ich am Montagmorgen kurz vor neun.

Die vorletzte Juniwoche brach gerade an, und uns blieben noch genau dreizehn Tage, um Hermann in unsere Sommerpläne einzuweihen, die ohne ihn nicht funktionierten. Irgendwie wagten wir es beide nicht, ihn zu fragen, und je länger wir es aufschoben, desto schlechter wurde unser Gewissen. Wir hatten beschlossen, weder nach Paris zu fahren noch nach Italien, wo wegen der Weltmeisterschaft im Fußball, die gerade stattfand, die Preise vermutlich zu hoch waren, sondern nach Griechenland. Zwei Zugtickets, zwei Rucksäcke, eine billige Pension auf einer der Inseln im Mittelmeer. Das war der Plan, von dem auch Arnd noch nichts wusste. Wir hegten immerhin die leise Hoffnung, dass Ulrikes Bruder zusammen mit Hermann den Sommer in Neu Buckow verbringen würde. Um sicherzugehen, hätten wir auch ihn fragen müssen. Diese Woche, so hatten wir es uns gestern vor dem Schlafengehen noch geschworen, wollten wir die Sache endlich klären.

«Wer ist denn Lässie?», fragte Hermann.

Wir hatten gerade gefrühstückt, Ulrike, Hermann und ich, als lautes Hundebellen in die Küche gedrungen war.

«Ein Hund von früher», sagte Ulrike, «aus dem Westfernsehen. Lässie ist gut zu Kindern und gut zu Erwachsenen und auch zu anderen Tieren. Eigentlich ist Lässie gut zur ganzen weiten Welt. Es ist kaum auszuhalten, so gut ist Lässie.»

«Und süß ist Lässie außerdem noch, besonders wenn er die Ohren spitzt», ergänzte ich. «Und er ist so flauschig.»

«Lässie ist eine Sie und kein Er», sagte Ulrike.

«Diese Hündin mit Namen Lässie ist mir leider vollkommen unbekannt», sagte Hermann.

«Du musst sie gar nicht kennen», sagte ich, «stell dir einfach diesen Hund hier in Braun-Weiß vor, dann weißt du wie Lässie aussieht.»

Der Hund war herangekommen und hechelte nun zu unseren Füßen herum, er wedelte mit dem Schwanz und schnupperte an meinen Schuhen, aber als Ulrike sich zu ihm hinunterbeugte, um ihn zu streicheln, machte er auf dem Absatz kehrt und rannte über den Hof davon, am Garten vorbei, Richtung Wiese.

«Mann, was ist denn das für ein Lärm?» Arnd kam aus der Scheune. Über seine Schulter hatte er sich ein Handtuch gehängt.

«Wo sind eigentlich die Hühner hin?», fragte Ulrike.

«Die hat allesamt Lässie gefressen», sagte ich, «und zwar im Vorbeirennen.»

«Oder unser lieber Cousin Hermann war's mal wieder», sagte Arnd, und er grinste und boxte seinem Wahlverwandten leicht auf den Oberarm.

Im nächsten Moment schoss wie ein schwarzer Blitz Lässie schon wieder auf uns zu. Und jetzt sahen wir auch das Herrchen, das langsam auf den Hof gestiefelt kam. Ein Baum von einem Mann, das erkannte man schon aus der Ferne. Er trug schwarze Zimmermannshosen aus Cord, ein weißes, kragenloses Hemd und darüber eine gelbliche Weste aus Schaffell, die aussah wie ein zerfledderter Teppich. Auf dem Kopf hatte er eine Art Cowboyhut, unter dem seine langen braunen Haare hervorschauten.

«Wer seid denn ihr?», sagte der Mann mit tiefer Stimme, als er neben uns stand. Lässie hatte sich neben seinen Füßen niedergelassen, ließ die Zunge aus dem Hals hängen und verfolgte aufmerksam jede Bewegung des Herrchens, das uns jetzt musterte und zwar unverhohlen abschätzig. Besonders Hermanns Frisur schien der Typ nicht zu mögen, obwohl sie frisch in Form gebracht war, und auch das Schwarz meiner Klamotten nicht sowie Arnds schwarze Hose und seine klobigen Arbeitsschuhe mit den Stahlkappen. Sein Blick kroch von einem zum anderen, nur Ulrike bekam ihn nicht ab.

«Mal andersrum gefragt, was machen Sie denn auf unserm Hof?», antwortete Arnd. Er verschränkte die Arme vor der Brust und sah den anderen herausfordernd an, aber er musste dazu leicht nach oben gucken, und ich sah, wie er deswegen automatisch auf den Zehen zu wippen begann.

Statt zu antworten, fragte der Typ. «Wo ist denn der olle Bartke?»

«Der ist tot», sagte Arnd, und es klang so, als habe er seinen eigenen Großvater gerade höchstpersönlich um die Ecke gebracht.

«Und wer bist du, Großmaul?»

«Ich bin der neue Bartke», sagte Arnd.

«Langsam geht mir ein Licht auf», sagte der Schaffell-Hippie.

«Besser spät als nie», sagte Arnd.

«Duhh! Pass bloß uff!», sagte der Typ, und er holte mit dem Arm aus, als wolle er Arnd eine kacheln. Aber er behielt den Arm nur kurz in der Luft und ließ ihn dann wieder sinken.

Arnd hatte nicht mal mit der Wimper gezuckt. Im Gegenteil: Sein Grinsen wurde jetzt noch feister.

«Nichts für ungut», mischte sich Ulrike nun endlich ein und streckte dem zotteligen Typen wie zur Versöhnung die Hand entgegen: «Ulrike Bartke, ick bin die Enkelin vom ollen Bartke, wie Sie unsern Opa nennen. Und das hier ist Andreas, und der mit der großen Klappe ist Arnd, mein Bruder.»

«Und er da?», sagte der Hippie und zeigte mit dem Finger auf Hermanns Frisur.

«Das ist unser Cousin», antwortete Ulrike, «und wer sind Sie, wenn man mal fragen darf?» Sie zog ihre Hand aus der Pranke des anderen, der sie noch nicht wieder freigegeben hatte.

«Mein Name ist Ingo», sagte der Hippie.

«So, und da wir das nun geklärt hätten, würde ich Sie recht herzlich bitten, unseren Hof wieder zu verlassen», sagte Arnd, und trat einen Schritt nach vorne. Lässie fing leise an zu knurren.

«Sonst?»

«Sonst holen wir die Bullen», sagte Arnd

«Habt ihr seit neuestem Telefon?», fragte der Hippie namens Ingo.

«Allerdings», log Arnd.

«Schöner Hund ist das», sagte ich, denn das Scharmützel zwischen Arnd und dem Hippie führte irgendwie zu nichts, «sieht aus wie Lässie in Schwarz.»

«Das hier ist ein Border Collie», sagte Ingo, «Lässie ist ein Langhaarcollie.»

«Oh, endlich mal jemand, der sich ganz genau auskennt», höhnte Arnd.

«Das ist mein Beruf, du Pfeife», sagte Ingo.

«Was machen Sie denn?», fragte Ulrike, und sie packte Arnd

von hinten am Hosenbund und zog ihn ein Stück von Ingo fort. Der Border Collie hörte sofort auf, bedrohliche Geräusche zu produzieren.

«Ich bin der Schäfer, Mädchen, und eigentlich wollte ich dem ollen Bartke einen guten Tag wünschen und sagen, dass ich zurück bin.» Er zeigte nach hinten auf die Wiese, über deren schönes hohes Gras sich jetzt tatsächlich seine Schafe hermachten.

«Dann kommen Sie regelmäßig?», fragte Ulrike.

«Wie es sich ergibt», sagte Ingo, «letztes Jahr war ich weiter im Norden unterwegs.»

«Wie heißt der Süße eigentlich?» Ulrike zeigte auf Lässie.

«Der heißt Fränkie», sagte der Schäfer, «ist benannt nach Frank Zappa.»

«Komischer Name für einen Hund», sagte ich.

«Kann ja nicht jeder Hund Hasso heißen», entgegnete der Schäfer.

«Fränkie und Ändie», sagte Arnd zu mir, «passt doch wie die Faust aufs Auge. – Wollen Sie einen Kaffee, Genosse Schäfer? Ich mag Sie nämlich in Wirklichkeit, denn die Freunde von meinem toten Opa sind auch meine.»

«Habter ein Schnäpschen da?»

«Aber immer», sagte Arnd, und er zwinkerte Hermann zu.

Wir gingen allesamt in die Küche und nahmen am Küchentisch Platz. Ich setzte eine Kanne Kaffee auf, und dann tranken wir Kaffee und rauchten ein paar Zigaretten und sahen dem Schäfer Ingo beim Schnapstrinken zu, denn zu dieser frühen Stunde mochte noch keiner von uns mithalten.

Fränkie, der Border Collie, wischte in einer Tour von drinnen durch die offene Haustür nach draußen, weil er nebenbei noch ein Auge auf Ingos Schafe warf.

Je mehr sich der Schäfer hinter die Binde goss, desto redseliger wurde er. Ohne dass einer von uns gefragt hätte, erfuhren wir, dass er einstmals begonnen hatte, in Leipzig Philosophie zu studieren. Wegen der großen Namen, die dort in den fünfziger Jahren gelehrt hatten, aber zu seiner Studienzeit, Ende der siebziger, natürlich längst weggeekelt worden waren.

«Hans Mayer», lallte Ingo, «Ernst Bloch.»

«Schon mal gehört», sagte Arnd, «wie alt sind Sie eigentlich, Ingo?»

«Vierunddreißig.»

«Stattlich.»

Ich ahnte, auf welche Weise Ingos Geschichte weitergehen würde, und das tat sie dann auch genau so: Man hatte ihn irgendwann exmatrikuliert wegen antisozialistischer Umtriebe, und über einige Umwege war er schließlich zum Schäfer geworden, zum Aussteiger aus der Gesellschaft, in einem Beruf, der ihm bis jetzt gut gefallen hatte, von wegen Freiheit und Selbstbestimmung und hauptsächlich der frischen Luft wegen, an der man sich die meiste Zeit aufhielt.

Ingo schmückte das Ganze natürlich noch aus: mit orgienhaften Festen an Lagerfeuern und mit Dutzenden von Frauen, die in seinem Schäferwohnwagen mit ihm geschlafen hatten. Und immer, aber wirklich immer, war bei allem, was er getan hatte, Frank Zappa im Rekorder gelaufen.

Es war der ermüdende Monolog eines alten Sackes, ohne Tragik wie Hermanns Geschichte und ohne den Esprit, den Arnd manchmal zu versprühen vermochte. Niemand von uns hakte nach, niemand hatte eine Anmerkung zu machen, das Einzige, was Ingos Erzählfluss in Gang hielt, war der Fusel, den er mittlerweile selbständig nachtankte.

Ich stand irgendwann auf, um ein paar Eier mit Schmalzfleisch zu machen, weil ich Hunger bekam und dachte, die anderen könnten vielleicht auch einen Happen vertragen. Selbst über das Brutzeln in der Pfanne hinweg hörte ich Ingos monotone Bassstimme palavern und palavern.

«Mann, was für ein Saufraß!», sagte Ingo, nachdem er die erste Gabelvoll probiert hatte. «Wisst ihr was, Leute, weil ihr so nett seid und weil man so prima mit euch reden kann, lade ich euch zum Essen ein. Draußen bei mir auf der Wiese, vor meinem Wagen. Ein ordentliches Kesselgulasch, wie's das sonst nur in Ungarn gibt, draußen, in den Weiten der Puszta. – Aber heute nicht mehr. Heute bin ich zu groggy.» Er stand auf, und er musste sich beim Aufstehen an der Tischkante festhalten, damit er nicht umfiel. Weil er auch auf dem Weg zur Haustür schwankte und stolperte, beschlossen Arnd und ich, ihn zu seinem Wohnwagen zu begleiten. Ich hoffte, dass er unterwegs nicht in unsere Beete kotzte, sei es vom Schnaps oder vom Schmalzfleisch, das er mit angewiderter Miene dennoch aufgegessen hatte. Die Hühner, die sich wieder ins Freie gewagt hatten, hätte es gefreut. Ein paarmal jedenfalls stieß Ingo so bedrohlich laut auf, dass Fränkie freudig zu bellen begann. Und weil wir es nicht schafften, Ingo, der mittlerweile zu schlafen schien, die Aluminiumtreppe seines ausgebauten Bauwagens hochzuzerren, legten wir ihn davor, im warmen Gras der Wiese, ab.

22

Anders als sein Hund Fränkie, der von nun an täglich mehrere Male auf unserem Hof vorbeischaute, der mal einen Schluck aus der Wasserschüssel trank, die wir ihm hingestellt hatten, mal eine Scheibe Salami verschlang oder sich ausgiebig streicheln ließ, tauchte sein Chef Ingo erst zwei Tage nach seinem etwas schrägen Einstand wieder in unserem Haus auf. Das war am Mittwoch: Allen, die wollten oder mussten, blieben noch zehn Tage, um ihre Geldangelegenheiten zu ordnen.

Ingo kam diesmal ohne seine Fellweste, er hatte ein frisches, strahlend weißes Hemd an, die Zimmermannshosen steckten in gewienerten Lederstiefeln, und sein langes Haar war zu einem festen Pferdeschwanz zusammengebunden. Er sah gut aus auf seine Art, romantisch und fast verwegen, und die Einladung, die er aussprach, wirkte dadurch feierlich, beinahe offiziell. Er hatte also nicht vergessen, dass er uns großspurig das beste Kesselgulasch außerhalb Ungarns versprochen hatte, und weil etwas so Großartiges einer langen Vorbereitung bedurfte und noch längerer Garzeit, begann das Ganze, wenn wir am Abend das Gulasch essen wollten, schon um zwölf Uhr am Mittag. Mit anderen Worten: sofort.

Ich glaube, wir waren alle ganz froh, dass Ingo gekommen war, um uns auf die Wiese mitzunehmen. Mir fiel es immer schwerer, auf dem Hof eine Tätigkeit zu finden, die sinnvoll war und die ich nicht nur ausführte, um die Zeit totzuschlagen. Oft war Hermann schon vorher auf die Idee gekommen, das zu tun, was ich mir vorgenommen hatte, seit kurzem manchmal auch Arnd. Und immer häufiger erwischte ich mich dabei, wie ich die Tage abzählte, die Ulrike und mir verblieben, bis wir in die Stadt zurückfuhren, das neue Geld von der Bank holten und für einen Monat in den Süden verschwanden. Mindestens.

In den richtigen Süden und nicht in den sogenannten Süden von Arnds slowakischem Gelb. Oder war es ein magyarisches Weiß gewesen?

Wir fragten Ingo, ob wir etwas mit nach draußen bringen sollten. Er hätte alle Zutaten da, nur Teller müssten wir mitbringen, wenn wir von Tellern essen wollten, und Besteck und Gläser, wenn wir es nicht gewohnt seien, Rotwein und Palinka direkt aus der Flasche zu trinken. Und falls wir wirklich nicht auf Frank Zappa stünden, der Verdacht sei ihm neulich nämlich gekommen, eigene Musik.

Also packten wir Besteck und Geschirr in unseren großen geflochtenen Weidenkorb, ich holte die T.-Rex-Kassette aus dem Wartburg, und dann liefen wir alle die paar hundert Meter zu Ingos Bauwagen hinüber. Er hatte den Wagen so abgestellt, dass man ihn erst sah, wenn man schon mitten auf der Wiese stand. Die türlose Seite stand im Schatten des Wäldchens.

«Wie transportierst du das Ding eigentlich?», wollte ich wissen.

«Ich hab einen Lada», sagte Ingo, «der steht vor der Kneipe. Aber du kannst den Wagen mit jeder Karre ziehen, die 'ne Anhängerkupplung hat.»

«Schicker Schlitten», sagte Arnd ironisch, «hab ihn schon bewundert.»

Ingo hatte vor seinem Wagen einen Klapptisch aufgebaut. Ein Berg Zwiebeln lag darauf, Knoblauchknollen, Tomaten, zwei Schneidbretter und zwei Messer, deren Klingen aussahen wie frisch geschliffen. Es gab ein halbes Dutzend Konservengläser, die mit Gewürzen gefüllt waren, und in der Mitte stand eine große Plasteschüssel mit geschnittenen Fleischwürfeln.

«Zweieinhalb Kilo bestes Rindfleisch», sagte Ingo, als er meinen Blick sah. «Die Masse macht's nämlich und die Garzeit. – Auf, Leute, wir wollen kein Zeit verlieren.»

Er schickte Arnd und Hermann ins Wäldchen, damit sie Holz besorgten fürs Feuer unterm Kessel, der schon an einem Dreibein aufgehängt war und wartete, gefüllt zu werden. Arnd wollte einfach auf den Hof zurücklaufen und Holz aus dem Verschlag holen. Aber Hermann sagte, es sei origineller, wenn sie das Holz für ein Essen im Freien mit dem Beil aus dem Wald holten.

«Authentischer, Cousin», sagte Arnd schnippisch, «nicht origineller, sondern authentischer.» Und dann zogen sie beide ab ins Wäldchen, um das authentische Holz zu schlagen.

Ingo und ich begannen, Zwiebeln zu schälen und Knoblauch zu hacken, und weil es kein drittes Messer gab, mit dem Ulrike uns hätte helfen können, pflückte sie ein paar Blumen von der Wiese, aus denen sie einen Kranz für ihr Haar flocht. Und als sie damit fertig war, streichelte sie die Schafe, und zwar jedes einzelne, wegen der Gerechtigkeit. Und als auch das erledigt war, warf sie Stöckchen, die Fränkie schwanzwedelnd zurückbrachte.

Zu dem Zeitpunkt hatte Ingo schon ein ordentliches Feuer entfacht, und als der Boden des Kupferkessels fast glühte, ließ er einen ganzen Würfel Schweineschmalz hineingleiten, der dort zischend schmolz. Ich reichte ihm die Schüssel mit den geschnittenen Zwiebeln, Ingo warf sie in den Kessel und fing gleich darauf an, mit einem großem Holzlöffel umzurühren. Als die Zwiebeln leicht gebräunt waren, gab er aus den Gewürzgläsern großzügig Paprikapulver hinzu, süßes und scharfes, wie er uns erläuterte, letzten Sommer, im zweiwöchigen Urlaub, gekauft in der Budapester Markthalle und nach Hause gebracht, als es alle schon über die Grenze nach Österreich gezogen hatte. Er röstete das Paprikapulver eine Minute lang an, dann gab er die Fleischwürfel dazu und wendete sie so lange in der Zwiebel-Paprika-Mischung, bis sie rötlich überzogen waren. Mit einem Handtuch in der linken Hand hielt er den Kesselrand, mit der rechten rührte er. Er schwitzte, und ein erster Schweißtropfen fiel von seiner Nasenspitze in den Kessel. Erst jetzt gab er den gehackten Knoblauch hinzu. Ich hatte auf seine Anweisung hin eine ganze Knolle zerschreddert, es folgte eine Handvoll trockener Majoran und eine weitere mit gemahlenem Kümmel. Dann rührte er wieder durch, ließ das Ganze eine Weile angehen, schüttete Tomaten und Paprika hinzu und würzte mit Salz und Pfeffer.

Ingo bewegte sich wie ein Magier zwischen Tisch und Kessel, und wir starrten ihn dabei an wie Zauberschüler.

Ein irrer Duft stieg schon aus dem Kessel hoch, bevor er das Fleisch und das angedünstete Gemüse mit Wasser aus einem Plastekanister aufgoss.

«Ich komm die Tage mal vorbei und hol frisches Wasser bei euch», sagte er.

«Klar, Ingo, wir helfen Ihnen auch beim Tragen», sagte ich.

«Hört mal auf, mich zu siezen. Ich komm mir sowieso schon alt vor zwischen euch Hüpfern.»

«Kein Rotwein dazu?»

«Kein Rotwein! Gulasch kommt aus Österreich-Ungarn,

nicht aus Frankreich. Später hauen wir noch die Kartoffelwürfel rein, und das war's dann. Wichtig ist, dass es nur sanft köchelt», belehrte mich Ingo. «Aber eigentlich hast du recht: Rotwein fehlt.»

Er entkorkte eine Flasche Cabernet, Ulrike holte Gläser aus unserem Korb, und wir tranken den ersten Rotwein an diesem schönen Frühsommertag auf das Gelingen des Gulaschs, das leise wallend im Kupferkessel schmorte und auch den lieben Fränkie schon ganz verrückt machte.

Im Grunde war die Arbeit für diesen Tag damit getan. Einmal, am Nachmittag, ging Hermann ins Haus zurück, um die Speckseite zu holen, die in unserer Speisekammer hing. Wir hatten Hunger bekommen, und obwohl das Gulasch aussah, als sei es fertig, verbot uns Ingo, davon zu kosten. Also holten wir uns wieder Gerten aus dem Wäldchen, auf die wir Speckstücke steckten und über dem Kesselfeuer rösteten wie neulich an der Kiesgrube. Auch Ingo langte ordentlich zu und verteilte Weißbrot, grüne Gurkenstücke und Tomaten, und am Ende der provisorischen Mahlzeit spendierte er uns einen originalen ungarischen Palinka, den er angeblich auch letztes Jahr in Ungarn gekauft hatte.

Ingo fragte, ob wir Musik mitgebracht hätten, und Ulrike gab ihm die T.-Rex-Kassette, aber weil er schon beim Betrachten des Covers abschätzige Bemerkungen machte, versuchte niemand, auch nur eines der Lieder mitzusingen. Stattdessen sagte ihm Arnd eine endlose Liste mit Namen von avantgardistischen New-Wave-Bands auf, um dem Schäfer zu beweisen, dass das Hören von T.-Rex-Kassetten für uns nur ein ironischer Akt der Subversion war.

«Darf ich mal in den Wagen reingucken?», fragte Ulrike später: «Ich stell mir das schön vor, eine Wohnung auf Rädern zu haben. Überallhin sein Zuhause mitnehmen zu können. Dann fühlt man sich nirgends fremd.»

«Ungern», sagte Ingo.

«Komm schon, Genosse Schäfer!»

«Es ist nicht aufgeräumt», sagte Ingo.

«Scheiß drauf», sagte Arnd und sprang so schnell auf, das Ingo es nicht schaffte, ihn zurückzuhalten. Er griff ins Leere, als er versuchte, Arnds Hemdsärmel zu fassen. Mit drei Schritten war Arnd an der Alutreppe, die zur Tür führte, er schwang sich die Treppe hoch auf die kleine Plattform, er riss die Tür auf, steckte den Kopf in den Wagen und rief: «Hallo, das nenne ich aber wirklich mal: nicht aufgeräumt.»

«Lass mich erklären», sagte Ingo, der am Fuß der Treppe auf der Wiese stehen geblieben war, während Hermann, Ulrike und ich zu Arnd hochstiegen, um ebenfalls einen Blick in den Bauwagen zu werfen.

«Ach du Scheiße», sagte ich.

«Was ist das denn?», fragte Ulrike.

«Ich weiß es auch nicht, aber es ist wirklich sehr unordentlich dort im Wagen», stellte Hermann fest.

«Ich kann's erklären», begann Ingo noch einmal.

«Ich glaub, du brauchst es nicht weiter zu erklären, Genosse Schäfer», sagte Arnd, «das ist ein Haufen zusammengeklautes Zeug, was du hier hortest.»

Es zeugte schon von einiger Abgebrühtheit, so forsch aufzutreten, wie Arnd es gerade tat, dachte ich, wenn man denselben Dreck am Stecken hatte wie er. Aber es stimmte trotzdem: In Ingos Bauwagen sah es aus wie in einem Antiquitätenladen, durch den ein Wirbelsturm gegangen war: alte Uhren, Gemälde, gerahmte Stiche, Porzellan, silberne Kannen und Besteck, alte Werbeschilder aus Emaille stapelten sich in einem wüsten

Chaos in Ingos Bauwagen. Der einzige freie Fleck in der Unordnung war sein schmales Klappbett.

«Du kannst es zusammengeklaut nennen», sagte Ingo, «ich aber nenne es anders.»

«Und wie, bitte sehr?»

«Eingesammelt. Das ist Zeug, das die Leute zurückgelassen haben, wenn sie umziehen mussten», sagte Ingo, und dann erzählte er, wie er im letzten Jahr begonnen hatte, durch die leergezogenen Dörfer im Bergbauschutzgebiet zu streifen, die auf der Braunkohle standen und darauf warteten, weggebaggert zu werden. Anfangs hatte er nur testen wollen, ob es klappte, aber es klappte nur allzu gut. Er hatte Abnehmer in Cottbus, in Berlin und in Dresden, professionelle Händler, die seit neuestem auch Geschäfte mit dem Westen machten. Das lohnte sich noch mehr als früher. Keines dieser todgeweihten Dörfer war abgeriegelt, man konnte häufig sogar mit dem Auto hineinfahren, das wirklich Einzige, was man tun musste, war, die Verbotsschilder zu ignorieren.

Die größte Überwindung bestünde darin, fremde, wenn auch leere Wohnungen zu betreten, aber eigentlich, fand Ingo, bewahre er im Grund ein kulturelles Erbe, das ohne ihn verloren ginge. Zumal es ja keine Opfer gebe.

«Da hast du dir aber schön was zurechtgelegt», sagte Arnd. «Wenn die Leute den Kram wirklich zurückgelassen haben, dann gehört er nicht keinem oder dir, sondern dem Staat. Und was du da machst, ist nicht einsammeln, sondern plündern.»

«Zeigst du mich an?», fragte Ingo.

«Nein, wir scheißen keinen bei der Polizei an, und der Staat ist mir egal», sagte Arnd, und er sah erst Hermann an und dann Ulrike und dann mich. «Aber wir haben jetzt was gut bei dir, verstanden?»

«Alles klar», gab Ingo klein bei.

«Los, darauf einen Schnaps», sagte Arnd, und Ingo schenkte von seinem Original-Palinka aus. Diesmal brachte Arnd einen etwas längeren Toast aus, in dem es um den Schweigepakt zwischen uns und dem Schäfer ging. Das Ganze hörte sich wie eine handfeste Drohung an, die sich hinter einem blöden Witz versteckte. Es klang gut, und es hatte Esprit. Ulrike verzog trotzdem das Gesicht und sah mich an. Ich zuckte die Schultern und kippte den Schnaps hinter, der eindeutig besser schmeckte als der Fusel aus dem Dorfkonsum.

Nach einer weiteren Runde Palinka stellte sich Ingo wieder an den Kupferkessel und rührte um und goss einen Schluck Wasser nach und gab die Kartoffelwürfel hinzu. Arnd gesellte sich zu ihm und machte ihm Komplimente für seine Kochkunst und fragte, woher er das Gulaschrezept habe, und Ingo antwortete irgendwas und ließ Arnd vom großen Kochlöffel ein wenig von dem sämigen Sud kosten.

So glitten wir ganz allmählich in den Abend hinüber, und als Ingo das butterzarte, duftende, dunkle Gulasch auf unsere Teller schöpfte und uns Wein und Brot dazu reichte, hatte ich die Antiquitätenhalde in seinem Bauwagen wieder vergessen.

Später, als wir satt waren und der Sternenhimmel längst über der Niederlausitz aufgeflackert war, bat Arnd Ingo, noch einmal die T.-Rex-Kassette in seinen Rekorder einzulegen. Und weil wir alle betrunken waren und der Schäfer sich nicht mehr traute, etwas gegen uns oder unsere Musik zu sagen, und auch, weil ihm Arnd verklickert hatte, dass wir nur ironische T.-Rex-Fans wären, sangen wir fast die komplette zweite Seite der Kassette mit, von *Life's a Gas* bis *Children of the Revolution*, bis wir ganz heiser waren und eine Pause einlegten, um mit dem nächsten Palinka unsere Stimmbänder zu schmieren.

23

Fast eine halbe Woche dauerte unser Kater nach dem Absturz vor Ingos Bauwagen. Bis auf Ulrike, die kurz nach Mitternacht auf den Hof zurückgewankt war, hatte es keiner von uns noch nach Hause geschafft. Wir waren irgendwann genau dort umgefallen, wo wir gesessen hatten, und am nächsten Morgen unter stinkenden Schaffellen aufgewacht, die der Schäfer aus Mitleid oder Schuldgefühl über uns abgeworfen hatte.

In den nächsten Tagen wurde es still im Haus. Ulrike und ich taten nicht viel mehr, als unseren neuen Obstgehölzen beim Anwachsen zuzusehen, wir pflückten die ersten Erdbeeren und schnitten große Sträuße Blumen aus den Beeten, die wir im ganzen Haus verteilten, ohne wirkliche Freude damit zu verbreiten.

Hermann saß nun die meiste Zeit des Tages in seinem Zimmer und las Bücher. Vor seinem Fenster hing ein Laken, damit ihn die Sonne auf seiner Matratze nicht blendete. Er legte sich nicht mal mehr zu uns auf die Wiese, so als ahnte er, dass wir ihn schon bald allein zurücklassen wollten. Wissen konnte er es nicht, denn noch immer hatten wir es nicht fertiggebracht, ihm oder Arnd die Wahrheit über unsere Sommerpläne zu eröffnen. Vielleicht kam mir Hermann auch nur stiller vor, weil wir selbst stiller geworden waren, Ulrike und ich. Ich fühlte mich mit jedem Tag ein bisschen mehr wie jemand, der aus Eigensucht einen Verrat an seiner Familie plante.

Eigentlich fand nur Arnd nach zwei, drei Tagen der Erholung zu seiner alten Form zurück, zu dieser komischen Mischung aus Klugheit und Aggressivität, aus Witz und Entschlossenheit. Aber er ließ uns nur noch selten daran teilhaben. Nur in der Frühe bekamen wir ihn noch am Küchentisch zu sehen. Danach verzog er sich meist vom Hof, und immer, das war das Seltsamste, führte ihn sein Weg durch den Garten hinaus auf die Wiese zu Ingo, dem Schäfer. Sie saßen stundenlang vor dem Bauwagen und redeten, und manchmal fuhren sie auch mit Ingos rotem Lada weg. Ich wollte gar nicht wissen, wohin, und auch Arnd schien es vorzuziehen, nicht von seinen Wegen und Touren zu berichten. Ich nahm an, dass er sich von Ingo die toten Dörfer im Bergbauschutzgebiet zeigen ließ, doch zu welchem Zweck, wollte ich mir gleichfalls nicht ausmalen.

Immer wenn Ingo und Arnd unterwegs waren, passten wir auf Fränkie auf, der uns als Stellvertreter seines Herrchens schnell akzeptierte. Er befolgte schon die ersten unserer Kommandos, und er sprang über einen Stock, den wir ihm hinhielten. Überhaupt waren es mittlerweile die besten Tage, wenn Ulrike und ich auf den schlauen Border Collie achtgaben. Er lenkte uns ab von der Langeweile, die sich wie ein schwüles Wetter mit jedem Tag drückender auf unseren Hof legte.

Es war ein Mittwochnachmittag, als Ulrike bemerkte, dass sie am Vortag vergessen hatte, ihre Eltern anzurufen. In drei Tagen schon wollten wir aus Neu Buckow verschwinden.

Ich packte ein paar leere Flaschen ein und klopfte an Hermanns Tür, aber er wollte uns nicht begleiten, und so zogen Ulrike und ich alleine los. Vor dem Heidekrug parkte Ingos Lada, und wie so oft war der Konsum leer.

Ulrike ließ sich das Telefon geben und wählte die Nummer ihrer Eltern. Sie sagte: «Ich bin's», und dann schwieg sie und lauschte in den Hörer, der eine Menge interessanter Nachrichten bereitzuhalten schien.

Ich sortierte währenddessen unter Frau Domaschkes wachsamen Blicken die leeren Bierflaschen in einen leeren Kasten und bestückte mein Einkaufsnetz aus einem anderen Kasten mit genauso viel vollen, damit Frau Domaschke es einfacher hatte bei der Berechnung des Pfandgeldes.

Ich hatte gerade das letzte Bier eingepackt, und Ulrike lauschte mit gequältem Gesicht noch immer den Neuigkeiten aus der alten Heimat, als im Schritttempo ein Wartburg vor den Konsum rollte und hielt. Aber es war kein normales Auto, kein ziviles, es handelte sich um eine Funkstreife der Volkspolizei, einen Toni-Wagen.

An Ulrikes Blick durch die Konsumtür erkannte ich, dass auch sie den Wagen gesehen hatte, aus dem jetzt zwei Uniformierte in grauen Hemdblusen stiegen und langsam und sehr entspannt näher kamen.

Sie traten ein, sie grüßten freundlich in die Runde. Ich nickte ihnen wortlos zu. Es waren nicht dieselben Polizisten, die neulich in unserer Küche gesessen und über ihre unsichere Zukunft lamentiert hatten.

«Die Kollegen aus Potsdam haben uns schriftlich gebeten, ihnen in einer Angelegenheit zu helfen, und zwar ...», wandte sich der Dienstranghöhere an Frau Domaschke, die offensichtlich über die Gemeindegrenzen hinweg als Anlaufstelle in Sachen Dorfinterna galt. Trotz ihrer einsetzenden Vergesslichkeit und ihrer Lust an der Legendenbildung. Er zog einen Zettel aus der schmalen Mappe, die er bei sich trug, und ließ seine Augen darüberwandern.

Ulrike hatte kurz zu mir rübergeguckt, nachdem der Polizist *Potsdam* gesagt hatte, und ich dachte: Schriftlich! Das klang viel gefährlicher, als wenn sich jemand zwischen Tür und Angel am Telefon erkundigt hätte. Das klang nach einem Vorgang, nach einer Akte, die angelegt worden war, und das angesichts der aktuellen desolaten Truppenmoral, bei der man nur noch mit der allernötigsten Ermittlungsarbeit rechnete.

«Telefonieren Sie ruhig weiter», sagte der Polizist mit einem Stern weniger auf dem Schulterstück. Auch ihm war Ulrikes Blick nicht entgangen.

«Ick bin sowieso gerade fertig», sagte Ulrike und dann in den Hörer: «Ich mach jetzt Schluss. Tschüss, Mutti. Ach ja, am Freitag ruf ich nicht noch mal an, am Sonnabend sehn wir uns ja sowieso.» Sie legte den Hörer auf die Gabel und sah den Polizisten an, der das Wort führte.

«Wollen Sie zuerst?», fragte er zurvorkommend und trat einen halben Schritt zur Seite, sodass Ulrike direkt an Frau Domaschkes Registrierkasse hätte treten können.

«Nee, nee, machen Sie mal ruhig», sagte Ulrike mit fester Stimme, «wir müssen noch ein paar Sachen mitnehmen.» Sie wies auf die gefüllten Lebensmittelregale.

«Danke, Fräulein, geht auch ganz schnell», sagte der Polizist und dann, nach einem weiteren kurzen Blick auf den Zettel, wieder an Frau Domaschke gewandt: «Ob Sie vielleicht einen Bürger namens Bartke kennen, Arnd. Müsste noch recht jung sein, Jahrgang 69. Der soll hier im Dorf sein, und wir würden ihn gern mal sprechen.»

Ich sah, wie sich Frau Domaschkes Blick aus dem Gesicht des Polizisten stahl und hinüberwanderte, schneckenhaft langsam, neugierig von beiden Polizisten verfolgt und von Ulrike – in meines.

«Ach, Frau Domaschke», sagte Ulrike, «nicht doch!»

«Sie sind Arnd Bartke?», fragte der Polizist. «Darf ich mal Ihre Papiere sehen.»

«Nein», sagte ich, «und: Ja.» Seit dem Konsumeinbruch hatte ich meinen Personalausweis immer dabei. Ich zog ihn aus der Hosentasche und reichte ihn dem Polizisten. Der verglich kurz das Passbild mit meinem Gesicht, dann drehte er sich zu seinem Kollegen um und sagte: «Er ist es nicht.»

«Aber das Hemd und diese Haare», sagte Frau Domaschke und blickte dem Polizisten mit ihren treuen Großmutter-Augen ins Gesicht: «Sie verwechseln da was, Herr ... Der Arnd hier sieht nur genauso aus wie der andere, dieser Andreas.»

«Das hier *ist* der Andreas, gute Frau», sagte der Polizist, aber Frau Domaschke raunte nur hinter vorgehaltener Hand: «Und da ist noch ein Dritter! So ein dunkler.»

«Wenn ich das recht sehe, befindet sich der Bürger Arnd Bartke in Neu Buckow, auch wenn Sie ihn, gute Frau, mit diesem jungen Mann hier verwechselt haben.»

«Es sind aber drei!», beschwor ihn Frau Domaschke. «Der Stille noch und dann die Schwester.»

«Was wollen Sie denn von meinem Bruder?», schaltete sich jetzt Ulrike in den Dialog ein, und mir schoss in den Kopf, dass sie von Arnds Diebstählen und der Hehlerei gar nichts wusste. Sie dachte ja immer noch, die Polizei wolle lediglich im Namen der Stadt Potsdam die Hausbesetzung in der Gutenbergstraße untersuchen.

«Wir würden gern ein paar Worte mit ihm reden», antwortete der Polizist, «ist er hier?»

«Ja», sagte Ulrike, und noch bevor sie etwas anfügen konnte, sagte ich rasch, aber dennoch um eine gewisse Lässigkeit bemüht: «Nein!»

«Was denn nun?»

Ulrike und ich tauschten einen schnellen Blick, dann sagte ich: «Ja: Er war hier, und nein: Er ist seit heute Morgen nicht mehr da.»

«Sind auch Sie sich da ganz sicher, Fräulein?»

«Na klar, was denken Sie denn?», antwortete Ulrike.

Mir fiel ein, dass Arnd bis jetzt fast immer unangemeldet gekommen war und wie wir uns erschreckt hatten, als er beim ersten Mal mit aufgeblendeten Scheinwerfern vor unserer Küche gehalten hatte, und ich sagte: «Er ist der Typ, der kommt und geht, wie es ihm beliebt.»

«Ein richtiger Hallodri», sagte Frau Domaschke.

«Wissen Sie, wo er hinwollte?»

«Wie Frau Domaschke schon richtig feststellte: Er ist ein Hallodri», sagte Ulrike, «und er hat sich weder abgemeldet noch seine Pläne kundgetan.» Frau Domaschke strahlte.

«Da kann man wohl nichts machen», sagte der Polizist, «vorerst.»

Die beiden salutierten nachlässig, und dann gingen sie so locker und entspannt zu ihrem Wagen zurück, wie sie gekommen waren. Sie wendeten den Wartburg und fuhren nicht etwa ins Dorf hinein, um unsere Aussage zu überprüfen, sondern zurück auf die Landstraße, die nach Senftenberg führte.

24

Arnd saß mit Ingo vor dem Bauwagen, und sie diskutierten mit ausholenden Bewegungen eine scheinbar wichtige Sache. Als sie Ulrike und mich über die Wiese laufen sahen, stellten sie ihre Fuchteleien unverzüglich ein und setzten freundliche Gesichter auf. Auch Fränkie freute sich, uns zu sehen, er zischte mit wedelndem Schwanz um unsere Beine herum.

«Arnd, ich muss mit dir sprechen», sagte Ulrike.

«Für dich hab ich immer ein freies Ohr, Schwester.»

«Lass uns ein paar Schritte laufen.»

«Okay.»

«Und Ändie kommt mit!»

«Alles klar.»

Wir gingen ein Stück vom Bauwagen weg ins Wäldchen hinein, und Ulrike erzählte ihm, was wir eben im Konsum erlebt hatten. Als sie sagte, dass ich die Polizisten angelogen hätte, drückte Arnd mir hinter Ulrikes Rücken kurz die Hand, sein Gesicht dagegen blieb gefasst. Er war weit davon entfernt, in Panik zu geraten.

«Ich klär die Sache mit der Gutenbergstraße», sagte er zum Abschluss. «Gleich morgen früh fahr ich nach Senftenberg und räum das Missverständnis aus der Welt. Kann doch nicht sein, dass meine Freunde schon für mich lügen müssen.»

«Mach das.»

«Ich frag mich nur, woher die wussten, dass ich hier bei euch bin.»

«Unsere Eltern haben sie auf den Trichter gebracht», sagte Ulrike, «Mutti hat's mir vorhin erzählt, eine Minute bevor die Polizei dann wirklich in den Konsum kam.»

«Was machen wir zum Abendbrot?», fragte Arnd, wie um das Thema zu beenden, und klatschte in die Hände und rieb sie dann aneinander, als habe er unbändigen Hunger.

Am Donnerstag, dem 28. Juni, riss uns ein klägliches Hundejaulen schon kurz vor acht aus dem Schlaf. Auf dem Weg nach draußen trafen wir Hermann, der in dem gestreiften Schlafanzug von Ulrikes Opa steckte. Als ich die Haustür aufziehen wollte, bemerkte ich einen leichten Widerstand. Das Jaulen wurde lauter, und als wir draußen standen, sahen wir auch, warum: Jemand hatte Fränkie, den Border Collie, von außen an unsere Klinke gebunden. Unter seinem Halsband klemmte ein zusammengefalteter Zettel, den Ulrike ihm abnahm. Sie kraulte ihm den Kopf, dann machte sie Fränkie los, und er schoss durch den Garten auf die Wiese, wo Ingos Schafe gleichförmig grasten wie Maschinen. Aber er blieb dort nicht lange, er rannte hin und her, und während Ulrike sich durchlas, was auf dem Zettel stand, dachte ich, dass er uns vielleicht etwas zeigen wolle.

«Ich geh kurz zur Wiese», sagte ich.

«Warte», sagte Ulrike, «das ist ein Brief von Arnd.»

«Bin gleich zurück», sagte ich und ging schnell los, denn vor der schlechten Nachricht, die uns der Brief zweifellos bringen würde, wollte ich noch eine erste Zigarette rauchen.

Als Fränkie sah, dass ich zur Wiese hinüberwollte, blieb er mir dicht auf den Fersen. Erwartungsvoll sah er alle Augenblicke zu mir hoch. Nach ein paar Schritten auf der Wiese wusste ich, was Fränkie mir zeigen wollte: Ingos Bauwagen.

Der nicht mehr am Waldrand stand, der fehlte und nur plattgefahrenes Gras hinterlassen hatte, obwohl die Schafe noch da waren, so wie Fränkie ja auch.

Auf dem Rückweg zum Hof trödelte ich herum, obwohl ich in der Kühle des Morgens langsam zu frieren begann. Ich hatte mir nur die Lederjacke über den Schlafanzug geworfen und war im Flur in die Gummistiefel geschlüpft.

Gummistiefel, fiel mir ein, wir hatten noch immer keine Gummistiefel für Hermann besorgt. Und natürlich hatte sich Hermann nicht getraut, ein zweites Mal um welche zu bitten. Das Erste, was wir machen sollten nach unserer Reise in den Süden, dachte ich, war, in Senftenberg ein Paar Gummistiefel für Hermann zu besorgen.

Als ich durch den taubenetzten Garten kam, zündete ich mir eine zweite Zigarette an. Ich rauchte zwischen den saftigen Beeten, während Fränkie schon zum Haus weitergestürzt war.

«Arnd ist weg», sagte Ulrike, als ich in die Küche kam. Die Kaffeemaschine blubberte. Auch Ulrike hielt eine Zigarette zwischen ihren Fingern. Hermann saß still am Tisch. Er hatte seine schmalen Hände aufs Sprelacart gelegt und sah dem öligen Kaffee zu, wie er aus dem Filter in die Glaskanne tröpfelte.

«Der Schäfer auch.»

«Ich weiß», sagte Ulrike, «hier!»

Sie gab mir die Nachricht von Arnd. Ich erkannte sofort seine energische, steile und gleichmäßige Handschrift, der man den regelmäßigen Schreiber ansah. Wir hatten uns während der Armeezeit zweiwöchentlich lange Briefe geschrieben, über unsere Lektüren, über unsere Gedanken, aber nie über den Alltag in der Kaserne.

«Lieber Hermann, lieber Andreas, allerliebste Schwester,

seht das nicht als Flucht an, obwohl ich vorerst – und das so klanglos – verschwunden sein werde.

Ich habe noch etwas zu erledigen, und Ingo wird mir dabei helfen. Er steht in unserer Schuld, wir Ihr wisst, und möglicherweise haben wir alle etwas davon.

Natürlich muss ich mich rarmachen, der Polizei wegen. Aber ich bin bester Hoffnung, dass schon im Herbst Gras über die Sache gewachsen sein könnte. Andreas weiß, wovon ich rede, und wenn er will, soll er es Euch meinetwegen erzählen.

Ich vermisse Euch jetzt schon und freue mich auf unser Wiedersehen. Wie wäre es am Sonnabend, dem ersten September? Genau hier? Ich werde da sein!

Lasst euch umarmen

Arnd.

PS: Passt auf den Ford auf! Gebt auf die Hühner acht!»

«Und?», fragte Ulrike, als ich den Brief gelesen und wieder zusammengefaltet hatte. «Erzählst du's mir?»

«Später vielleicht, am Mittelmeer», sagte ich, und ich dachte: Wenn es nicht mehr die Bedeutung haben wird, die es hier hat.

«Gut», sagte Ulrike.

«Hermann, wir müssen dir was sagen.» Es fiel sowieso alles auseinander, da konnten wir Hermann endlich auch von unseren Plänen erzählen.

Ulrike stand auf und ging zur Kaffeemaschine.

«Ja, ich höre.»

«Wir werden übermorgen nach Potsdam fahren, dort ein paar Sachen erledigen und dann für einen Monat weg sein. Im Süden, wahrscheinlich in Griechenland.»

«Ja», sagte Hermann.

«Wir würden dich ja mitnehmen ...», sagte Ulrike und stellte die dampfenden Kaffeetassen vor uns ab.

«Nein, nein, das geht nicht», sagte Hermann, «ich besitze keine Dokumente, mit denen ich über die Grenze komme. Ein sowjetischer Staatsbürger darf nicht einfach überallhin fahren, so wie ihr alle auf einmal.»

«Mensch, Hermann, das weiß ich doch selber», sagte Ulrike, «deshalb wollten wir fragen, ob du nicht den Juli über hierbleiben willst. So lange, bis wir wiederkommen. Und dann sehen wir weiter.»

«Und dann sehen wir weiter?», wiederholte Hermann Ulrikes Worte.

«Ja.»

«Ich will nicht alleine hierbleiben.»

«Aber was willst du stattdessen tun?», fragte ich.

«Vielleicht nach Thüringen gehen, vielleicht lieber nach Rheinsberg.»

«Bitte, bitte, bleib hier, lieber Hermann!»

«Das tut mir sehr leid, Ulrike, aber es geht nicht.»

«Warum denn nur?»

«Weil es nichts für mich besser macht», sagte Hermann.

Den Rest des Tages packten Ulrike und ich ein paar Sachen zusammen, die wir für Griechenland brauchten. Hermann ging nicht auf sein Zimmer, um zu lesen, und er ging auch nicht nach draußen. Er blieb einfach am Küchentisch sitzen. Er rauchte, und er hatte von sich aus ein Bier aufgemacht, was er noch nie getan hatte. Er fing immer erst zu trinken an, wenn einer von uns ihn dazu ermunterte.

Wie ließen das Mittagessen ausfallen, und auch zum Abendbrot schmierten wir uns nur ein paar Stullen. Ich dachte an die vollgestopfte Kühltruhe, die nun den ganzen Sommer lang laufen müsste, obwohl niemand im Haus war. Und ob wir im Herbst zurückkehren würden oder aber in Berlin unsere Studien fortsetzten, hatten wir auch nicht entschieden. Ohne Hermann auf dem Hof gab es einen Grund weniger, der für Neu Buckow sprach.

Nur am ersten September, dachte ich, sollten wir wieder hier sein, denn bei aller Unzuverlässigkeit im Kleinen war auf Arnd Verlass, wenn es um große Gesten ging. Und die Ankündigung, an einem bestimmten Tag in der Zukunft an einem bestimmten Ort zu sein, um jemanden zu treffen, war solch eine.

Erst am Freitag fiel uns ein, dass wir nun niemanden mehr hatten, der sich in unserer Abwesenheit um die Hühner kümmerte und um den Garten. Auch Fränkie brauchte ein neues Zuhause, wenigstens für den Juli, dann konnten wir ihn wieder abholen. Zur Not sogar mit nach Berlin nehmen, falls wir uns für die Stadt entschieden.

Frau Domaschke sagte, ihr Sohn sei den Sommer über zwar im Dorf, aber er habe keine Zeit, jeden Tag die Hühner zu füttern und obendrein noch den Garten zu gießen.

«Mensch, Frau Domaschke, nun seien Sie doch nicht so», sagte Ulrike, «wir kommen doch bald wieder, und dann gehen die Ferien weiter.»

«Nee, Kindchen, das wird ihm zu viel.»

«Er kann auch alles behalten, was im Garten wächst und reif ist», schlug ich vor.

«Und es wächst dort alles sehr gut, Frau Domaschke», sagte Ulrike und zählte alles auf, was sich ernten ließ, von den Kräutern bis zu den Schnittblumen.

«Klingt schon besser», sagte Frau Domaschke.

«Nicht wahr?», bestätigte Ulrike.

«Aber das mit den Hühnern geht nicht. – Und der Kläffer da kommt mir erst recht nicht ins Haus, falls ihr euch das so gedacht habt», sagte Frau Domaschke und zeigte auf Fränkie, der zwar keinen Mucks sagte, aber an der Leine zerrte wie wild.

«Es geht nur noch um die Hühner», sagte Ulrike, «keine Angst.»

«Ihr könnt sie mir gern bringen», sagte Frau Domaschke, «das ja.»

«Und wenn wir zurückkommen?», fragte ich.

«Bekommt ihr sie für einen kleinen Obolus retour.»

«Wir gehen mal kurz vor die Tür, um uns zu beraten», sagte ich.

«Nur zu, Kinder! Nur zu!»

«Also, mit anderen Worten müssen wir unsere Hühner ein zweites Mal kaufen, wenn wir wieder hier sind», sagte ich. «Davon abgesehen, dass wir wohl kaum dieselben zurückbekommen.»

«Die sehn doch sowieso alle gleich aus», sagte Ulrike, «davon abgesehen», äffte sie mich nach, «dass die meisten davon Arnd bezahlt hat.»

«Ach, plötzlich ist das egal, wer welches Huhn ist?»

«Ja, Arnds Hühnern habe ich auch keine Namen mehr gegeben.»

«Das heißt?»

«Wir machen es so, wie Frau Domaschke vorgeschlagen hat.»

Also sagten wir Frau Domaschke, dass ihr Sohn die Hühner morgen Abend einfach aus unserem Stall holen solle. Ich legte mein Neu Buckower Schlüsselbund auf die Verkaufstheke. Dann verabschiedeten wir uns. Frau Domaschke umarmte Ulrike, und mir gab sie mit spitzen Fingern sogar die Hand.

Wir waren schon halb zur Tür hinaus, als sie plötzlich sagte: «Aber das muss ich euch noch erzählen! Oder habt ihr's schon gehört, Kinder?»

Nein, das hatten wir noch nicht, und ich hätte sehr gern darauf verzichtet zu erfahren, dass in der Nacht die drei Bankcontainer auf dem Senftenberger Marktplatz niedergebrannt waren. Das brachte, glaubte man Frau Domaschke, den gesamten Geldumtausch, der bekanntlich übermorgen begann, in Gefahr, denn viele Bürger des Kreises hätten in letzter Minute ihre Konten von der Sparkasse in einen der weißen Container verlagert. Zu den höflichen Herren und den adretten Damen, die sie so kompetent beraten und zum Dank für den Wechsel Regenschirme verschenkt hatten, Schlüsselanhänger und Kaffeebecher aus Porzellan.

«Auch welche aus dem Dorf», sagte Frau Domaschke, «ist das zu fassen?»

«Ja, wir müssen dann mal», sagte Ulrike.

Wir gingen schweigend die Dorfstraße entlang. Der rote Lada stand nicht mehr vor dem Heidekrug, und Fränkie zerrte an der Leine, so als ahnte er, dass wir als Nächstes ihn loswerden wollten.

«Ich brauche ein Bier», sagte ich, als wir auf unseren Hof kamen und zum vielleicht letzten Mal Fränkie frei laufen ließen.

«Meinst du, dass Arnd …?», begann Ulrike zaghaft.

«Ich will nicht darüber nachdenken!»

Ich nahm mir ein Bier aus dem Kühlschrank und stellte ein

weiteres vor Hermann ab, der wie gestern stumm am Küchentisch saß. Aber nicht apathisch oder in Schockstarre, sondern beinahe gelassen.

«Danke für das Bier.»

«Bitte, Hermann», sagte ich. Wir stießen an, ich trank einen Schluck, dann stand ich auf und ging in die Scheune. Ich kletterte auf den Heuboden, ich sah in Arnds Ford Taunus hinein. Ich untersuchte den Verschlag und den ehemaligen Schweinekoben und den Keller. Ich wusste nicht, wonach ich suchte, aber ich war trotzdem froh, dass ich nichts fand. Einen Benzinkanister etwa, zurechtgerissene Stoffstücke. Klar, es gab einen Haufen leerer Flaschen, und es gab Kohleanzünder und Streichhölzer, aber die konnte man auch auf zivile Art benutzen und nicht nur, um Krieg zu führen gegen das Kapital.

Ich ging in die Küche zurück und trank wortlos mein Bier aus. Ulrike sah mich komisch an, und deshalb sagte ich: «Wie wäre es mit dem Kindergarten?», und dann im Befehlston zu Hermann: «Und du, mein Freund, ziehst dich an und kommst gefälligst mit! Das ist unser letzter Tag, und den verbringen wir, verdammt noch mal, zusammen!»

25

«Wir können den Kleinen leider nicht nehmen», sagte die Kindergärtnerin

«Ooooch!», machten die Kinder, einige sagten: «Schade», und die mutigen: «Mist!», aber sie drängten sich weiterhin um Fränkie, in der Hoffnung, ein freies Stück seines Fells zu erhaschen, das sich streicheln ließ.

«Das war auch nur so ein Einfall», sagte ich, «trotzdem danke.»

«Behalten!», bettelten die Kinder. «Bitte!», und sie zogen an der Schürze der Kindergärtnerin.

«Das geht doch nicht, Kinder. Wer soll denn *nachts* auf Fränkie aufpassen, wenn ihr schlaft? – Aber vielleicht kann uns der Onkel zeigen, wie man aus Zeitungen einen Papierhut faltet.»

«Jaaa!», jubelten die Kinder im Chor.

«Das kann er leider nicht.»

«Aber *ich* kann es den Kindern zeigen», sagte Hermann.

«Ich auch», rief Ulrike, und so ergab es sich, dass wir den letzten Nachmittag im schattigen Garten des Gutshauses verbrachten, das kluge Leute einst zu einem Kindergarten gemacht hatten.

Hermann und Ulrike falteten Papierhüte mit den Kindern, und als alle damit ausgestattet waren, fertigte Hermann für wirklich jedes einzelne von ihnen ein Daumenkino an.

Ich saß auf einer alten Holzbank, rauchte Zigaretten mit der Kindergärtnerin und trank kalten Früchtetee, den sie mir aus einer Aluminiumkanne in eine blaue Plastetasse einschenkte.

Zwischen alldem wuselte unser Fränkie hin und her und wurde gehätschelt und gedrückt, und als wir um halb fünf wieder gingen, weil das letzte Kind abgeholt worden war, bedankte sich die Kindergärtnerin bei uns für den schönen Nachmittag, und wir bedankten uns bei ihr, denn für ein paar Stunden hatten wir die Zeit vergessen und die Umstände, weswegen wir eigentlich hier waren. In Neu Buckow und auf der Welt.

«Und jetzt?»

«Gehen wir in den Heidekrug», sagte ich, und Hermann nickte.

Wir setzten uns nach draußen und banden Fränkies Leine am Tischbein fest. Der Wirt brachte eine Schüssel Wasser für den Hund und sagte: «Schönes Tier, wie der vom Schäfer.»

«Wollen Sie ihn haben?»

«Nee, Kinder. Lasst mal gut sein. – Heut ist spielfrei, wa? Fehlt einem richtig was ohne Fußball.»

«Stimmt», sagte ich.

«Und, wer wird Weltmeister?»

«Keine Ahnung», sagte ich, «Brasilien?»

«Quatsch, Deutschland natürlich. Was wollt ihr denn essen?»

Wir bestellten Bier und drei Vorsuppen und einen großen Rohkostteller, gebackenen Camembert, Bratkartoffeln, Jägerschnitzel mit Spirelli und Tomatensoße, Steaks, Pommes frites und marinierte Heringe.

Weil Ulrike es so wollte, wurde wieder alles zur selben Zeit gebracht, auch wenn der Wirt die Augen verdrehte, als sie den

Wunsch äußerte. Ulrike ließ ihn das ganze Essen in der Tischmitte abstellen, und jeder durfte sich von allem nehmen, so viel er schaffte.

Ich wusste, dass sie das Theater nur wegen Hermann veranstaltete, damit er sich noch einmal satt essen konnte vor den schweren nächsten Tagen, die ihm draußen bevorstanden: tagsüber in einem Versteck schlafend, nachts auf Wanderschaft, so wie er es uns erzählt hatte. Jetzt besaß er nicht mal mehr ein vages Ziel, das er ansteuern konnte, so wie es beim letzten Mal noch Kerstin in Thüringen war, seine Jugendliebe.

Ich mochte gar nicht daran denken, wie es ihm ergehen würde in den nächsten Wochen. Und deshalb bestellte ich Wodka, den richtigen, den sowjetischen, und jede halbe Stunde fragte Ulrike oder ich, ob er es sich nicht doch anders überlegt habe. Keiner brachte einen Trinkspruch auf die Zukunft aus oder aufs Glück.

Ulrike sagte irgendwann, wir würden auch nur drei Wochen in Griechenland bleiben, aber Hermann sagte: Nein.

«Dann zwei!»

Aber er ging nicht weiter darauf ein, sondern sagte nur: «Irgendwie fehlt dein Bruder heute Abend, Ulrike.»

Am nächsten Morgen erledigten wir alles, was getan werden musste, so gut wie schweigend. Die Hühner hatten wir im Stall gelassen. Niemand von uns verspürte den Wunsch, sich von ihnen zu verabschieden. Keines von ihnen würden Ulrike und ich auf Frau Domaschkes Geflügelfarm wiedererkennen, wenn wir im späten Sommer zurückkamen.

Hermann schmierte sich ein großes Stullenpaket, dann verstaute er seine Habseligkeiten in meinem alten Jägerrucksack, den ich ihm überlassen hatte. Ulrike und ich schlossen die Fensterläden, wir trugen unser Gepäck zum Wartburg und nahmen Fränkie an die Leine.

«Sollen wir dich irgendwo hinbringen?», fragte Ulrike. «Wir können dich direkt nach Rheinsberg fahren. Das sind nur ein paar Kilometer mehr.»

«Nein, keine Umstände», sagte Hermann.

«Und du willst wirklich nicht hierbleiben?», versuchte ich es zum allerletzten Mal.

«Nein, auch das nicht. – Oder doch ...», und seine Stimme ging am Ende ein bisschen hoch, sodass Ulrike und ich aufsahen, weil wir das nicht erwartet hatten: «... doch, ihr könnt mich wirklich ein Stück mitnehmen.»

«Okay», sagte Ulrike, und wir gingen nach draußen. Ich schloss die Haustür ab. Hermann packte Fränkie am Halsband, und sie nahmen beide auf der Rückbank des Wartburgs Platz.

Dann fuhren wir los, die ruckelnde Kopfsteinpiste der Dorfstraße entlang. Am Heidekrug bogen wir um die Ecke, kamen am Konsum vorbei, der heute geschlossen war. Dafür öffnete er morgen, am Tag des großen Geldumtausches, obwohl es ein Sonntag war. Das hatte Frau Domaschke so verfügt, gut lesbar auf einem Zettel im Schaufenster.

«Wo sollen wir dich rauslassen?»

«Ich sage Bescheid, wenn du halten sollst, Ulrike.»

«Gut.»

Morgen war der Tag, an dem alles unumkehrbar werden würde, dachte ich. Danach gab es kein Entweder mehr und kein Oder. Morgen ernteten wir, was wir mit der Wahlniederlage im März gesät hatten. Bald würde wieder Ordnung herrschen und die Polizei motiviert an die Arbeit gehen, und der Kindergarten in Neu Buckow würde wieder ein Gutshaus sein.

«Was macht ihr mit dem Hund?», fragte Hermann.

Ich zuckte die Schulter, ohne mich nach hinten umzudrehen.

«Vielleicht kann Fränkie bei meinen Eltern unterkommen, wenn wir in Griechenland sind», sagte Ulrike, «vielleicht nehmen wir ihn mit. Der hat ja auch noch nichts gesehen von der Welt.»

Wir fuhren jetzt dieselbe Allee Richtung Autobahn, die wir damals im Ello gekommen waren. Der englische Rasen der Saatkeimlinge aus den ersten Apriltagen hatte sich zu einem wogenden Meer aus Getreidehalmen ausgewachsen.

Ich wollte Hermann fragen, ob er Geld brauche oder Zigaretten, aber ich traute mich nicht zu sprechen, weil ich Angst hatte, dass mir die Stimme wegbrechen würde. Ich reichte ihm stattdessen meine Schachtel Club nach hinten und die Streichhölzer. Wir rauchten.

Ulrike starrte geradeaus auf die Straße. Ich sah, dass sie stark sein wollte, dass sie sich sammelte für den Moment, in dem Hermann uns verlassen würde.

Dabei war heute ein so schöner Tag. Sonne. Blauer Himmel. Und die BRD würde nächste Woche Weltmeister im Fußball werden, glaubte man dem Wirt des Heidekrugs. Ob uns das nun interessierte oder nicht.

«Wir haben nicht mal ein Foto von uns allen gemacht», sagte Ulrike. Sie klang nicht gut.

Ich riss mich zusammen und sagte: «Dann komm doch am ersten September auch nach Neu Buckow, Hermann. Das wird wie ein Klassentreffen.»

«Ich werde es versuchen, Andreas. – Stopp, bitte!»

«Hier?», fragte Ulrike. Rechts und links der Straße stand lockerer Kiefernwald.

«Ja.»

Ulrike bremste, ließ aber den Motor laufen. Sie wollte es schnell hinter sich bringen, schien mir. Sie drehte sich nach hinten um, reichte Hermann die Hand und sagte: «Mach's gut.»

Mehr nicht.

«Danke, Ulrike», sagte Hermann und drückte ihre Hand.

«Ja.»

Dann stieg er aus. Er hatte noch immer Fränkie an der Leine. Ich stieg ebenfalls aus dem Wagen, er gab mir die Leine und schnallte sich den Rucksack auf. Obendrauf hatte er die Lederjacke aus Westberlin gepackt.

«Das werde ich euch nie vergessen», sagte Hermann Schmidt.

Ich konnte nichts sagen. Ich hätte selbst dann nichts zu sagen gewusst, wenn ich mir meiner Stimme sicherer gewesen wäre. Aber weil ich etwas tun musste, umarmte ich ihn. So standen wir ein paar Sekunden. Dann machte ich mich los.

Ich zerrte Fränkie auf den Beifahrersitz, schlug die Tür zu, und Ulrike fuhr los. Im Seitenspiegel sah ich Hermann Schmidt kleiner werden. Er war am Straßenrand stehen geblieben, ohne zu winken. Fränkie zu meinen Füßen begann leise zu jaulen, weil es eng war dort unten.

Als Ulrike das zweite Mal auf die Bremse trat, war Hermann noch immer im Seitenspiegel zu erkennen. Erst jetzt bemerkte ich die Tränen, die ihr übers Gesicht liefen. Sie sah mich mit verschleiertem Blick an.

Ich räusperte mich und sagte: «Guck mal, Ulli, vielleicht ist in einem Jahr schon alles ganz anders. Wer weiß das denn heute? Die Dinge ändern sich gerade so schnell. Denk mal daran, was vor einem Jahr noch hier los war. Und denk dran, was Hermann gesagt hat über die Gerüchte. Dass seine Truppe bald zurückgeht. Nach Kasachstan oder Bjelorussland. Und wenn seine Truppe erst mal weg ist, gibt's keinen Grund mehr für ihn, sich zu verstecken. – Dann ist alles wieder gut.»

Ulrike wischte sich mit dem Ärmel über die Augen und sagte: «Wir sollten ihm das noch schnell erzählen.»

«Um ihm Hoffnungen zu machen? Die sich dann doch nicht erfüllen?»

«Du hast recht.» Ulrike wechselte den Gang. Sie sah kurz in den Rückspiegel. Dann blickte sie über ihre rechte Schulter nach hinten und gab behutsam Gas.

MEIN DANK GILT

Wolfgang, Stephanie und Lars,

Diana und Petra

und ganz besonders Nike, die mir großzügig ihr Notebook überlassen hat, als mir auf der Hälfte der Strecke der Monitor abgeraucht ist. Aber nicht nur dafür.

MIX
Papier aus verantwortungsvollen Quellen
FSC® C083411

Das für dieses Buch verwendete Papier ist FSC®-zertifiziert.